Einaudi. Stile

Dello stesso autore nel catalogo Einaudi

Sabbia nera
La logica della lampara
La Salita dei Saponari
Tre passi per un delitto (con G. De Cataldo e M. de Giovanni)
L'uomo del porto
Il talento del cappellano
La carrozza della Santa
Il Re del gelato
La banda dei carusi

Cristina Cassar Scalia

Il Castagno dei cento cavalli

Einaudi

Pubblicato in accordo con Grandi & Associati, Milano

www.einaudi.it

ISBN 978-88-06-26029-3

Il Castagno dei cento cavalli

Sono lunghe tutte le strade che
conducono a ciò che il cuore brama[1].

JOSEPH CONRAD, *La linea d'ombra*

[1] J. Conrad, *La linea d'ombra*, trad. di Flavia Marenco, Einaudi, Torino 2015, p. 44.

1.

Il cielo s'era pulito. Il vento di ponente, che soffiava dalla sera prima con raffiche che sfioravano i sessanta chilometri orari agitando le fronde e gli animi, aveva spazzato via le nuvole regalando una giornata che piú limpida non poteva essere. L'agente del Corpo forestale Sandra Bellini e l'ispettore Luigi Spechis se ne stavano in silenzio. Ognuno per conto proprio, rimuginavano su quel Due giugno lavorativo che sin dalle prime ore si stava prospettando gravoso. Dalle sei del mattino non avevano fatto che furriare come due palle pazze su e giú per il versante orientale dell'Etna appresso alle piú svariate emergenze, a cominciare dall'albero abbattuto dal vento che s'era andato a coricare di traverso sulla strada tra Fleri e Lavinaio, bloccandola. Una camurría non da poco, resa tuttavia meno onerosa dallo scarsissimo flusso di mezzi che vi transitavano in un giorno festivo.

Avevano appena varcato la soglia del bar sulla piazza di Zafferana Etnea, intenzionati a recuperare le forze con un caffè e un paio di brioche, quando dalla centrale operativa era arrivata una segnalazione di incendio che, in quella fase della stagione e con una temperatura massima di venticinque gradi, non si sarebbero mai aspettati. Ad aggravare la faccenda, già antipatica di suo, le fiamme, alimentate dal vento durante la notte, stavano lambendo il territorio di Sant'Alfio, dove si ergeva il castagno piú grande e piú encomiato d'Italia. Una ventina di metri di circonferenza – includendo tutti i tronchi – per un'altra ventina di metri d'altezza: il Castagno dei cento cavalli. Una sorta di monumento nazionale di inestimabile valore naturalistico e storico. I mezzi antincendio si stavano recando sul posto, ma il dirigente era stato chiaro: data l'importanza del sito, era meglio che convergessero lí piú operatori possibile.

Spechis e Bellini uscirono dal bar e risalirono sulla jeep verde.

– Ma viri tu se è possibile. A giugno ci cominciarono, – disse Luigi, ingrugnito.

– A chi ti riferisci?

– Secondo te a chi mi riferisco? A quei grandissimi figghi di b... – si trattenne, – che s'addivertunu ad appiccare il fuoco.

Spechis s'era infervorato.

Del resto, c'era poco da chiosare. I fatti parlavano da soli. Non c'era estate in cui ettari di boschi e di macchia mediterranea non andassero in fumo, falcidiati da incendi che nel giro di qualche ora si estendevano a dismisura, invadendo strade e autostrade, e avvicinandosi ai centri abitati. Che dietro a quei roghi si nascondesse la mano di qualche indegno rappresentante della razza umana, non era in dubbio per nessuno. Dal criminale che agiva con dolo al piromane squilibrato, all'incivile che gettava mozziconi dal finestrino dell'auto, incurante delle sterpaglie che crescevano indisturbate lungo le strade siciliane nel periodo estivo. Per Spechis, dedito al lavoro e naturalista convinto, si trattava sempre della prima categoria: incendi dolosi, provocati da gente cui avrebbe dato volentieri una lezione. Bellini invece, che nelle file del Corpo forestale della Regione siciliana ci si era trovata piú per necessità che per passione, vedeva tutto con maggiore distacco. Lei quell'evento lo collocava nella terza categoria, quella del mozzicone di sigaretta atterrato sul bordo della strada.

La jeep uscí dal paese per immettersi nella provinciale. Piú ci si approssimava alla zona di Milo piú la strada si stringeva, la vegetazione si faceva rigogliosa e verdeggiante, i boschi fitti che parevano usciti dall'illustrazione di un panorama alpino. Tutto sarebbe sembrato tranne che un paesaggio siciliano se, dopo aver svoltato in direzione di Sant'Alfio, non fosse comparsa una distesa di mare azzurro. All'orizzonte, la costa della Calabria, talmente vicina, in una giornata cosí limpida, che dava la sensazione di poterla raggiungere con due bracciate.

Da Zafferana a Milo, se si escludeva la fugace apparizione di una volpe, e un gregge di pecore con pastore e relativi cani, la jeep verde non incrociò anima viva. Cosí piú o meno dall'incrocio per Sant'Alfio fino alla destinazione, dove la squadra Antincendio del Corpo forestale aveva già domato le fiamme, che per fortuna non s'erano spinte oltre una collinetta ben distante dal castagno.

Erano partite dal bordo della strada appena fuori dal paese.

– Ragione avevi, Bellini, – ammise Spechis, sollevato.

Tirò fuori il telefono e chiamò il dirigente. Gli comunicò lo scampato pericolo e gli assicurò che, certamente, lui e Bellini avrebbero comunque fatto un sopralluogo di ricognizione al castagno, che, seppure videosorvegliato, a quell'ora era incustodito.

Un salto, tanto per controllare.

Bellini accolse l'ordine con un'alzata di spalle.

– Ca facciamo 'sta ricognizione.

Risalirono sulla jeep, superarono l'area colpita dalle fiamme ed entrarono nel parcheggio del Castagno dei cento cavalli. Di comune accordo si diressero verso il chiosco, già aperto ma vuoto.

Due caffè, due brioche e dieci minuti di conversazione col titolare piú tardi, s'incamminarono lungo il breve sentiero che portava al castagno. Tutto, dal chiosco al ristorante-pizzeria ancora chiuso alla loro sinistra, era intitolato a quell'albero sensazionale, meta di turisti e di amanti della natura. Il sentiero costeggiava sulla sinistra un appezzamento di terreno terrazzato; sulla destra, piú in basso, un parco giochi per bambini. In cima alla salita, recintato da una cancellata dipinta di verde, il Castagno dei cento cavalli si stagliava maestoso con i suoi tre tronchi e il cappello fitto di rami che in quel periodo erano particolarmente verdi. Il piú grande dei tre fusti, quasi un secolo prima, era stato in parte intaccato da un incendio doloso.

– A occhio pare tutto in ordine, – fece Bellini, ferma tra una fontanella e una panchina.

Spechis andò verso il punto in cui la recinzione era interrotta da un cancello, oltre il quale gli avventori potevano addentrarsi tra i tronchi monumentali, sotto la chioma. Di colpo si bloccò e strinse gli occhi.

– Ma che successe qua?

Bellini lo raggiunse.

– Che fu?

– Talè ccà, – indicò l'ispettore, contrariato. Il lucchetto che chiudeva il cancello era spaccato.

D'istinto i due si guardarono intorno. Non c'era nessuno. Il custode, che deteneva chiavi e sovranità della zona interna del castagno, non si presentava mai prima delle dieci, orario in cui di solito i visitatori iniziavano ad arrivare.

– Entriamo, – ordinò l'ispettore, spingendo il cancello.

Obtorto collo, Bellini lo seguí. Avanzarono a passo lento, ispezionando l'area in cerca di presumibili atti vandalici. Al centro esatto della corona di tronchi che componevano l'albero, Spechis si piantò. Pallido, gli occhi sgranati fissi a terra. – Madre santa, – mormorò.

Sandra, che stava guardando altrove, gli andò addosso.

– Oh, Luigi, ma... – non concluse.

L'ispettore non fece in tempo ad afferrarla che stramazzò a terra, svenuta.

2.

Che la giornata non stesse partendo col piede giusto, il vicequestore aggiunto Giovanna Guarrasi, detta Vanina, l'aveva capito quando la terza sveglia, la Veglia anni Trenta ereditata dai nonni che teneva strategicamente in cucina, per qualche assurdo motivo aveva deciso di dare forfait, abbandonandola al torpore popolato di sogni della prima mattina. Un garbuglio onirico fatto di ricordi, paure, cattivi presagi, combinati tra loro al punto che chiamarli incubi non avrebbe reso loro giustizia. Il peggio era che da un po' di tempo di quei sogni Vanina aveva preso a ricordarsi con dovizia di particolari. Cosí era capitato anche quella mattina, quando s'era ritrovata di colpo seduta sul letto, madida di sudore che pareva aver corso la maratona. Ci aveva messo un paio di minuti a capire che qualcuno stava bussando alla porta. Aveva appena poggiato un piede per terra, quando sua sorella aveva fatto irruzione nella stanza accendendo la luce.

– Cocò, spegni! – l'aveva rimbrottata, coprendosi gli occhi con la mano.

Costanza sembrava non aver sentito. S'era lanciata sul suo letto.

– Vani, alzati, è tardissimo!

Il tono agitato aveva completato il risveglio di Vanina, che finalmente aveva aperto gli occhi sulla sorella. Capelli biondi scarmigliati, pigiama rosa tempestato di stelline in disordine, piedi nudi: tutto diceva che anche Cocò era stata colta nel sonno.

– Ma perché? Che ore sono... – Prima di terminare la domanda aveva girato lo sguardo verso il telefono posato sul comodino. Le dieci e otto minuti.

Il salto che aveva fatto era stato degno di concorrere alle Olimpiadi.

Mezz'ora piú tardi, affannate e cariche di borsoni, Vanina e Costanza erano fuori dalla porta. Bettina, la padrona nonché vicina di casa, andò loro incontro dal giardino, seguita da due gatti pasciuti che parevano cuccioli di tigre.

– Vannina, mi deve scusare se ci tuppuliai, ma era troppo strano che ancora alle dieci non compariva nessuno. Va bene che oggi è vacanza, però sapevo che volevate partire presto per Palermo. Mi vinni macari 'u dubbio che ve ne foste andate aieri sira mentre io ero alla festa di Luisa. Poi pensai che non era possibile. Che partivate senza salutare? Perciò mi sono permessa.

Amorevole com'era, Bettina non l'avrebbe mai dichiarato in modo esplicito, ma conosceva i suoi polli. Quello che doveva essere successo l'aveva capito al volo quando s'era affacciata in giardino e aveva visto che le finestre della dépendance erano sprangate. Ci aveva riflettuto su un paio di minuti, poi aveva rotto gli indugi ed era partita verso la porta, armata di buone intenzioni e di un vassoio di *viscuttina* appena sfornati, che a *Vannina*, come la chiamava lei, piacevano assai e a sua sorella *Coccò* macari.

– Ma quale scusare, Bettina. Se non era per lei, a Palermo ci arrivavamo a sera inoltrata, – rispose Vanina.

– Avete fatto colazione, vero? – s'accertò Bettina, ma dalla faccia si capiva che s'era già risposta da sola.

– Certo.

Uscire di casa senza avere all'attivo un paio di caffè, una tazza di latte e qualche biscotto degno di questo nome non era cosa per Vanina. E siccome buon sangue non mente, non lo era nemmeno per Costanza, che in quel mese e mezzo passato dalla sorella aveva fatto onore alla tavola di Bettina. Una incalcolabile quantità di cibo, cucinato secondo i rigorosi canoni della tradizione, che la vicina elargiva un giorno sí e l'altro pure alla sua inquilina dal momento in cui s'era resa conto che quella superpoliziotta, capace di stanare assassini e mandare in galera mafiosi della peggiore specie, non era in grado di prepararsi manco due uova al tegamino.

Trascinarono i bagagli fino alla rampa di scale che portava al cancelletto di ferro. Prima di scendere, Costanza si guardò intorno un'ultima volta come per imprimersi nella mente il mondo in cui s'era rifugiata per piú di un mese. Il prato, il giardino fiorito, l'orto di Bettina. In fondo, oltre la dépendance, l'agrumeto. Non era difficile capire perché sua sorella considerasse quel posto una sorta di comfort zone.

Il richiamo di Vanina la riscosse. – Cocò! Vedi che di 'sto passo a pranzo dalla mamma ci arriviamo per il rotto della cuffia.

Costanza afferrò un trolley e un borsone e infilò le scale.

Sempre perché buon sangue non mente, mentre Vanina caricava i bagagli nella Mini Cooper bianca, Costanza entrò nel bar *Santo Stefano* e ne uscí dopo cinque minuti con in mano un vassoio incartato che tutto sembrava tranne che uno spuntino per due persone.

– Cocò, ma che ti caricasti mezzo bar?

– Quattro cose ho preso.

Vanina fissò sorniona la sorella che apriva lo sportello posteriore per sistemare le «quattro cose» sul sedile in modo che il vassoio non si capovolgesse alla prima curva. Cocò si accorse della sua espressione.

– Vabbe', esagerai, – ammise, – ma lo sai com'è Alfio, no? Appena gli dissi che me ne stavo tornando a Palermo iniziò a elencarmi tutte le sue creazioni che non avrei piú gustato. Alla fine mi mise nel vassoio uno di tutto –. Salí dal lato del passeggero.

Vanina si sistemò alla guida.

– E certo, pareva male rifiutare.

La sorella la guardò ridendo.

– Amuní, Vani. L'ultima colazione da Alfio va onorata. È inimitabile.

Era la santa verità. Il bar *Santo Stefano* creava dipendenza. E Alfio, il proprietario nonché artefice del ben di Dio che popolava vetrine e banconi, ne era orgogliosamente consapevole.

– L'ultima? – disse Vanina. – Perché, hai intenzione di non venirmi a trovare piú?

– Ma vero dici? Mi vorresti? – rispose Cocò, sorpresa.

Vanina dovette deglutire piú volte per incassare il colpo. Ventitre anni riassunti in una domanda. Diretta. Rimase in silenzio a fissare la strada finché il dito indice di sua sorella non le toccò la mano poggiata sul cambio. Si girò verso di lei quel tanto che la guida le consentiva. Se la rivide davanti bambina come se fosse stato il giorno prima, una bambola bionda infiocchettata da capo a piedi, gli occhioni azzurri che la guardavano come si guarda quello che non si riesce ad avere.

Le sorrise.

– Passami una sigaretta, va', scimunita che non sei altro.

Sull'autostrada Catania-Palermo si viaggiava ragionevolmente bene. L'assenza di camion e tir, dovuta alla festività, rendeva quel percorso disastrato meno impegnativo del solito. Certo, l'asfalto era quello che era, le deviazioni non si contavano e le gallerie parevano studiate per testare la capacità di adattamento al buio, ma almeno si procedeva spediti. Un paio d'ore al massimo, sosta caffè compresa, e sarebbero arrivate.

Il vassoio di Alfio non aveva superato indenne la tangenziale di Catania. Prima ancora di svoltare per Palermo erano già sparite due raviole di ricotta, che era peccato far raffreddare.

– Cocò, per curiosità: quanti chili pigliasti in questo mese e mezzo? – chiese Vanina, aprendo il finestrino e accendendosi la seconda sigaretta della giornata.

– Boh. Uno, forse.

– Solo uno? – fece Vanina, stupita. – Con tutto quello che ti calasti?

Costanza la guardò incerta: dalla faccia, con la sigaretta stretta tra le labbra, non si capiva se stesse scherzando o dicesse sul serio.

– Perché, secondo te a casa non mangio?

– A giudicare dalla taglia dei pantaloni, direi poco e niente.

Del vasto guardaroba che Cocò aveva appresso quando s'era presentata a casa sua chiedendole asilo – in fuga dal fidanzamento appena mandato all'aria per motivi che Vanina ancora ignorava – a lei stavano bene solo camicie, magliette e giacche. Pantaloni e jeans manco a parlarne.

– Se è per quello, il cibo non c'entra, – replicò Costanza, l'espressione che pareva dire «lo sai ma fai finta di non capire».

Vanina rise. – Ca certo! Perciò tu porti la taglia quaranta solo perché te ne vai furriando ogni giorno per dieci chilometri, e poi mangi a quattro palmenti come in queste settimane?

– Piú o meno sí. Anzi, se non fosse stato per il bar

Santo Stefano, a quest'ora manco quel chilo avrei preso –. Per rimarcare meglio il concetto, s'allungò verso il sedile posteriore e recuperò il vassoio.

Vanina allargò i gomiti senza staccare le mani dal volante.

– Allora la cosa non fa per me. Sarebbe fatica sprecata.

Inutile aggiungere che dieci chilometri a piedi al giorno non sarebbero stati cosa per lei nemmeno se le avessero garantito una taglia in meno. E siccome fino a quel momento, nonostante le due colazioni al giorno, il pranzo fisso in trattoria e le cene preparate da Bettina, il suo peso non s'era modificato significativamente, l'idea di violentare la propria natura con esercizi fisici di qualsivoglia tipo non le passava manco per l'anticamera del cervello. Per tutta risposta Costanza le offrí un iris con la crema.

– Ce lo dividiamo?

Forse condizionata dalla conversazione, forse perché aveva piú che altro bisogno di un caffè, Vanina rifiutò. S'accese la terza Gauloises e si concentrò sulla guida.

Le colline nella zona di Enna a giugno erano ancora verdi. Di lí a poco, e per tutta l'estate, il colore avrebbe virato verso il giallo, trasformando il paesaggio in un panorama degno dei film di Sergio Leone, gli unici western che Vanina avesse mai ammesso nella sua collezione di pellicole d'antan. Per un'associazione di idee, le venne in mente una delle ultime playlist che le aveva mandato il suo amico violinista romano: una raccolta di musiche di Ennio Morricone interpretate da lui. La fece partire. Cocò, che di solito protestava quando Vanina la costringeva ad ascoltare quel genere di musica, non si pronunciò. Assorbita in pensieri di cui solo lei conosceva la natura e che le corrugavano la fronte, fissava la campagna ennese con sguardo assente.

A Vanina pareva incredibile: all'improvviso si ritrovava sua sorella a bordo della barca su cui lei stessa navigava dal giorno in cui aveva lasciato Palermo, quasi cinque anni prima, convinta di non avere altra scelta per evitare di soccombere. Una certezza granitica che però, di recente, stava crollando pezzo dopo pezzo. Anche se Cocò non voleva parlare, anche se della sua, di fuga, le aveva raccontato il minimo indispensabile, Vanina riusciva a capirla. E le tre sigarette fumate nel giro di un'ora ne erano la testimonianza.

S'era appena infilata nel parcheggio dell'area di servizio Sacchitello, intenzionata a onorare il famoso iris di Alfio, che magari a secco non avrebbe reso come accompagnato da un cappuccino, quando il suo telefono iniziò a suonare. La faccia che comparve sul display non permetteva alcun dubbio. Quasi come quella di Costanza, che di colpo si rallegrò: – Spanò è! – Poi, ancora piú gioiosa: – Per chiamarti in un giorno di festa chissà che fu –. Cominciò a rimpacchettare il vassoio, già pronta al cambio di programma che una telefonata dell'ispettore capo Carmelo Spanò preannunciava al novantanove per cento.

Vanina la scrutò. Si rispecchiò in lei a tal punto da concludere che cosí non poteva andare: una cosa era lei, un'altra era Cocò. Bisognava costringerla a parlare. In quel momento, però, doveva rispondere al telefono prima che smettesse di squillare.

– Ispettore, buongiorno. Che successe?

– Buongiorno, dottoressa. Mi deve scusare ma il Grande Capo disse di avvertirla.

La Guarrasi si mise in allarme. – Di che cosa? – Nemmeno ventiquattr'ore erano passate dall'ultima volta che aveva incontrato il primo dirigente Tito Macchia, altrimenti noto come Grande Capo. Le aveva giustappunto augurato buone vacanze, ricordandole che non si può lavorare trecentosessantacinque giorni all'anno.

La spiegazione per un tale ribaltamento di prospettiva poteva essere una sola.

E infatti.

– Abbiamo trovato una donna morta ammazzata. Sotto il Castagno dei cento cavalli, – fece Spanò, ferale.

– Sotto che?

– Il Castagno dei cento cavalli, dottoressa. Mai lo sentí nominare?

– Mai. E dove sarebbe?

– A Sant'Alfio.

Vanina ragionò brevemente.

– E che c'entriamo noi col territorio di Sant'Alfio? – Di solito i reati relativi a quella zona erano appannaggio dei carabinieri.

– Avvisarono prima noi.

– Che vuol dire «avvisarono»? Niente ci sto capendo, Spanò.

– Ora le spiego, capo. Verso le otto e mezzo di stamattina, alla Mobile arrivò una telefonata strana. Rispose Lo Faro, che stava smontando dal turno di notte. Una voce stracangiata che non si capiva se era maschio o era fimmina. Disse che sotto il Castagno dei cento cavalli c'era una sorpresa per noi e ci consigliava di andarci subito. Su insistenza di Lo Faro, prima di staccare disse che si trattava di un cadavere. Lí per lí la pigliammo col beneficio d'inventario: una telefonata come quella, lei lo sa meglio di me, dottoressa, può essere benissimo una fissaria. Qualcheduno ca si stava arricriannu a vedere se gli scimuniti della Mobile si facevano prendere per i fondelli. Poi però, pensa e ripensa...

– Non le parve piú una fissaria.

– Che le debbo dire, dottoressa, sarà stato il modo in cui Lo Faro aveva descritto il tono della voce, fasulla sí, ma che ogni tanto pareva perdere il fiato, insomma, sia io che Ristuccia non eravamo tanto convinti. Alle nove meno un quarto ci mettemmo in macchina e ce n'acchianammo a Sant'Alfio. Al massimo c'eravamo fatti una passiata.

– E invece vero trovaste il cadavere?

– Sí. O meglio, non proprio. Per primi lo trovarono per puro caso due agenti della Forestale, per la precisione un ispettore e un'agente, che mischina secondo me di fare la forestale non è cosa. S'immagini che finí stinnicchiata in terra...

– Spanò, – si spazientí Vanina. Tanto capace era, il suo collaboratore piú fidato, quanto prolisso.

– Scusi, dottoressa. Dicevo che lo trovarono per primi i due della Forestale, che stavano facendo un sopralluogo per conto loro. Una volta lí, s'accorsero che il cancello d'ingresso era stato forzato. Entrarono, si fecero un giro sotto l'albero e s'imbatterono nella morta. Manco ebbero il tempo di chiamare il magistrato, che spuntammo io e la Ristuccia.

Vanina s'accese una sigaretta. Rifletté qualche secondo.

– E dubbi sul fatto che sia stata ammazzata non ce ne sono, – disse, piú per una conferma che per altro. La Mini già in moto.

Spanò emise uno sbuffetto, che la Guarrasi interpretò come un sogghigno. Sotto i baffoni neri. Tanto le bastò.

Alla notizia che le figlie, in particolare la minore, non sarebbero tornate a Palermo nemmeno quel giorno, Marianna Partanna in Calderaro, ex vedova Guarrasi, reagí con una rabbia che mal le si addiceva. Una rabbia che tradiva tutto l'amaro ingoiato in quelle settimane in cui Costanza aveva deciso di seguire, si sperava temporaneamente, l'esempio della sorella e mollare fidanzato, città e genitori senza spiegazioni, e nel caos assoluto di un matrimonio annullato a un mese dalla celebrazione. Un insieme di circostanze che avrebbero messo a dura prova i nervi di qualunque madre, figurarsi se già scottata da precedenti simili sventure.

– Metti Costanza su un treno e rimandamela a casa, – intimò rivolgendosi a Vanina, incurante del fatto che la telefonata, partita dal bluetooth della Mini lanciata in corsa verso Catania, fosse in vivavoce. Chi voleva capire capiva.

– La devo *mettere* su un treno? E che è, 'na picciridda? – protestò Vanina, sbirciando la sorella che non proferiva parola.

– Direi di sí, considerato come si comporta.

Cocò si limitò a sospirare, e nonostante il rumore della macchina la madre la sentí.

– Sospiri pure? – sbottò. Non le poteva pace che la figlia avesse fatto un tale colpo di testa. E che fino a quel momento non avesse voluto spiegarne il motivo di sicuro non aiutava. Vanina era Vanina, col suo carattere difficile, un passato luttuoso che la condizionava e che Marianna per prima aveva dovuto affrontare. Da lei c'era da aspettarsi di tutto. Ma Costanza?

Vanina sdrammatizzò.

– E poi… quale *treno*? Quella sorta di littorina, che arrivata a un certo punto si ferma perché i binari sono in rifacimento da tempo immemore, e i passeggeri sono costretti a salire su un pullman che li porta a Palermo? Cinque ore di malo viaggio, come minimo. Casomai meglio l'autobus –. Tacque il particolare che all'andata la picciridda aveva pagato profumatamente un noleggio con conducente che l'aveva prelevata a Palermo, con tutti i bagagli, e portata dritta dritta a Santo Stefano senza soste intermedie né camurríe varie.

Marianna non apprezzò l'ironia.

– Per me pure in bicicletta se la può fare, basta che s'arricampa a casa. Che qua la misura è colma. E ora vi saluto –. Chiuse la comunicazione, senza concedere diritto di replica.

3.

Tornarsene a casa e attendere che un'auto di servizio passasse a prelevarla, come le aveva proposto l'ispettore prima di riattaccare, per la Guarrasi era un'inutile perdita di tempo. Tempo che in un'indagine per omicidio non era mai il caso di sperperare, in particolar modo all'inizio. Il viaggio di rientro, che sul principio aveva pensato di dedicare a una minuziosa analisi dei motivi che rendevano tanto penoso a Costanza il ritorno a Palermo, lo aveva invece trascorso al telefono con Spanò e con l'agente Agata Ristuccia, che erano rimasti sotto il famoso castagno in compagnia dei due forestali, nell'attesa che pm, medico legale e polizia Scientifica li raggiungessero. I pochi dettagli sul cadavere che era riuscita a estorcere ai due collaboratori, insolitamente restii, evocavano un'opera degna di Jack lo Squartatore.

– Meglio che lo veda lei stessa con i suoi occhi, dottoressa, – aveva detto Spanò. – A cuntarlo non rende l'idea. Certo che quella mischina dell'agente Bellini finí stinnicchiata 'n terra. Il cadavere di 'sta povera fimmina fici impressione macari a mmia, che cristiani scannati ne ho visti assai, immaginiamoci l'effetto che può fare a una carusa frisca di concorso nella Forestale, che il massimo del cadavere in cui s'imbatté fino a 'stu momento fu quello di qualche animaluzzo.

– D'accordo, ispettore, ho capito. Chi è il magistrato?

Spanò aveva emesso un breve sospiro, che equivaleva già a una risposta. – Il dottore Vassalli.

– Che palle –. Vanina non si era trattenuta. – Auguriamoci che la donna ammazzata non fosse amica o parente di qualche illustre personalità catanese, o peggio ancora di qualche pezzo da novanta della criminalità, se no siamo persi –. Altro che risparmiare tempo: un passo avanti e tre indietro.

– A occhio parrebbe di no, dottoressa. Però lo sa com'è: l'abito non fa il monaco, l'apparenza può ingannare e...

– Lasci perdere i proverbi e parliamo di cose serie: immagino che come medico legale Vassalli abbia convocato l'amico mio Calí?

– Immagina bene. Il dottore mi disse che non era in sede e aveva bisogno di almeno un'ora.

– Se non cambiò programma, dovrebbe trovarsi a Noto, perciò un'ora e mezzo come minimo, – aveva confermato lei. La stima che il pm Vassalli nutriva per il dottor Adriano Calí era l'unico punto a favore che Vanina gli concedeva.

– A metà strada pure lui era, dottoressa. A quanto capii, tra Melilli e Priolo. Disse che avrebbe fatto prima che poteva.

Povero Adriano. Una volta tanto che aveva l'occasione di starsene in santa pace nella sua amena casa netina assieme al compagno, reduce dall'ennesima missione giornalistica in Afghanistan.

– Va bene, Spanò, lascio mia sorella a casa e arr… – Costanza non le aveva permesso di concludere. Aveva iniziato ad agitare l'indice della mano destra in segno di diniego. Convinto per giunta. Il labiale chiarissimo: io vengo con te.

Vanina aveva intuito che controbattere non sarebbe servito a niente.

– Il tempo della strada e arrivo.

Spanò le aveva consigliato l'uscita di Giarre. Il navigatore di Google, che segue logiche non sempre comprensibili, suggeriva invece l'uscita di Acireale. Nel dubbio che la diversa indicazione fosse dovuta a una delle code chilometriche nelle quali non era difficile incagliarsi in quel tratto dell'autostrada per Messina, che in quanto a interruzioni e disservizi se la batteva con quella per Palermo, Vanina scelse di seguire il secondo. Alla terza rotatoria fu chiaro che il percorso era forse il piú breve, ma prevedeva l'attraversamento di una decina di paesi pedemontani, lungo una provinciale a dir poco tortuosa.

Dalle parti di Milo, la strada si addentrava in un bosco. Vanina guardò il navigatore sul telefono di Costanza, infilato in un braccetto attaccato al cruscotto: segnalava ancora quindici minuti di viaggio.

– Il periplo della muntagna mi sta facendo fare, – bofonchiò, afferrando il suo telefono.

Costanza sporse la testa fuori dal finestrino.

– Ma è bellissimo qua.

– Vedi se ti devi fare male, – la rimproverò Vanina, mentre aspettava che Spanò le rispondesse.

– Capo, a che punto è?

– Che ne so, ispettore. Sto entrando ora in un paese che si autodefinisce «villaggio ideale d'Italia».

– 'U furnazzu? Ma che strada fece?

– Come l'ha chiamato?

– Fornazzo. È una frazione di Milo. Perciò alla fine decise di passare da Santo Stefano, dottoressa?

– No. Il navigatore mi disse di uscire ad Acireale.

– Madunnuzza, perciò si fece Santa Venerina, Zafferana...

Lo interruppe.

– Vabbe', Spanò, quanto mi ci vuole da qua?

– Oramai poco. Segua la strada, arrivata a Milo giri per Sant'Alfio. Lí trova le indicazioni turistiche per il castagno.

La strada tornò a infilarsi nei boschi e ne riuscí. Qualche curva prima di Milo, un cartello attaccato al muro che costeggiava la strada a destra attirò l'attenzione di Vanina. C'era scritto, a mano e in stampatello, PER FAVORE NON SUONARE, con la faccia di un cantante siciliano di cui non ricordava il nome. Sul muretto di sinistra, un secondo cartello: PER FAVORE NON SUONARE. Il volto accanto stavolta era di Franco Battiato, che di quel paese era un illustre cittadino.

– Vani, guarda là –. Costanza scoppiò a ridere. Un altro cartello, con la faccia di un cantante napoletano, recitava: SUONARE IL CLACSON PORTA IELLA. Piú avanti, un'insegna indicava un luogo per cui il silenzio evidentemente era una condizione essenziale.

Appena fuori Milo, dall'incrocio per Sant'Alfio in poi il panorama cambiò: la strada iniziò a scendere e la costa ionica si rivelò di colpo, con colori che si manifestavano di rado. Dalla montagna al mare in un minuto. Qualcosa a cui Vanina, dopo quasi due anni di permanenza a Catania, ancora non s'era abituata.

Il Castagno dei cento cavalli, riconosciuto dall'Unesco nel 2008 come «monumento messaggero di pace nel mondo», era indicato in ogni modo, perfino in inglese – *Chestnut of one hundred horses* – e altre lingue.

– Mizzica che spiegamento di segnaletica. Ma vero non ne avevi mai sentito parlare? – si meravigliò Costanza.

– Perché, tu ne sapevi cosa?

– Io? Sull'Etna ci sarò stata sí e no due volte in vita mia. Fatta eccezione per quest'ultimo mese. Ma tu abiti a un passo…

Per una come Costanza, che conosceva a menadito le bellezze architettoniche e naturali di Palermo – inclinazione di cui Vanina era venuta al corrente da pochissimo, e non senza un certo stupore – doveva essere assurdo.

– E infatti, come vedi, adesso sono qua, – se la rigirò Vanina, mentre seguiva le indicazioni per il parcheggio.

– Ma solo perché ci ammazzarono qualcuno.

– E come pensi che abbia esplorato buona parte di Catania?

Costanza la guardò incerta. Di nuovo non capí se stava scherzando o diceva sul serio.

Vanina le sorrise. – Amuní, Cocò, finiscila di camurriarmi. Va bene, ignoravo l'esistenza di 'sto monumento nazionale.

Nel parcheggio c'era una ventina di auto. I relativi proprietari e passeggeri se ne stavano riuniti in gruppetti tra il chiosco e l'ingresso del vialetto che portava al castagno. I tavolini erano occupati da avventori che si alzavano e si sedevano creando confusione.

Vanina si fermò accanto al furgone della Scientifica. Un paio di uomini impaludati nello scafandro d'ordinanza stavano scaricando degli strumenti dal portellone aperto. Ne riconobbe solo uno: un videofotosegnalatore che spesso stava in squadra con il sovrintendente capo Pappalardo, l'elemento piú in gamba dell'intero gabinetto. Era un ottimo segno.

– Buongiorno, signori, – li salutò, uscendo dall'auto.

I due si misero sull'attenti e la salutarono a loro volta.

– Che è 'sto casino? – chiese Vanina, infilandosi la giacca di lino blu sulla fondina e aggiustando la Beretta con un gesto automatico.

– Niente, dottoressa Guarrasi, è gente venuta per visitare il castagno, – rispose quello che lei aveva riconosciuto. – I colleghi non li fecero passare e si riversarono tutti qua.

– A giudicare dall'agitazione, qualcuno deve averli notiziati dell'accaduto.

Costanza scese dalla Mini e la raggiunse.

– Buongiorno, – disse.

I due la guardarono incuriositi. Bedda la carusa, ma chi poteva essere? La faccia della sbirra proprio non ce l'aveva.

– Mia sorella, – la presentò Vanina, poi s'allontanò dal furgone. – Cocò, vedi se riesci a trovare un tavolo libero al chiosco, altrimenti mi aspetti in macchina.

– Che cosa? No no, nemmeno per idea, io vengo con te.

– Non se ne parla proprio. Sto andando sulla scena di un omicidio, non è posto per te.

– Dài, Vani, ti giuro che me ne sto lontana. Voglio solo vedere il castagno.

– Cocò, forse non capisti bene: non è una gita, c'è una donna morta ammazzata, e pure in modo violento. Ripeto: non è cosa per te –. Tentò di accompagnarla verso il chiosco.

Costanza puntò i piedi. – Ti ricordo che mi sto laureando in Medicina, sui cadaveri ci studio l'anatomia e il sangue non mi fa nessuna impressione –. A vederla nessuno l'avrebbe mai detto, ma la ragazza non scherzava. Degna figlia di suo padre, che di mestiere faceva il cardiochirurgo e vantava un meritato credito in tutta la Sicilia, Cocò aveva col bisturi la stessa dimestichezza che sua sorella aveva con le indagini di polizia.

Vanina aprí la bocca per replicare, ma non ne ebbe il tempo.

– Ragione ha, – disse qualcuno alle sue spalle. Capí all'istante a chi apparteneva la voce e si voltò.

Adriano Calí sogghignò. Baciò e abbracciò entrambe.

Camicia di lino bianca, giacchetta beige, pantaloni beige, mocassino un tono piú scuro dei pantaloni. Non un solo colore fuori posto, non una sola sbavatura di stile. Con quale coraggio si presentasse cosí abbigliato al cospetto di un cadavere che si immaginava già quanto sangue avesse disperso intorno a sé, per Vanina era un mistero almeno quanto lo era la capacità del suo amico di uscirne sempre perfettamente immacolato.

Adriano interpretò al volo lo sguardo delle due donne.

– A un pranzo a Noto me ne stavo andando, per questo sono vestito cosí, – si giustificò.

Vanina scrollò le spalle. – Niente ti dissi.

– Comunque, la carusa qua ha ragione: quasi medico è. Un poco di sangue impressione non gliene può fare. Vero, Cocò?

In quel mese e mezzo, Costanza era diventata Cocò per tutti i *selezionati* amici che frequentavano casa di Vanina. Adriano era uno dei piú assidui.

– Sacrosante parole. E poi ho promesso che non mi avvicino.

Vanina si limitò a guardarli storto mentre si scambiavano sorrisetti complici. Tirò fuori una Gauloises, l'accese e si mosse verso il vialetto che portava al castagno.

Spanò e Ristuccia se ne stavano di piantone, in compagnia del sovrintendente capo Pappalardo, che aveva preferito aspettare il medico legale prima di iniziare il sopralluogo. Appena videro arrivare la Guarrasi assieme a Calí si mossero tutti e tre verso di loro.

– Dottoressa, dottore Calí, – salutò l'ispettore. Poi fissò sorpreso Costanza, che s'era messa in disparte vicino a una panchina con una fontanella davanti.

– Buongiorno, – le rivolse un cenno della mano. «E lei che ci fa qua?» diceva la sua espressione.

– Buongiorno, ispettore, – gli rispose la ragazza.

Vanina si guardò intorno. Uno slargo correva all'esterno di una cancellata verde che circondava l'intero perimetro di quella sorta di tempio naturale fatto di tronchi e radici, con una radura come navata, e un soffitto di rami intrecciati e foglie, verdi come la stagione prevedeva. Salutò il sovrintendente capo Pappalardo con l'affabilità riservata ai pochi eletti che annoverava tra i suoi collaboratori piú fidati.

– Ispettore, faccia strada, – ordinò, girandosi verso Spanò. Con la coda dell'occhio controllò che Cocò mantenesse la promessa. La vide seduta sulla panchina, fingeva di contemplare l'albero con un'indifferenza che la posa, rigida e guardinga, sconfessava. Aveva fatto la gradassa e ora si sentiva fuori posto. Vanina sfilò le chiavi dell'auto dalla tasca della giacca e gliele mostrò da lontano. Cocò non raccolse.

Piú che sotto un albero pareva di essere dentro un bosco.

– Facissi attenzione, dottoressa, che può inciampare nelle radici, – l'avvertí Spanò, mentre la precedeva.

Adriano era già chino sul corpo della vittima. Quella che avevano di fronte sembrava una scena da thriller americano, di quelli in cui un serial killer fa a pezzi le proprie vittime, rigorosamente donne. Proprio come la povera disgraziata che aveva trovato la morte sotto quel monumento naturale. Completamente nuda, le mani amputate appoggiate sul ventre, a sua volta squarciato in basso da un lungo taglio trasversale che correva da fianco a fianco. I piedi, anche quelli amputati, erano conficcati nel terreno. Il resto del corpo era ricoperto di tagli, piú o meno grandi, piú o meno profondi.

– Madonna santa, – mormorò Vanina, piú colpita di quanto si aspettasse.

– Ora capí perché preferivo che lo vedesse con i suoi occhi, dottoressa?

Impressionare una come lei, che metà della sua carriera l'aveva passata stando appresso a Cosa nostra palermitana e atrocità ne aveva viste a tignitè, di solito non era facile. Stavolta però qualcosa le stringeva lo stomaco. E siccome lo sguardo le cadeva sempre lí, quel qualcosa doveva essere per forza legato allo squarcio sul ventre della donna.

– La morte è stata causata da uno strangolamento, – comunicò subito Calí. – O, piú correttamente, la vittima è stata strozzata –. Indicò i segni sul collo.

– Riesci a dirmi quando? – chiese Vanina, senza smettere di fissare il cadavere.

– Mah, non piú di quattro o cinque ore fa. Le unghiature sono ancora visibili e stanno scomparendo ora. Piú di tanto non possono permanere, perciò secondo me è stata uccisa stamattina presto. Le amputazioni sono state realizzate sicuramente post mortem, perché il sangue presente intorno ai polsi e alle caviglie non è molto. È sgorgato per gravità. Anche i tagli, vedi? Guarda quello all'addome: i margini non presentano segni di contusione, che ci sarebbero se fosse stato eseguito mentre era viva. Ed è anche un taglio piuttosto profondo. Dopo l'autopsia ti saprò dire quanto.

– Perciò prima l'hanno ammazzata e poi l'hanno ridotta cosí.

– Questo è quanto posso dirti adesso, – confermò Adriano rialzandosi da una posizione precaria, seduto in equilibrio sulle caviglie, che gli aveva consentito di avvicinarsi al cadavere senza sporcarsi.

Vanina si voltò verso di lui, distogliendo per un attimo gli occhi dalla donna uccisa in quel modo barbaro.

– Non è poco, Adri.

Pappalardo girava torno torno al cadavere in cerca degli indumenti della vittima, e dell'arma da taglio con cui l'assassino aveva realizzato un simile scempio. Lo scuotimento della testa indicava che la ricerca fino a quel momento era stata infruttuosa. Allargò il giro, ma il risultato non cambiò.

– Niente, dottoressa. Non c'è traccia di effetti personali. Documenti manco a parlarne –. Si chinò a osservare il terreno vicino al cadavere, risalí con lo sguardo verso il cancello. – Non sono cosí sicuro che l'abbiano ammazzata qui.

– Perché? – chiese Vanina, chinandosi accanto a lui.

– Troppo poco sangue c'è.

– Quello potrebbe essere dovuto al fatto che, come dicevo, i tagli sono stati realizzati post mortem, – intervenne Calí.

– E poi taliasse ddocu, dottoressa, verso l'entrata, – continuò Pappalardo. – Quelli a me paiono segni di trascinamento.

– Potrebbe anche darsi che l'omicidio sia avvenuto altrove, ma le mutilazioni sono state eseguite qui, – spiegò Adriano. – I piedi sono sporchi solo nel punto in cui sono stati conficcati nel terreno, e il poco sangue che c'è è compatibile con la posizione delle braccia e delle caviglie.

Vanina si tirò su.

– Pappalardo, faccia una cortesia: passi subito a Spanò una fotografia del viso della donna. Solo del viso, mi raccomando –. L'unico punto che l'assassino, o l'assassina, aveva risparmiato. Poi si rivolse a Spanò: – Se non troviamo nessun documento, sarà necessario mostrare la fotografia.

– Il custode del castagno dice di averla incontrata spesso al Rifugio Sapienza. Il nome però non lo conosce.

Pappalardo recuperò la prima foto che aveva scattato, la passò a Spanò e riprese a ispezionare lo spazio sotto l'albero.

– Di armi da taglio manco l'ombra, – borbottò.

– Dovrebbero essere almeno due, – lo avvertí Calí.

Vanina e Spanò lo interrogarono con gli occhi.

Il dottore precisò: – Il coltello usato per il taglio all'addome non può essere lo stesso che è servito ad amputare gli arti in modo cosí netto. Per tranciare un osso ci vuole un'arma molto piú robusta.

– Perciò bisogna cercare due fendenti di dimensioni diverse, – sintetizzò Pappalardo, con la faccia scettica di chi dubitava già di trovarne uno, figuriamoci due.

Sandra Bellini e Luigi Spechis erano rimasti fuori in compagnia dell'agente Ristuccia e del custode del castagno, che quella mattina aveva avuto la sventurata idea di arrivare in leggero anticipo e si era imbattuto nei due forestali reduci dal ritrovamento. Non pago, s'era pure addentrato sotto l'albero per verificare di persona quello che i due gli avevano appena raccontato, uscendone di corsa un attimo dopo.

Come un disco rotto, gesticolando che pareva stesse allenando le braccia, l'ispettore Spechis continuava a ragionare sull'assurdità della coincidenza che li aveva portati lí appena prima che arrivasse la Mobile di Catania. Una telefonata anonima, dice. Ma di chi? E dove era scappato, senza farsi vedere? Il chiosco apriva presto, alle otto e mezzo già era operativo. Forse era scappato da dietro, campagna campagna? Magari non era manco solo, magari erano in due, oppure in tre. E siamo sicuri che l'incendio non fu appiccato proprio dall'assassino o dagli assassini? Forse per sviare l'attenzione... Andava avanti cosí da almeno due ore. La Ristuccia, cui Spanò l'aveva mollato, iniziava a manifestare segni di cedimento.

L'agente Bellini invece non proferiva parola. Preoccupata della magra figura che avrebbe fatto con i dirigenti quando Luigi avrebbe riferito – era certa che sarebbe accaduto – il suo svenimento davanti al cadavere, se ne stava seduta su un muretto, mogia. La parte della babbiona, aveva fatto. Se li immaginava, i commenti dei colleghi: l'impiegata alle poste doveva fare, altro che l'agente del Corpo forestale.

Cosí li trovò la Guarrasi, uscendo dalla cancellata. S'avvicinò, con Spanò al seguito.

– Che incendio? – domandò, senza preamboli.

L'ispettore Spechis si voltò di colpo e sobbalzò.

– Dottoressa Guarrasi, buongiorno –. Allungò la mano. – Ispettore Luigi Spechis.

Vanina gliela strinse. – Buongiorno, ispettore Spechis. Di che incendio stava parlando?

Spanò si sentí in dovere di intervenire. – Mi dimenticai di dirglielo, dottoressa, mi scusi. L'ispettore e l'agente erano in zona perché stamattina la collinetta qua dietro pigliò fuoco, e dovettero intervenire i mezzi della Forestale. Per scrupolo si fecero un giro al castagno e scoprirono la morta.

– Qualche malacarne dovette gettare un mozzicone al bordo della strada e... *pffú*... – Con le mani mimò il divampare delle fiamme verso l'alto. – *Pffú*, – ripeté. Poi, portando lo sguardo al cielo: – Al rogo le manderei, tutte le sigarette e chiddi ca se le accattano –. Tornato sulla terra si accorse che la Guarrasi lo fissava con gli occhi grigi che lo stavano trapassando da parte a parte come due laser e abbassò la testa. Solo allora s'accorse della sigaretta accesa tra le dita del vicequestore. Diventò bordeaux.

– Na... naturalmente no... non mi riferivo a lei. Ci mancherebbe... – farfugliò.

Bellini si alzò dal suo angolino sul muretto e si fece avanti, ringalluzzita. Come si dice: mal comune, mezzo gaudio. La malacumparsa di Luigi aveva dimezzato la sua. Con calma e con precisione estrema, fece rapporto alla dottoressa Guarrasi su quanto era accaduto quella mattina, fino al momento in cui il cadavere era comparso davanti a loro.

Costanza non s'era mai mossa dalla panchina. Mentre gli agenti della Mortuaria portavano via il corpo, Adriano la raggiunse. Appena lo vide la ragazza mise giú il telefono con cui stava smanettando.

– Tutto bene, Cocò?

Lei annuí.

– Che posto assurdo per morire, – disse.

– Perché, ci sono posti logici per morire?

– No. Ma questo è veramente strano.

A Calí scappò un sorriso.

– Che ho detto? – chiese Cocò.

– Niente, gioia. Stavo pensando agli ultimi casi

che capitarono in mano a tua sorella: non ce n'è uno in cui il morto, o la morta, non si trovava in qualche posto *strano*. Pare che se li va a cercare col lanternino.

– Non è che se li può scegliere.

– Certo che no.

Vanina s'avvicinò ai due e si piazzò in piedi davanti alla sorella.

– Cocò, io qua ho finito. Ora t'accompagno a Santo Stefano e me ne vado alla Mobile.

Costanza non protestò. Alle giornate solitarie in attesa che Vanina tornasse dal lavoro ormai si era abituata. Le stava perfino bene cosí.

– Ho un'idea migliore, – fece Adriano, alzandosi dalla panchina.

– Ovvero?

– Cocò me la porto io. Tanto il pranzo a Noto saltò. Ho chiamato Giuli, che ha prenotato un ristorante in una cantina vicino a Trecastagni con una coppia di amici e un collega suo. Io e Luca ci uniamo a loro.

Giuli, nota nell'ambiente giudiziario matrimonialista di Catania – e non solo – come avvocata Maria Giulia De Rosa, era una delle persone che Costanza aveva conosciuto meglio nell'ultimo mese. L'unica persona in grado di stanare sua sorella e di trascinarla in posti di super-tendenza che di propria spontanea volontà Vanina non avrebbe mai frequentato: ristoranti giapponesi, bistrot stellati, locali di Taormina celebri per i loro aperitivi, il tutto in compagnia di ciurme chiassose e allegre. Quelle occasioni avevano contribuito in modo significativo a risollevare l'umore di Cocò, che a differenza di Vanina gradiva assai quel genere di serate.

Spanò, sopraggiunto nel frattempo, alzò il dito chiedendo la parola.

– Scusi se m'intrometto, dottoressa, ma perché non se ne va a pranzo pure lei? Da qualche parte dovrà mangiare, no? Oggi *Nino* è chiuso. Se scende alla Mobile, a pizzette e cartocciate le finisce, e spatti manco buone pirchí anche il bar che le fa bene oggi è chiuso. Vada tranquilla, intanto io e Ristuccia ci procuriamo i filmati delle telecamere di sorveglianza del castagno, ce ne saliamo al Rifugio Sapienza e cerchiamo di recuperare qualche informazione sulla vittima. Ci vediamo piú tardi alla Mobile.

Le facce speranzose di Adriano e Costanza, oltre allo spettro di un pranzo a base di pezzi di rosticceria, «manco buoni» come diceva Spanò, misero in crisi la sua brama di andare a «covarsi» il nuovo caso in ufficio, pur in assenza di elementi. Poteva sempre accompagnare Spanò e Ristuccia al rifugio, cosí però avrebbe rinunciato definitivamente a un pranzo degno di questo nome.

Stava ancora meditando sulla scelta che le si prospettava, quando in fondo al vialetto proveniente dal parcheggio comparve il pm Franco Vassalli. Le occhiate che lei, Adriano e Spanò si scambiarono parlavano da sole. Ed esprimevano un pensiero univoco.

Sottovoce, ma di pancia, l'ispettore lo esternò.

– Minchia, ce l'eravamo dimenticato completamente!

La Guarrasi serrò le labbra per non ridere. L'ispettore la prese per un'espressione di rimprovero.

– Scusi, dottoressa, mi venne spontaneo.

Vanina partí incontro al pm, che s'era fermato per riprendere fiato a metà della salita. Un pendio cosí lieve che persino lei, notoriamente di scarsissimo fiato, l'aveva affrontato senza fatica. Ma Vassalli andava per la settantina e, a fronte di un fisico non proprio longilineo, era pure corto di gamba. Per non parlare dello stress che l'idea di un'indagine da condurre insieme a lei doveva provocargli. Non c'era da stupirsi se quel cuor di leone della magistratura catanese stentasse a riprendersi.

– Dottore, tutto bene?

– Be', considerato che è un giorno di festa e che ho abbandonato una riunione di famiglia, potrebbe andare meglio, – buttò fuori in un soffio, asciugandosi la fronte con un fazzoletto di stoffa. – Ho incontrato quelli della Mortuaria, stavano caricando il cadavere sul mezzo. Presumo che il dottore Calí abbia già finito –. Salutò Adriano, che li aveva appena raggiunti, e riprese a salire a passo lento.

– Allora, che mi dite? – chiese.

Iniziò il medico legale. – Donna, a occhio e croce una sessantina d'anni. L'hanno strozzata e successivamente mutilata. Domani, dopo l'autopsia, potrò dirle qualcosa di piú.

– Non ci sono indumenti né effetti personali, – aggiunse Vanina. – Al momento nessuna traccia dell'arma, o delle armi utilizzate.

Arrivarono nel piazzale davanti alla cancellata verde.

Vassalli indicò il castagno. – Il fatto è avvenuto là sotto?

– Non è detto. La Scientifica sta lavorando, vediamo che ci dicono, – rispose il vicequestore.

Il pm volle vedere una fotografia del cadavere.

– Santo Dio, che strazio, – fu il commento. Poi subito: – Ma qui siamo di fronte a una personalità disturbata. Una mente malata.

– Già, – concordò Vanina. Una volta tanto, aveva ragione lui.

– So che non c'è bisogno di dirglielo, dottoressa Guarrasi, ma cerchiamo di capire al piú presto chi era la vittima. Altrimenti rischiamo che l'indagine si areni prima ancora di iniziare.

Stupita, Vanina glielo assicurò.

Vassalli decise di oltrepassare la cancellata e arrivare fino al punto in cui era stata ritrovata la donna. Pappalardo e i suoi stavano setacciando palmo a palmo la piccola radura tra un tronco e l'altro. Per il momento senza risultato, se non un paio di impronte e i probabili segni di trascinamento.

Uscendo incrociarono la Ristuccia mentre accompagnava al parcheggio i malcapitati che quella mattina erano entrati per primi sotto il castagno.

– Chi sono quelle persone insieme alla sua agente? – chiese il pm, indicandoli.

– I due davanti sono l'ispettore e l'agente del Corpo forestale che hanno rinvenuto il cadavere, quello dietro è il custode.

Sentendosi chiamati in causa, i tre si fermarono. Le facce, già stravolte dall'esperienza appena vissuta, si dipinsero del timore di dover restare ancora lí.

Ma il pm li graziò.

– Mandatemeli in procura domani mattina.

Vanina lo fissò sempre piú stupita. Non lo riconosceva. Il fatto che fosse venuto sul posto invece di delegare, come di solito faceva nei casi meno «importanti», era una novità. In piú tutta quella solerzia.

– Ha qualcosa da dirmi, dottoressa Guarrasi?

Vanina si ricompose. – Nulla.

Il pm si avvicinò alla fontanella di lato alla cancellata guardandosi intorno. Gli occhi si posarono su Costanza, seduta sulla panchina.

Corrugò la fronte.

– E quella ragazza chi è?

Vanina si pentí all'istante di non averla lasciata al chiosco.

– Mia sorella, dottore.

Stavolta la faccia stupita la fece Vassalli.

– Sua sorella? – ripeté.

Vanina non capí se lo stupore fosse relativo all'esistenza stessa di una sorella o al fatto che si trovasse lí.

Per sí e per no mise le mani avanti. – Sí, lo so che una persona estranea alle indagini non si porta mai sulla scena del crimine, ma non ho potuto farne a meno. Era in auto con me quando mi hanno chiamato, non ho avuto modo di lasciarla a casa –. Ma vedi tu se una come lei doveva finire a giustificarsi con uno come Vassalli per una fesseria simile.

Ma al magistrato del perché Costanza fosse lí non interessava nulla. Non riusciva a capacitarsi di come una ragazza tanto giovane potesse essere sorella della Guarrasi. Doveva essere nata appena dopo la morte del padre, non c'erano altre spiegazioni.

– E che fa, non me la presenta? – disse, senza celare la curiosità che se lo stava mangiando vivo.

Vanina fece segno a Cocò di avvicinarsi. – Certo.

La ragazza si mise accanto a lei.

– Mia sorella, il dottore Vassalli.

– Lieto di conoscerla, signorina Guarrasi.

Vanina sussultò, aprí bocca per dire qualcosa, ma Cocò l'anticipò. Strinse forte la mano, proverbialmente molle e scivolosa, che il pm le aveva allungato.

– Costanza Calderaro.

La curiosità di Vassalli ebbe un picco massimo, ma stavolta dovette tenerla per sé.

4.

All'avvocata Maria Giulia De Rosa non pareva vero che la giornata si fosse animata in quel modo inaspettato. Non che avesse intenzione di stare da sola, anzi. Luce e Gaetano erano cari amici con cui condivideva viaggi, sciate invernali, navigate estive e serate mondane, e della cui unione, peraltro, era stata l'artefice, avendoli fatti incontrare anni prima. Quanto a Enrico Biancavilla, che non sapeva perché le fosse passato per la testa di coinvolgere, tutto si poteva dire tranne che fosse un uomo noioso. Il single piú corteggiato del foro catanese, fresco di divorzio e gentleman impeccabile. Un Cary Grant del XXI secolo, l'aveva definito Vanina i primi tempi in cui era a Catania, quando Giuli – ancora ignara delle traversie sentimentali della sua nuova amica – aveva tentato invano di appioppargliela. Tre persone simpatiche, senza alcun dubbio, ma che non potevano reggere il confronto con gli infiltrati dell'ultimo minuto. Amici con cui l'avvocata si spartiva il sonno, persone che vantavano posti speciali nel suo cuore. Che poi tra loro ce ne fosse uno che il cuore se l'era preso per intero, Giuli non riusciva a dimenticarlo, nonostante la sofferenza che quella insana passione le aveva provocato. Nonostante Luca Zammataro la evitasse da mesi, nonostante fosse stato l'ignaro Adriano a chiamarla per dirle che si sarebbero uniti a lei per il pranzo, nel sapere che di lí a poco l'avrebbe rivisto, Giuli s'era agitata. Minuto dopo minuto, i pensieri in cui s'era persa l'avevano portata senza fermate intermedie alla boccetta dell'ansiolitico, che aveva cominciato a fare il suo dovere.

In quel ristorante vicino a Trecastagni, come in tanti altri, l'avvocata vantava amicizie dirette con i proprietari e s'era fatta allestire un tavolo tondo. Cosí tutti avrebbero potuto parlare con tutti e nessuno sarebbe stato troppo lontano. Un ragionamento che rasentava la schizofrenia, se si considerava che la lontananza fisica era l'unica chance di non soccombere al fascino che Luca, malgrado tutto, continuava a esercitare su di lei e dal quale in quei mesi s'era salvata solo grazie al fatto che non si erano piú incontrati, nemmeno per sbaglio. Per fortuna ci sarebbe stata Vanina a levarle le castagne dal fuoco. L'unica persona in grado di farlo anche perché l'unica a sapere tutto. Doveva solo aspettarla.

Quando Vanina, Cocò e Adriano tornarono al parcheggio del castagno, Luca era già lí, appollaiato sul cofano della macchina in attesa che il suo compagno riemergesse dall'esame del cadavere di turno. Capello scarmigliato ad arte, barbetta incolta al punto giusto, occhiali da sole tondi in tartaruga con le lenti blu, pashmina di cotone al collo, sandali a gabbia di cuoio di alta manifattura italiana, uguali a quelli che Vanina portava in bianco. Se Adriano pareva uscito dalla vetrina di una sartoria di lusso, Luca era la rappresentazione compiuta del *boho chic* maschile. A Vanina sovvenne finalmente il paragone cinematografico – a tutti prima o poi ne affibbiava uno – che da tempo cercava di trovare: Johnny Depp, con qualche anno in meno e un po' di barba in piú.

– Tutto il tempo qua rimanesti? – chiese Adriano, dispiaciuto.

– E che dovevo fare?

– Che ne so, due passi sul mare, potevi arrivare a Riposto.

– Ma figurati se me ne andavo a scattiare fino a là sotto! Ne ho approfittato per riposarmi in macchina. Mi sono fatto pure un pezzo di sonno, che ancora non mi ripigliai –. Come dargli torto? Dopo tre settimane in Afghanistan, riprendersi dalla stanchezza non era cosa facile.

Il giornalista saltò giú dal cofano e abbracciò le due donne.

– E tu ancora qua sei? – chiese sorridendo a Costanza.

L'aveva lasciata tre settimane prima che forse, chissà, sarebbe rientrata a Palermo di lí a poco, e la ritrovava tre settimane dopo saldamente piantata sul suolo etneo.

– Colpa dell'indagine che ci fece tornare indietro, – rispose Cocò.

– Ca certo: l'indagine fu, – fece Adriano, sghignazzando. Quella carusa non gliela contava giusta, si stupiva della sua amica, che resisteva da un mese e passa alla tentazione di torchiarla.

Per levarsi dall'imbarazzo, Costanza s'avvicinò a un cartello dov'era illustrata la storia del castagno. Coscienziosamente la lesse tutta. Dai riconoscimenti di cui l'albero era stato insignito, alla leggenda da cui era derivato il nome: la storia della regina Giovanna che, arrivata dalla Spagna per visitare l'Etna con una vasta corte al seguito, aveva cercato riparo per sé e per i suoi accompagnatori sotto le fronde dell'albero che era riuscito a contenerli tutti.

Vanina la richiamò agitando le chiavi della macchina per aria tipo campanella.

– Amuní, forza, che io ho giusto il tempo per mangiare e poi me ne devo scappare alla Mobile. Piuttosto, speriamo che Giuli non si sia persa in qualche giro di case di amici.

– Non c'è pericolo, sono tutti fuori per il ponte, – assicurò Adriano. – Anzi, mi stupisco che lei sia rimasta a Catania.

Vanina invece non era sorpresa. L'amico non lo sapeva e non lo doveva sapere, ma negli ultimi tempi Giuli era cambiata assai. Per non destare sospetti, si sforzava di conservare le abitudini salottiere, ma la sua testa era altrove. Quando dissimulare le risultava troppo difficile, accampava scuse e si isolava.

E siccome non sapeva e non doveva sapere, Adriano proseguí.

– Luca, tu per caso l'hai sentita nel frattempo? Sai a che punto è?

– No.

Una risposta lapidaria, all'apparenza disinteressata. Solo Vanina aveva percepito la difficoltà che Luca aveva dovuto mascherare.

Certo che posizione piú scomoda di quella non le sarebbe potuta capitare. In difetto nei confronti di entrambi: di Adriano, in primis, perché non poteva rivelargli qualcosa che, oltre a ferirlo, avrebbe compromesso i suoi rapporti con Giuli e probabilmente anche la sua decennale relazione con Luca. Di Giuli perché, in cuor suo, non riusciva a giustificarla per quel tradimento, né a compatirla fino in fondo. Nemmeno dopo quello che l'amica aveva passato.

Vanina e Costanza attraversarono la sala principale del ristorante, un antico palmento interamente costruito in pietra lavica almeno un paio di secoli prima, per uscire dall'altro lato verso il giardino, dove Giuli aveva detto di aver prenotato il tavolo. A Vanina era bastato quel passaggio per rendersi conto della trappola in cui s'era cacciata, e maledire Spanò che l'aveva convinta a ficcarcisi dentro. Una decina di comitive vocianti all'interno piú quattro all'esterno, tutte in attesa di ordinare nello stesso identico momento. A voler essere ottimisti non si sarebbero alzati da lí prima delle quattro.

Giuli afferrò Vanina per le spalle. – Amica mia, meno male che hai deciso di venire. Non so come avrei fatto altrimenti, – le sussurrò all'orecchio.

Vanina riuscí solo a piegare la bocca in una specie di sorriso, della cui forzatura l'avvocata non stentò ad accorgersi. Il che accrebbe ulteriormente la gratitudine nei suoi confronti.

– Non avrei mai sperato di vederti qui, con un caso nuovo per le mani. E invece...

Vanina evitò di smontare tutta quella riconoscenza rivelandole di essere lí al solo scopo di mangiare come Dio comandava, prima di buttarsi a capofitto in un'indagine che la inquietava non poco.

– E che vogliamo fare, ci sediamo?

Spostò una sedia di ferro smaltata di bianco e si piazzò accanto a Giuli.

Cocò, piú ciarliera del solito, si sedette tra la sorella e Adriano. Tra il caseggiato antico, il giardino col pozzo, il pietrisco grigio per terra – che solo in quella parte di Sicilia si poteva trovare – e il vento che s'era calmato, il suo entusiasmo per quell'insperato cambio di programma iniziava a manifestarsi in modo evidente. Vanina la guardava di sottecchi e giurò a sé stessa che quella sera l'avrebbe fatta parlare.

Alle due e venticinque, a fronte di tre cestini di pane saccheggiati, arrivarono gli antipasti. Vanina aveva appena attaccato il suo sformato di verdure su fonduta di caciocavallo, quando il telefono le vibrò in tasca.

– Spanò, – rispose, senza nemmeno guardare.

– Ristuccia sono, capo.

– Oh, Agata, dimmi. Abbiamo scoperto qualche cosa?

– Poco e niente, dottoressa. L'incendio aveva fatto saltare l'elettricità e le telecamere di sorveglianza si erano disattivate. Purtroppo si sono persi anche i filmati immediatamente precedenti. La donna bazzicava spesso il rifugio, ma nessuno conosceva il suo nome. L'unica cosa che tutti gli interpellati ci dissero è che era un po' strana. Se ne stava per i fatti suoi, senza dare conto a nessuno se non alle persone che, di tanto in tanto, si portava appresso in qualche trekking. La chiamavano la Boscaiola perché se ne andava spesso boschi boschi, a cercare funghi.

– Sanno che cercava i funghi ma non sanno il nome.

– No. Però a quanto pare doveva essere una guida. Anche il custode del castagno, si ricorda, ci disse che l'aveva vista assieme ad alcuni turisti.

– Questo dovrebbe facilitare il compito. Le guide dell'Etna, che io sappia, tra quelle alpine e quelle vulcanologiche, dovrebbero fare capo a una sorta di consorzio. Chiedete notizie a loro.

– È quello che sta facendo l'ispettore, dottoressa. Contattò un amico di suo cognato, che lavora alla funivia e conosce tutte le guide. Gli diede appuntamento qua.

Ti pareva che Spanò non avesse parenti o affini pure in pizzo alla muntagna. Altro che famiglia: una colonia era.

– Vabbe', appena avete aggiornamenti chiamatemi.

Una ventina di minuti dopo il telefono vibrò di

nuovo. Dei primi piatti, nel frattempo, manco l'ombra. Lo sformato, però, era valso l'attesa.

Stavolta era Spanò.

– Capo.

Vanina si alzò da tavola e si allontanò.

– Ispettore, mi dica. Ci sono novità?

– Macché, dottoressa. Un pirtuso nell'acqua fici.

– Nemmeno il suo amico sapeva il nome?

– Macari iddu l'aveva sempre chiamata Boscaiola. Mi disse soltanto che era una conoscitrice esperta di funghi, e che li vendeva strada strada. Ma non era una guida. Per lo meno, non una guida ufficiale. Se ogni tanto accompagnava qualcuno in quota, lo faceva a titolo privato.

– Un'abusiva, in poche parole.

– Esatto.

Vanina sbuffò. Non c'era iattura peggiore di un omicidio senza nome.

– Va bene, Spanò, andatevene in ufficio. Finisco 'sto pranzo eterno e vi raggiungo.

Il primo piatto arrivò alle tre, il secondo alle tre e mezzo. Entrambi degni della migliore cucina siciliana. Le previsioni di Vanina non si erano discostate troppo dalla realtà. Per evitare eventuali ottundimenti, a malincuore aveva dovuto rifiutate il Nerello Mascalese prodotto dalle cantine omonime del ristorante, che gli altri invece avevano gradito assai, al punto da scolarsene tre bottiglie. La conversazione, che rimbalzava da un argomento all'altro con alticcia rapidità, a un certo punto cadde sul Castagno dei cento cavalli. Vanina, che intenzione di parlare della sua neonata indagine in presenza di gente estranea non ne aveva, glissò sull'argomento. Adriano, nonostante il vino, fece lo stesso. Cocò, che aveva promesso massima discrezione, si limitò a commentare l'incendio che, a detta delle guardie forestali, quella mattina aveva rischiato di minacciare il castagno.

– Ve lo immaginate? Un disastro sarebbe successo.

Luca, rimasto in silenzio fino a quel momento, a due posti di distanza da Giuli, ruppe il mutismo.

– Certo che è una coincidenza un poco strana, – osservò.

– Quale? – chiese Adriano.

– Che giusto giusto va a scoppiare un incendio vicino al posto in cui contemporaneamente viene commesso un omicidio.

Niente da fare, un giornalista bravo mezzo sbirro era. Soprattutto se per anni s'era occupato di nera, come aveva fatto Zammataro prima di votarsi ai teatri di guerra.

– Vero è, – fu l'unico sazio che Vanina concesse alla compagnia.

La faccenda dell'incendio, però, le rimase in testa. Mentre aspettava il cannolo scomposto, che se tanto dava tanto doveva essere fenomenale, andò a fumare una sigaretta lontano dai tavoli. Si appoggiò al pozzo e meditò sulle parole di Luca. Finché un lampo improvviso non le attraversò la mente, cosí forte da abbagliarla. Spense la sigaretta, tornò di corsa al tavolo e afferrò il telefono che aveva lasciato nella borsa. Compose il numero di Spanò.

– Ispettore, dove siete?

– Quasi in ufficio, dottoressa. Perché, che fu?

Non poteva chiedergli di tornare a Sant'Alfio.

– Niente, poi le dico. Pappalardo ha finito?

– Penso di sí. Mezz'ora fa mi chiamò che era per strada. Ma perché, capo, che successe?

– Niente, le dissi. Solo una cortesia: mi mandi il numero di uno dei due forestali.

Spanò rimase un attimo perplesso. Ma la Guarrasi cosí era: quando le girava nella testa qualche cosa, prima di contarla a qualcuno di loro doveva esserne sicura. Obbedí.

Appena ebbe riattaccato, Vanina tornò a recuperare la borsa.

– Picciotti, mi dispiace ma vi devo salutare. Chi può accompagnare Cocò a Santo Stefano?

Adriano alzò la mano. – Ci pensiamo noi, Vani, tranquilla.

Col solito gesto meccanico s'aggiustò la fondina e sistemò la giacca. Nel voltarsi rischiò di far decollare il cannolo scomposto che stava arrivando.

– Ma che fa, non lo vuole piú? – chiese la ragazza che serviva ai tavoli. L'unica della tavolata ad aver ordinato il dolce ora lo rimandava indietro?

Vanina non dovette nemmeno rifletterci. Lo afferrò e strada facendo se lo gustò fino all'ultimo pezzetto. All'uscita riconsegnò piatto e cucchiaino a un altro cameriere, che la guardò divertito.

Salí sulla Mini, mise in carica il telefono, che se mai sia si fosse scaricato senza navigatore chissà in che cratere sarebbe finita. Si accese una sigaretta e partí. Direzione Sant'Alfio. Mentre si trovava ancora in territorio conosciuto, salvò il numero dell'ispettore del Corpo forestale, che Spanò le aveva inviato, e lo chiamò.

– Spechis, – rispose lui.

– Buonasera, ispettore, sono il vicequestore Guarrasi.

– Dottoressa. Come posso esserle utile?

Andò dritta al punto. – Per caso siete riusciti a capire con esattezza da dove partí l'incendio stamattina?

– Certo che lo individuammo. A bordo strada fu.

– Mi potrebbe inviare il punto preciso via WhatsApp?

– Glielo invio subito, – disse, poi esitò un attimo. – Ma, dottoressa, se posso chiedere... perché le serve il punto preciso?

– Devo controllare una cosa.

La seconda pausa fu accompagnata da uno sbuffetto risolente.

– Spechis, qualche cosa che non va? – si spazientí la Guarrasi.

– No, dottoressa, anzi, mi scusi. Le mando la posizione. È che... pure io me ne stavo andando là.

Spechis aspettava sul ciglio della strada. Vanina accostò la macchina dietro la jeep della Forestale, recuperò un paio di scarponcini d'emergenza da dietro il sedile, se li infilò e scese.

– A quanto vedo abbiamo avuto la stessa pensata.

L'uomo si schermí, ma sotto sotto era compiaciuto. Condividere una pensata con la Guarrasi non era cosa da poco.

– Il punto di partenza dovrebbe essere piú o meno questo, – indicò.

Vanina si avvicinò.

– Lei ha già dato un'occhiata?

– Non mi pareva corretto. Preferii aspettarla.

Ma vedi tu. Quella mattina le era parso tanto maccarrune, e invece.

– Mi dia una mano, va', vediamo che troviamo.

Si misero a cercare senza altre spiegazioni. Tanto, era evidente che la pensata era stata la stessa per davvero.

– Ma può essere mai, – borbottò Spechis, bastone alla mano, facendosi largo tra i rovi bruciati.

– Che cosa?

– Non c'è bordo stradale in tutta la regione che non sia cummigghiato di munnizza. Taliasse ccà, dottoressa. Bottiglie di plastica squagliate, lattine, pezzi di lamiera.

– Mozziconi, – aggiunse Vanina, aprendo il palmo della mano opportunamente guantata. Ne aveva raccolti quattro. Prese un sacchetto trasparente dalla borsa e li infilò dentro. Risalí un po' la collinetta. Cercò il punto in cui il fuoco aveva fatto piú danni.

– Se c'è qualche cosa, è qua, – disse Spechis, muovendosi con cautela.

Vanina evitò di lasciare troppe impronte. Si guardò intorno in cerca solo lei sapeva di cosa. Stava per arrendersi quando un lembo di tessuto rosso attirò la sua attenzione. Si trovava al di là di un montarozzo ancora fumante.

– Spechis, venga un attimo.

L'ispettore si affrettò a raggiungerla.

– Come ci possiamo arrivare là?

L'ispettore prese le misure con gli occhi. Tornò verso la strada e risalí dal lato opposto del montarozzo. In bilico su una gamba allungò il bastone e agganciò il lembo di tessuto. Da una buca, per metà illeso, venne fuori uno zaino rosso. Spechis scese di corsa e Vanina gli andò incontro.

– Cose da pazzi! Si salvò perché finí lí dentro.

Vanina lo prese in mano. Poteva essere un buco nell'acqua, ma doveva provarci. Lo aprí con cautela. La parte superiore, mezza bruciata, si strappò e comparve il contenuto, anche quello mezzo bruciato. Un pacco di fazzoletti, un blister di farmaci troppo affumicato per leggere di che si trattava, un portafogli marrone da donna che già in partenza doveva essere assai malridotto. All'interno, trentacinque euro pressoché integri, una tessera BancoPosta, una carta di credito. Nello scomparto laterale, una carta d'identità.

Mentre la Guarrasi la estraeva Spechis trattenne il respiro. Guardò la foto, si passò una mano sulla fronte.

– Madunnuzza santa, dottoressa.

5.

La Panda 1000, miracolosamente arripizzata qualche settimana prima grazie a ricambi della cui provenienza era meglio rimanere all'oscuro, aveva esalato per davvero l'ultimo respiro. In piena salita di via di Sangiuliano, all'incrocio con via Crociferi, il motore s'era spento e dal cofano anteriore aveva iniziato a uscire un fumo denso, con un odore di olio bruciato che prometteva fiamme di lí a poco. Il commissario in pensione Biagio Patanè aveva avuto i riflessi pronti. Nel giro di un attimo, in mezzo al fuggi fuggi generale dei malcapitati che si trovavano nelle vicinanze, s'era catapultato fuori dall'automobile e s'era messo a correre a una velocità che le sue anche ottantatreenni in circostanze normali non avrebbero sostenuto manco ammuttate. S'era infilato in via Crociferi, allontanandosi piú che poteva dall'ordigno pronto a esplodere in cui s'era trasformata la sua macchina. Aveva tirato fuori il telefonino, santo chi l'aveva inventato, e aveva fatto due chiamate: la prima ai vigili del fuoco, già avvertiti da un passante; la seconda a sua moglie Angelina, per avvisare dell'accaduto la famiglia che a quell'ora si stava riunendo per il pranzo. A malincuore dovette informarla che i cannoli, per accaparrarsi i quali s'era assuppato mezz'ora di fila nella piú antica pasticceria di via Etnea, giacevano abbandonati sul sedile della Panda, con la quale avrebbero condiviso il destino. Un attimo dopo, la macchina aveva preso fuoco.

E ora Patanè se ne stava lí, seduto sul bordo di un'aiuola sfiorita – rimasta tale da anni – al lato dei quattro gradini da cui s'accedeva alla scalinata Alessi, in attesa che suo figlio Francesco gli comunicasse da che parte l'avrebbe raggiunto. Non era facilissimo. Escludendo via di Sangiuliano, ancora ostaggio dei vigili del fuoco nonostante la Panda – o quello che ne rimaneva – fosse stata rimossa, le opzioni per arrivare in auto quanto piú vicino a via Crociferi, che era pedonale, erano due: infilarsi nei vicoli che portavano quasi ai piedi della scalinata al fianco della quale era seduto lui in quel momento, oppure percorrere via Vittorio Emanuele fino a piazza Dusmet. La parata del Due giugno, cui il commissario aveva assistito come ogni anno, era finita da tempo. La circolazione tra piazza Università e piazza Duomo si sarebbe dovuta normalizzare, se non fosse stato per il blocco sulla salita di Sangiuliano. La direzione che Francesco avrebbe preso dipendeva solo dal traffico. In entrambi i casi, al commissario sarebbe toccato farsela a piedi per qualche centinaio di metri ma, essendo le due direzioni opposte, Francesco aveva insistito perché restasse dov'era in attesa di sue nuove. Patanè aveva accettato senza nemmeno rifletterci, un po' perché provato dall'esperienza, un po' perché lo scatto da centometrista di poco prima gli stava presentando il conto.

Se ne rimase lí per una decina di minuti, un occhio al telefono e uno all'orologio. Al dodicesimo minuto, corroborato dall'ennesimo sommovimento dello stomaco che reclamava cibo già da mezz'ora, si mise a pensare a una soluzione alternativa. Pensa ca ti ripensa, l'auspicata lampadina gli si accese nel cervello.

Prese il telefono e chiamò Francesco, che gli rispose al secondo squillo.

– Papà, sto arrivando. Scusami ma persi tempo con la mamma.

– Con la mamma? Pirchí, che successe?

– Ma niente, lo sai com'è. S'agitò. Non ti preoccupare, ora è di nuovo operativa. Santía contro la Panda.

– E naturalmente contro a mmia ca mi fissai a farla aggiustare a tutti i costi invece di rottamarla –. Una litania era, 'sta storia della macchina vecchia da buttare. Alla fine, però, aveva avuto ragione lei.

– Manco a dirlo. Comunque, tra dieci minuti al massimo sono lí. Fammi capire solo fin dove posso arrivare. Forse è piú facile a piazza…

Patanè lo interruppe. – Facciamo accussí: io ora me ne scendo alla questura centrale, che è proprio qua dietro, e tu mi raggiungi là.

Il figlio si stupí. – Alla questura centrale? E a fare che?

– Ca nenti, è tanto per passare un pizzuddu di tempo, che di starmene assittato qua mi stancai. Tanto sempre a peri ti debbo raggiungere. E ddocu con la macchina ci puoi arrivare sicuro.

Francesco non s'azzardò a replicare. Per suo padre la questura restava sempre il punto di riferimento in qualunque circostanza. La Mobile, poi, non ne parliamo: una seconda casa. In qualche modo, anche sfidando le chiusure stradali cittadine, l'avrebbe raggiunto lí.

L'agente di piantone, un ragazzo sulla ventina, uscí dalla guardiola. Spalle curve, braccia lungo i fianchi. Un dramalongo biondino, su cui le forbici del barbiere dovevano essersi sbizzarrite in modo particolare, combinandogli la testa a strisce.

– Prego? – chiese.

Il commissario Patanè, che da cinque minuti buoni passeggiava davanti al portone, mani dietro la schiena e Borsalino calato sulla fronte per proteggersi dal sole, lo guardò come si guarda un alieno. Quanti anni erano passati dal giorno in cui, per raggiunti limiti di età, aveva dovuto salutare la sezione Omicidi? Ventidue, se non qualcosa di piú. Eppure, al fatto che ormai – per sopraggiunti limiti di età anche degli altri – in questura non lo riconoscesse piú quasi nessuno, non riusciva proprio ad abituarcisi. Tanto piú adesso che, in modo del tutto insperato, aveva ricominciato a frequentare assiduamente il suo vecchio ufficio alla Mobile. Quell'agente gli pareva particolarmente novellino, ma la faccia ce l'aveva sveglia.

– Commissario in pensione Biagio Patanè, – si presentò.

Il ragazzo si raddrizzò.

– Buongiorno, commissario. Si vuole accomodare dentro?

– No, grazie, sto aspettando una persona.

– Se posso permettermi, se mi dice di chi si tratta gliela chiamo subito.

In effetti, il ragionamento filava. Un ex commissario piazzato davanti alla questura, chi poteva aspettare se non qualche collega della questura stessa?

– Grazie, non ce n'è bisogno.

L'agente non si mosse. Si mise a pizzo sul portone e gli sorrise.

Patanè avvertí il solito senso paterno che gli si scatenava al cospetto dei giovani, specie quando i giovani in questione erano poliziotti.

– Come ti chiami? – gli chiese.

– Agente Bonaparte Raffaele.

– Da quanto tempo sei in servizio?

– Sei mesi.

Nuovo di zecca. Aveva indovinato.

– E dove ti piacerebbe lavorare?

La guardiola non era la massima aspirazione di nessuno.

Il ragazzo s'imbarazzò.

– Non lo so... Già che sono entrato mi pare una fortuna...

Patanè s'accigliò. – Ca perciò un'idea di quello che ti piacerebbe fare non ce l'hai?

– Sí, certo. Ma per ora... non penso di essere all'altezza.

– Perché, dove vorresti lavorare?

L'agente iniziò a cedere. Sorrise.

– Alla Mobile, – confessò. – Nella squadra del vicequestore Guarrasi, – si lanciò ulteriormente.

Per Patanè quell'ammissione risuonò come una sinfonia. Un caruso sperto doveva essere, anche in questo ci aveva azzeccato.

– Bravo, – disse. Stava per partire col racconto della sua lunga permanenza alla scrivania che oggi occupava la Guarrasi, quando gli venne in mente che erano quasi le due e mezzo e ancora non l'aveva sentita.

Ma non doveva avvisarlo una volta arrivata a Palermo?

L'auto di Francesco spuntò in via Manzoni e arrivata in piazza San Nicolella si fermò. Il commissario salutò l'agente con un buffetto sulla spalla e s'infilò in macchina con il telefono in mano, pronto a chiamare la Guarrasi. In quel momento esatto, però, lo smartphone ultimo modello che proprio suo figlio gli aveva regalato mesi prima, e del quale Patanè ignorava il novanta per cento delle funzioni, si scaricò del tutto.

Tra la messa in carica, il pranzo di Angelina che anche riscaldato era cosa da alzarsi in piedi e farle la ola, i cannoli che sua nuora s'era premurata di andare a ricomprare, perfino nella stessa pasticceria per farlo contento, il nipotino Andrea che aveva preteso di coinvolgere la famiglia in un gioco di carte che si chiamava Uno, il commissario riuscí a riprendere in mano il telefono solo verso le cinque. Nessuna notifica. La preoccupazione lo assalí.

Si accomodò sulla poltrona che definiva «da terza età», premette il pulsante che consentiva di alzare le gambe, si mise comodo e fece partire la telefonata.

La voce della Guarrasi, dopo tre squilli, lo rinfrancò subito.

– Commissario!

– Dottoressa, tutto a posto? Arrivò a Palermo?

– Ma quale Palermo. Alla Mobile sono.

Patanè drizzò le antenne.

– Alla Mobile? Perché, che successe?

– Travagghio abbiamo. Di quello serio.

– Serio serio?

– Serio serio. Mi vuole raggiungere?

Mentre le rispondeva saltò giú dalla poltrona senza manco riabbassare il poggiapiedi, correndo come nemmeno quella mattina, minacciato dalle fiamme imminenti, aveva fatto.

Cinque minuti dopo era fuori casa.

Nell'ufficio di Vanina s'era già creato l'affollamento caratteristico delle indagini appena iniziate. La squadra era pressoché al completo, nonostante il giorno festivo e i turni già espletati. Spanò e Ristuccia, reduci dalla muntagna, s'erano piazzati sulle due sedie davanti alla scrivania della capa; il sovrintendente Domenico Nunnari era in piedi in una posizione che, considerati gli abiti da marine americano in missione speciale, si poteva definire marziale; l'agente Lo Faro, rientrato dopo un paio d'ore di sonno, era sul divanetto accanto al balcone col vicesovrintendente Fragapane. Infine, appena scesa dalla moto monumentale del Grande Capo, ormai ufficialmente da tutti riconosciuto come suo fidanzato, l'ispettore Marta Bonazzoli se ne stava di fianco a Vanina sulla poltroncina che di lí a poco, ne era certa, avrebbe dovuto cedere a qualcuno che l'avrebbe occupata stabilmente per tutta la durata dell'indagine.

Vanina riepilogò le informazioni apprese dai documenti scampati al fuoco e già in mano a Pappalardo, assieme allo zaino in cui erano contenuti.

– Perciò, picciotti: la morta si chiamava Anna Collesano e viveva a Piedimonte Etneo –. Passò a Spanò la fotocopia della carta d'identità. – Nata a Castelbuono nel 1952, – aggiunse.

Un particolare che l'aveva colpita. Castelbuono era il paese dei suoi nonni paterni, quello in cui era nato suo padre e che ormai da anni, con grande dispiacere, non aveva piú motivo di frequentare.

– Professione: lavoratrice autonoma, – lesse Spanò.

– Telefoni non ne abbiamo trovati? – domandò Nunnari.

Vanina storse la bocca, la sigaretta accesa tra le labbra.

– Un vecchio cellulare, di quelli che servono solo a fare telefonate. Per di piú gravemente danneggiato dalle fiamme. Pappalardo spera di ricavare lo stesso qualcosa di utile, ma francamente dubito che ci riuscirà. Intanto cerchiamo di risalire alla Sim, e di ottenere almeno i tabulati telefonici. Nunnari, ci pensi tu.

– Signorsí, – tacchi sbattuti, mano alla fronte.

La faccia divertita della Guarrasi come al solito lo inibí.

– Scusi, capo. Lo sa che... mi viene spontaneo scherzare.

Altro che scherzare. La sindrome del marine per davvero aveva.

– Fila a recuperare il numero della Sim, va', guardiamarina. Per il momento tempo per spanzarti di film di guerra non ne avrai granché.

Mimmo partí di corsa, caracollando verso la stanza accanto, quella che Vanina definiva «dei carusi», con grande ballonzolio di ciccia che debordava da tutte le parti sotto la maglietta mimetica infilata nei pantaloni cargo.

– Marta, vediamo di acquisire qualche informazione sulla vittima attraverso il sistema utente investigativo.

Bonazzoli, che si era allontanata dalla scrivania appena Vanina aveva acceso la sigaretta, fece un cenno affermativo e uscí dalla stanza un attimo prima che entrasse Biagio Patanè.

– Commissario! – Spanò scattò subito in direzione dell'ex capo. Non lo vedeva dall'ultima indagine che avevano concluso, e in cui la Guarrasi l'aveva coinvolto.

– Carmeluzzo!

S'avvicinò anche Fragapane, che come l'ispettore capo con cui condivideva ufficio e anzianità di servizio era sempre felice di rivedere il suo commissario.

Vanina lo aspettò alla scrivania con le braccia aperte.

– Ma perciò, aggiusta oggi aggiusta domani, la Panda le combinò uno scherzo? – Le aveva accennato qualche cosa per telefono.

– Lassamu stari, va', dottoressa. Autru ca scherzo: nenti rimase. Quattro lamiere bruciate. Macari un vassoio di cannola ci appizzai, – sdrammatizzò.

– E come venne qua? – chiese Spanò.

– Ca comu vinni. Mi rassegnai a usare di nuovo la macchina grande. Con relativa grandissima camurría per il parcheggio –. Ultimamente, per colpa dei numerosi forfait della Panda, s'era dovuto rassegnare varie volte a tirare fuori dal garage l'Alfa Romeo 155 blu, datata 1997.

– Si deve mettere l'anima in pace: ci vuole una macchina piccola nuova, – decretò Vanina.

Patanè alzò le mani in segno di resa.

– Stavolta piddaveru, dottoressa. Anche pirchí Angilina la sua non la molla manco a pregarla –. Una Fiat Seicento rossa di inizio millennio, di quelle col posteriore mozzato che oramai non si vedevano quasi piú, che in sedici anni non aveva fatto manco trentamila chilometri. E con la quale la signora Patanè ogni santa mattina si furriava tutta la città per accattare un panuzzo lí, due nodi di sasizza là, il pesce a Ognina, la frutta agli Archi della Marina. Un pomeriggio sí e uno no, si scarruzziava il nipotino tra partite di calcio e lezioni di inglese.

– Mi pare giusto, – commentò Vanina, mentre gli offriva la solita poltroncina accanto alla sua e un paio di cioccolatini per tenersi su.

Patanè si sedette, scartò e mangiò uno dei cioccolatini. Archiviò l'argomento sventolando le mani.

Infine si appoggiò con i gomiti alla scrivania.

– Parramu di cose serie.

Vanina raccontò al commissario il poco che sapeva. Nell'ufficio, oltre a loro due e Spanò, era rimasto solo Fragapane. Lo Faro e Ristuccia avevano raggiunto Nunnari.

Marta bussò alla porta, sempre semiaperta.

– Capo, posso?

– Entra, – la invitò Vanina.

Notò solo in quel momento che era acchittata come una manichina.

– Mizzica che eleganza impeccabile.

Completo color crema, camicia di seta bianca, un accenno di tacco. I capelli biondi legati, un filo di trucco. Pareva, se possibile, ancora piú alta, piú magra e piú bella di quanto non fosse sempre.

– Sono stata a un pranzo, – rispose, criptica. L'accento piú bresciano del solito.

Non c'era niente da fare: il tempo passava, la storia con Macchia non faceva piú notizia, eppure Marta di fronte ai colleghi s'imbarazzava ancora. Solo a quattrocchi con la Guarrasi, che la storia l'aveva sgamata per prima e che aveva dato il suo contributo concreto perché lei accettasse di uscire dalla clandestinità, riusciva a sciogliersi un po'.

Vanina la tolse dall'imbarazzo.

– Che mi dovevi dire?

– Ho cercato nel sistema informatico, e guarda cos'è venuto fuori? – Bonazzoli le porse un foglio stampato. – Anna Collesano non era il nome con cui la vittima era stata registrata all'anagrafe alla nascita.

– Palma Cusimano, si chiamava, – disse Vanina.

– Fino al 1984, quando ha fatto regolare richiesta al tribunale di Termini Imerese per il cambio del nome.

– Richiesta accordata in tempi brevi.

– Sí. Ma la roba strana non è questa. Simultaneamente al cambio del nome, come vedi, cambia anche...

– Il comune di residenza, – concluse la Guarrasi.

– E non solo, – Marta indicò piú avanti.

Una ruga verticale comparve sulla fronte della capa. Patanè inforcò gli occhialetti e allungò il collo per sbirciare.

Vanina lesse: – Nubile, niente figli. Fino al 1984 Palma Cusimano risiede a Castelbuono, in via... – Davanti all'indirizzo si bloccò. Era a due passi dalla casa dei suoi nonni, la cui vendita risaliva a molti anni prima, ma era ancora una ferita aperta. Si riscosse dalla deriva che i suoi pensieri stavano prendendo. – Dal 1971 al 1984 lavora all'ospedale di Cefalú come ostetrica, diploma conseguito a Palermo nel 1970. Dall'84 in poi diventa Anna Collesano, si trasferisce prima a... San Vito di Cadore? – si stupí. Guardò

Marta, che abbassò la testa come per dire: visto? – Lí diventa guida escursionistica. Dal 1988 risiede a Piedimonte Etneo, in una casa che da quell'anno risulta di sua proprietà –. Fece un'altra pausa mentre continuava a leggere, rigirandosi tra le mani una sigaretta spenta. Quando alzò gli occhi si rese conto che erano tutti sopra di lei, a capannello. Patanè grattandosi il mento, Spanò allisciandosi i baffi, Fragapane e Marta nelle retrovie. Tutti a rimuginare su quel foglio. Dal quale, a essere obiettivi, di veramente sospetto non emergeva granché. Tanto piú che a carico della donna non risultava nemmeno il piú lieve dei reati. Eppure.

– Aveva macari un'automobile intestata, – indicò Patanè, e con una fitta al cuore specificò: – Una Fiat Panda. 4x4.

Vanina e Spanò si scambiarono una di quelle occhiate alla sicula maniera, che non necessitavano di spiegazioni ulteriori, e che Bonazzoli ancora non riusciva a interpretare.

L'ispettore scosse il capo. – Dottoressa, quando noi ce ne andammo, nel parcheggio era rimasto solo il furgone della Scientifica, piú la macchina del proprietario del chiosco. Pande 4x4 non ce n'erano.

– Quindi i casi sono due: o al castagno la Collesano non c'era andata con mezzi propri, oppure qualcuno ha fatto sparire la macchina, – concluse Vanina, alzandosi e sfilando la giacca da dietro la sedia. Senza dire niente la indossò e iniziò a raccogliere telefono, sigarette e occhiali da sole. Da un cassetto della scrivania tirò fuori una palla di nylon blu. La aprí da un lato ed estrasse un piumino cento grammi stropicciato, che un po' per volta prese forma. Con un movimento della testa indicò la porta. Spanò e Patanè s'alzarono appresso a lei, e appresso a lei si mossero. Sulla fiducia. Tanto, era abbastanza chiaro dove volesse andare.

– Commissario, lei che fa? Viene con noi oppure per stasera preferisce tornarsene a casa? – Non voleva che si sentisse in obbligo di partecipare solo perché lei, per il piacere di entrambi, lo coinvolgeva. Su questo era stata sempre molto chiara: se non se la sentiva doveva dirlo. E quel giorno per lui non era stato propriamente una passeggiata.

Ma Patanè non era per niente stanco. L'indagine lo intrigava e intenzione di tornarsene a casa alle sei e mezzo del pomeriggio non ne aveva.

– Avverto Angelina che faccio tardi.

– Vanina ma… dove andiamo? – chiese Marta.

– A casa della Boscaiola.

Spanò si diresse verso l'ufficio che divideva con Fragapane, quello «dei veterani», a recuperare un giubbotto per sé e uno per il commissario, che non era vestito in maniera adeguata. Vanina entrò nella «stanza dei carusi» con Patanè al seguito e si rivolse a Nunnari, che era scattato sull'attenti. – Mimmo, allora che mi dici? Il numero della Sim?

– Eccolo, capo, – le mostrò un post-it su cui l'aveva appuntato.

– Dottoressa, vuole che ci pensi io a parlare col

dottore Vassalli per i tabulati e i tracciamenti? – si offrí Spanò, appena ricomparso.

– No, ispettore, lo chiamo io mentre saliamo a Piedimonte Etneo –. Prese il post-it e se lo mise in tasca.

Prima di uscire girò gli occhi sul resto dell'ufficio. Vide Lo Faro che cincischiava col telefono, perso nei propri pensieri. Ogni tanto, convinto che nessuno lo notasse, guardava di sfuggita Ristuccia, impegnata a setacciare il web alla ricerca di informazioni sul conto della vittima alla luce della scheda che le aveva passato Bonazzoli.

A Vanina venne in mente un dettaglio che poteva servire. S'avvicinò alla scrivania dell'agente, che non se ne accorse nemmeno finché lei non lo richiamò alla realtà.

– Lo Faro, t'addurmiscisti?

– Capo! – sussultò.

– Perché non te ne vai a casa, che ti facesti la notte piú mezza mattinata?

– Non ho sonno, dottoressa, non si preoccupi.

– Vero dici? A me invece pareva il contrario.

– No no, – si schermí il ragazzo.

Vanina non infierí oltre. La faccia da cagnolino bastonato dell'agente, lo sapevano tutti lí, non dipendeva dalla carenza di sonno. Una scoppola amorosa come quella che gli aveva inflitto Agata Ristuccia non si dimentica facilmente, specie se è ancora fresca. Anche se l'interesse era unilaterale, e niente avrebbe dovuto mai fargli sperare il contrario.

– Senti una cosa, Lo Faro: tu te la ricordi bene la voce della telefonata anonima di stamattina?

– Benissimo. Una voce brutta, dottoressa. Rauca. Finta. Capace che era pure distorta.

– Che accento aveva?

Lo Faro cercò con gli occhi Agata, cui quella mattina per un attimo aveva passato la cornetta del telefono.

La ragazza ci pensò.

– Non l'ho capito molto bene.

– Catanese no sicuro. Pareva piú simile al... – Lo Faro si fermò.

– Al?

– Al... non lo so, – esitò di nuovo.

Vanina perse la pazienza. – Lo Faro, vedi che ti levo il permesso di chiamarmi capo.

Argomento vincente. Dopo tutti i mesi passati a guadagnarsi quella posizione, di certo se la sarebbe tenuta stretta.

– Al suo, capo, – ammise.

– Palermitano. E tanto ci voleva a dirlo?

– Scusi, è che... mi pareva male. L'accento suo, comunque, è molto piú bello di quello della voce... – Appena in tempo, capí che era meglio fermarsi.

La Guarrasi scuoteva la testa. Non c'era niente da fare: la natura è natura. Lo Faro lecchino era e lecchino rimaneva, anche con tutta la buona volontà.

– Va bene, picciotti. Voi continuate a fare un poco di ricerche e poi rompete le righe. Chi è di turno stanotte?

Nunnari alzò la mano. – Io.

– Spero di farti arrivare i tabulati e il tracciamento già stasera.

Alla mercé di Vassalli, non era detto che ci sarebbe riuscita.

Bonazzoli era andata avanti e aveva tirato fuori un'auto di servizio dal parcheggio dentro la vecchia caserma. Un fuoristrada appartenuto a un trafficante di droga, affiliato alla piú potente famiglia mafiosa della zona, che un paio di settimane prima i colleghi della Catturandi avevano spedito al carcere di piazza Lanza assieme ad amici e compari.

– E che ci dobbiamo fare co 'sto bestione? – esclamò Vanina.

Marta sporse la testa dal finestrino. – Ma tu hai visto sulle mappe dove dobbiamo andare?

– A Piedimonte Etneo.

La poliziotta estrasse il telefono dalla nicchia in cui l'aveva sistemato e, senza dire niente, lo passò alla capa. Lei, sempre senza dire niente, allargò la mappa con due dita in corrispondenza dell'indirizzo di arrivo. Un pallino bianco in mezzo al nulla, con accanto una sola linea cosí sottile che piú che una strada comunale – se non addirittura rurale – non poteva essere. Tempo di percorrenza, cinquanta minuti.

– Ma sicuri siamo che è l'indirizzo giusto?

Bonazzoli confermò di averlo ricontrollato piú volte.

Spanò aiutò Patanè a issarsi sul sedile posteriore e s'accomodò accanto a lui. Vanina occupò il posto davanti. Guardò l'orologio.

– Martuzza, al ritorno fai il giro da Santo Stefano e mi lasci a casa, che il tempo di scendere fino a qua e risalire verso i Paesi Etnei, mia sorella la trovo che dorme. La Mini la lascio qui. Poi domani mi mandate un'auto di servizio.

– Non si preoccupi, dottoressa, le mando io qualcuno, – assicurò Spanò.

Appena si mossero, Patanè telefonò ad Angelina.

– Vedi che non lo so a che ora torno, – le disse.

La reazione, come da manuale, fu negativa.

– Iu all'ottu mi fazzu 'a pastina e me ne vado a letto, che il pranzo mi cascò pesante. Quando arrivi t'arrangi.

Inutile sperare che oramai, all'ennesima indagine in cui la Guarrasi aveva la gentilezza di coinvolgerlo, sua moglie se ne fosse fatta una ragione. Per un paio di giorni sarebbe andata cosí: tra funce di un metro, dispetti di ogni tipo e scenate di gelosia che manco quando aveva quarant'anni e motivi ne avrebbe avuti a tinchitè. Gli piaceva *iucare a fare lo sbirro*? Peggio per lui: si doveva assuppare le conseguenze. Quando avrebbe capito che quelle schermaglie non lo smuovevano di un centimetro, almeno fino alla risoluzione del caso, si sarebbe rassegnata. Per poi ricominciare da capo.

Il commissario chiuse la telefonata con un sorriso bonario.

– Scommetto che Angelina non la pigliò bene, – indovinò la Guarrasi.

– 'Sa chi mi cummina.

Vanina sorrise. Ne sapeva qualche cosa pure lei, di quello che riusciva a combinare Angelina Patanè. Nonostante tutto le voleva bene.

– Occhio, che una volta o l'altra le fa trovare la valigia fuori dalla porta.

Risero. Incurante delle occhiatacce di Marta, Vanina aprí il finestrino e tirò fuori la decima sigaretta della giornata. Stava per accenderla quando si bloccò. Di colpo si fece seria.

– Minchia, – le scappò, cosí veemente che si preoccuparono tutti.

– Dottoressa, che fu? – fece Spanò.

– Marta, mi dispiace ma devi tornare indietro.

Bonazzoli accostò subito, preparandosi all'inversione.

– Che è successo?

Vanina quasi si vergognò ad ammetterlo.

– Mi dimenticai i bagagli di Costanza in macchina.

Marta sfoderò l'abilità acquisita nei tre corsi di guida sicura che, sommati alla sua innata capacità di governare qualsiasi volante e a uno spiccatissimo senso dell'orientamento, le avevano fatto conquistare il podio di miglior pilota della squadra. Tra scorciatoie e sorpassi al limite del lecito, in cinque minuti riportò la capa in piazza Pietro Lupo, davanti alla Mobile, dove aveva parcheggiato la Mini.

– Aspittassi, dottoressa, l'aiuto io, – si offrí Spanò.

Scesero insieme. In un attimo trasferirono i bagagli nel fuoristrada e risalirono a bordo.

– Amuní, forza. Ora possiamo partire.

Erano ancora in piazza quando il telefono di Patanè squillò.

– Angilina, che c'è? – rispose. Ascoltò, aggrottò la fronte, sospirò. – Va bene, sto tornando, – e chiuse.

Si sganciò la cintura di sicurezza.

– Mi dispiace ma stavolta a me' mugghieri le debbo dare conto per forza.

– Che successe, commissario?

– Ma cchi ni sacciu. Dice che di bbonu e bbonu le mancarono le forze e quasi quasi stava svenendo.

L'occhiata che lanciò a Vanina suggeriva qualcosa che a parole non avrebbe mai confessato: era vero o era un escamotage?

– Chiamò macari la vicina –. Aveva sentito distintamente la voce della signora Burgio.

Marta arrivò in retromarcia fino all'Alfa Romeo parcheggiata due auto prima di quella della Guarrasi.

Vanina ridiscese per salutarlo.

– Mi raccomando, mi faccia sapere.

Patanè glielo assicurò.

6.

Per recuperare il tempo perduto, Marta appesantí il piede sull'acceleratore. In dieci minuti attraversò la città evitando accuratamente il lungomare, che era ad alto rischio di imbottigliamento, e salí dritta dritta da via Etnea fino alla circonvallazione per poi andare verso l'autostrada Catania-Messina. Il casello, in direzione Messina, era pressoché vacante. Stessa cosa non si poteva dire della direzione opposta, dove la fila si estendeva come minimo per quattro chilometri.

– Taliasse ddocu. Tutti di rientro da Taormina, – fece Spanò. Il tono, che poteva suonare sprezzante ma tradiva solo una sana e comprensibilissima invidia, raccontava che i programmi dell'ispettore per quella giornata dovevano essere assai diversi.

In presenza di Marta, Vanina non s'azzardò a chiedergli come andavano le cose con la sua ex moglie, che da qualche tempo aveva ricominciato a frequentare di nascosto dal nuovo compagno di lei. Un casino che solo Spanò avrebbe potuto combinare.

– Beati loro, – disse Marta, che aveva dovuto rinunciare alla serata col suo Tito.

Vanina non commentò. Si rigirò tra le dita la sigaretta rimasta spenta. Anche i suoi programmi erano altri. Poteva dire onestamente che le era dispiaciuto cambiarli? Fino a qualche mese prima non avrebbe avuto dubbi nel rispondersi che no, non le dispiaceva per niente. Che, anzi, un'indagine per le mani era sempre un toccasana e piú sarebbe durata meglio sarebbe stato. Con un certo sgomento, da qualche tempo iniziava a rendersi conto che non ne era piú cosí convinta. Guardò di sfuggita l'iPhone, la fotografia dell'Addaura dove avrebbe dovuto raggiungere Paolo quel pomeriggio. Ai due minuti di telefonata con cui gli aveva riferito il cambio di programma erano seguiti vari messaggi, cui lei aveva fatto fatica a rispondere senza cedere alla delusione che, invece, era lí e le teneva compagnia. L'unica certezza, che tale restava, era che un caso per le mani era sempre un toccasana. E a quella Vanina si aggrappò per non deprimersi.

Chiamò Vassalli in vivavoce e gli comunicò che aveva bisogno dei tabulati e dei tracciamenti della Sim di Anna Collesano. Il magistrato prese nota del numero. Cosa sorprendente, assicurò che avrebbe provveduto subito. Già che c'era, Vanina gli raccontò quanto aveva scoperto fino ad allora e gli annunciò che stavano andando a casa della vittima.

Anche stavolta Vassalli la spiazzò.

– Faccia tutto quello che ritiene necessario, dottoressa Guarrasi. E mi tenga informato.

Lo stupore che Vanina stava elaborando, una volta chiusa la chiamata, Spanò lo esternò senza mezzi termini.

– Ma chi ci cuntarono al dottore Vassalli?

Allo svincolo di Fiumefreddo, Marta uscí dall'autostrada e iniziò ad arrampicarsi sulla montagna lungo strade che Vanina non aveva mai visto prima, ma che somigliavano pari pari a quelle dell'altro versante. Attraversarono il paese di Piedimonte e uscirono in direzione di Linguaglossa. A un certo punto Marta svoltò a sinistra, su una strada che s'allontanava dall'abitato.

– Secondo me dobbiamo oltrepassare il resort.

– Perché, qua c'è un resort?

A Vanina pareva di essere in mezzo al nulla.

– Anche molto bello, con una spa e un ristorante buono.

– Ah, sí? Ma un ristorante normale oppure il povero Macchia s'è dovuto adeguare alla cucina vegana?

Marta non rispose alla provocazione. Dallo specchietto retrovisore vide Spanò ridacchiare sotto i baffi. S'irrigidí.

Vanina le toccò la spalla. – Amuní, non t'arrabbiare. Stavo scherzando –. Oddio, l'idea di Tito Macchia – centoventi chili di cristiano – chiuso in una sauna o in un bagno turco avrebbe chiamato altre battute. Ma Vanina preferí evitarle.

Superarono il resort, che a vederlo da lontano in effetti prometteva bene. Da lí in poi la strada si stringeva sempre di piú. Il navigatore indicava di proseguire dritto e poi svoltare a sinistra.

– Se mai sia viene qualcuno in senso contrario, pessi semu. A stento ci passiamo noi, – osservò Spanò.

Il percorso indicato dalle mappe corrispondeva a una stradina sterrata. Nel punto in cui bisognava svoltare, all'angolo, c'era un cartello: «Funghi. Ortaggi. Uova». Scritto a mano ma con cura, una parola sotto l'altra.

– Meno male che c'è ancora luce, – disse Vanina, attenta al bordo della strada. Bastava sbagliare di venti centimetri e si ritrovavano in mezzo alla terra. – Ragione avevi, Bonazzoli, a portare 'sta macchina –. Per fortuna quella specie di camion era attrezzato anche per evenienze del genere.

Dove lo sterrato finiva c'era una casa. Una vecchia costruzione di montagna a due piani, di pietra lavica, con tanto di tetti spioventi, comignoli e persiane ingrigite dal tempo. Immersa nella vegetazione rigogliosa, che dietro la casa si trasformava in uno di quei boschi che ogni tanto capita di incrociare sull'Etna. Davanti e di lato, un giardino non particolarmente curato, ma nemmeno incolto. Uno steccato di legno, con un cancelletto basso, separava il giardino dalla strada. Di fianco al cancelletto, una cassetta per le lettere, anche quella di legno, con una targhetta dipinta a mano. Spanò inforcò gli occhiali e si chinò per leggere il nome.

– Collesano. Idda è, – confermò.

Marta si guardò intorno.

– Ma come si fa a vivere da soli in un posto cosí?

– Dipende da quanto sola vuoi stare, – rispose Vanina. – Del resto, un motivo per cui la chiamavano la Boscaiola doveva pur esserci, no? Mizzica che freddo c'è qua –. S'infilò di corsa il piumino cento grammi, che nel frattempo s'era gonfiato e aveva preso perfino una bella forma. Diavolerie giapponesi.

Marta pareva non avvertire il freddo umido pungente che stava calando con la sera. Con la giacchetta del tailleur era e con la giacchetta del tailleur era rimasta. Solo le scarpe erano state sostituite da un paio di sneakers.

– Ma tu cosí devi restare? – commentò Vanina. Ci mancava solo che Bonazzoli si pigliasse la quarta arrifriddatura della stagione.

– Capo, son cresciuta in Val Camonica io, mica in riva al mare. Il concetto di «freddo» che abbiamo io e te è un tantino diverso.

La Guarrasi rispose facendo roteare una mano. – Bah, allora.

Spinse il cancelletto, che si aprí subito, ed entrò nel giardino. Un sentiero lastricato di basole laviche arrivava fin sotto due gradini larghi, oltre i quali c'era la porta d'ingresso. Nessuna traccia di automobili.

– Sentite? Cos'è? – disse Marta.

Vanina e Spanò tesero le orecchie.

– Iaddine, – sentenziò l'ispettore.

Bonazzoli non capí.

– Galline, Marta, – tradusse Vanina.

Spanò si lasciò guidare dall'udito. Si diresse a sinistra e girò intorno alla casa. Tornò dopo un minuto.

– Un pollaio c'è, là dietro. E macari un orto, manco tanto nico.

Vanina tirò fuori dalla tasca un sacchetto con un mazzo di chiavi estratte dallo zaino della Collesano che s'era fatta consegnare da Pappalardo. Tanto, a lui non sarebbe servito. Nel mazzo ce n'erano tre. Nessuna apriva la porta d'ingresso.

– Possibile? – disse Marta, sorpresa.

La Guarrasi le osservò illuminandole col telefono, visto che luce del giorno ormai ce n'era poca.

– Temo che il fuoco le abbia deformate.

Spanò frugò dentro un marsupio di pelle che teneva allacciato in vita. Una novità assoluta, che aveva tutta l'aria di essere un regalo. Tirò fuori un involto di velluto che pareva tale e quale la custodia per le posate d'argento di Bettina. Lo srotolò, mostrando una collezione di grimaldelli degna di Arsenio Lupin.

– Non mi taliate accussí. Che fa, non lo sapete che sono equipaggiato per tutte le evenienze?

– 'Sta collezione non gliel'avevo vista mai. Che è, acquisizione nuova? – lo stuzzicò Vanina.

– Me la regalò un amico mio fabbro. Ancora non la usai.

A giudicare dai dieci minuti di armeggiamenti che ci vollero prima che la serratura scattasse, doveva essere davvero cosí.

– Ma viri tu, manco la doppia mandata c'era. Bastava un ammuttune e la porta si sarebbe aperta da sola.

L'interno dell'abitazione non tradiva l'idea che se n'erano fatti esaminando l'esterno. Una vecchia casa di montagna etnea, che non vedeva manutenzione da tempo indefinibile. I muri grezzi, i blocchetti di pietra lavica a vista, le travi di legno grigiastro, il cotto del pavimento sbeccato in piú punti. La versione primordiale del «vintage» studiatamente riprodotto nei nuovi resort della zona, quelli che piacevano tanto a Marta e che Giuli e gli amici suoi frequentavano a domeniche alterne, quando non andavano a Taormina o a Noto.

Dall'ingresso, arredato con un mobile basso di legno grezzo e un attaccapanni, partiva una scala stretta che saliva al primo piano.

– Che posto lugubre, – fece Marta, entrando in un soggiorno che aveva lo stesso aspetto dell'ingresso.

Vanina accese la luce. Un divano e una poltrona, entrambi della stessa stoffa, fiorata e un po' lisa. Un tavolino ingombro di giornali e libri, un tavolo stretto e lungo di legno scuro con intorno sei sedie abbinate. Una credenza, un mobile basso uguale a quello dell'ingresso, con sopra qualche fotografia incorniciata. Da una porta di lato si entrava in una cucina abbastanza grande, in sintonia col resto della casa. Ceramica sul ripiano e sui lavelli, in basso tendine fiorate al posto degli stipetti, fornelli che come minimo avevano cucinato per quarant'anni e relativo forno che, Vanina ci avrebbe scommesso, doveva funzionare a gas. Accanto ai fornelli, una portafinestra che un tempo probabilmente era stata dipinta di bianco, con due tendine beige a coprire i vetri. Su un vecchio tavolo con il ripiano di marmo erano appoggiate una moka e una tazzina con piattino, di quelle di ceramica spessa con l'esterno marroncino che si usavano nelle cucine anni Settanta-Ottanta. Al centro, una scatola di latta.

– Pare precisa la cucina di me' zia Turidda, – disse Spanò. Una delle innumerevoli zie che l'ispettore nominava a turno, a seconda del contesto. Maricchia, la piú celebre, diventata in tarda età la pasticciera piú rinomata di Catania, era l'unica che la Guarrasi avesse avuto occasione di conoscere una volta.

Vanina sollevò il coperchio della moka. Un dito di caffè era ancora sul fondo. Sul piattino dov'era appoggiata la tazzina qualche briciola testimoniava il passaggio di un biscotto.

– La Collesano stamattina aveva fatto colazione prima di uscire.

Andò verso il finestrone, scostò una tendina e guardò fuori. Era quasi buio. Accanto allo stipite c'era un interruttore doppio, provò a premere a destra e si spense la luce interna. La riaccese e provò quello di sinistra. Una luce illuminò un terrazzino oltre il quale si intravedevano l'orto e un recinto con una piccola aia e una costruzione di legno. Il pollaio, con ogni probabilità.

– Spanò, quante uova c'erano nell'aia, ci ha fatto caso?

– Sinceramente no, dottoressa.

– Poi andiamo a controllare.

L'ispettore rimase perplesso. Ma che, alla Guarrasi appitittavano le uova della Boscaiola?

Vanina uscí dalla cucina.

– Marta, tu resta qua sotto e fruga un po': cassetti, credenza, mobili. Spanò, lei salga con me.

Il piano di sopra era molto simile a quello di sotto, con la differenza che i muri erano intonacati e, almeno in origine, imbiancati. Sul corridoio si affacciavano un bagno, che in confronto la cucina si poteva definire moderna, e tre stanze, la prima delle quali adibita a camera da letto. Un comò alto, una poltrona di pelle marrone piuttosto malconcia, una sedia di legno. Un armadio a tre ante con due cassetti e gli specchi macchiati. Un letto matrimoniale di legno scuro, davanti al quale Vanina e Spanò si scambiarono un'occhiata.

– Qua ci dormirono due persone, – decretò l'ispettore.

Vanina girò intorno al letto, sul lato destro si fermò. Infilò un guanto e raccolse una camicia a quadri appoggiata ai piedi.

– E una delle due di sesso maschile –. Le dimensioni parlavano abbastanza chiaro. – A giudicare dalla taglia, di corporatura massiccia. In altezza e in larghezza.

– Uno della stazza del Grande Capo.

– Piú o meno. Ma non diciamolo a Bonazzoli, mi raccomando, che ci resta male.

Spanò sghignazzò.

Vanina aprí i cassetti. Contenevano biancheria personale, biancheria da bagno, biancheria da letto. I vestiti nell'armadio si adattavano perfettamente al soprannome della vittima: pantaloni di fustagno, pantaloni di cotone grezzo, giacche imbottite, maglioni di lana, camicie sullo stile di quella maschile che era sul letto, ma di dieci taglie piú piccole. Accanto all'armadio c'era un paio di scarponi da trekking maschili, numero quarantasei.

– I vestiti sono tutti da donna.

– Perciò l'uomo non vive stabilmente qui.

Sul comò c'era una fotografia incorniciata di vecchia data. Un gruppo familiare, davanti a una casa di campagna.

– Andiamo a vedere le altre stanze.

Quella piú vicina alla camera da letto era una sorta di studio da pittore, con cavalletti, pennelli, colori, disegni e dipinti sparsi.

Spanò li ispezionò uno per uno. – Un'artista era, 'sta Boscaiola.

Vanina si fermò a guardarne uno, il piú grande. Appeso alla parete senza cornice. Raffigurava, un poco stilizzata, la casa di campagna che faceva da sfondo alla foto sul comò.

– Proseguiamo, ispettore. Ci rimane ancora una stanza –. Sperando che almeno lí qualche cosa di utile venisse fuori.

L'ultima porta, in fondo al corridoio, era chiusa a chiave. La chiave, manco a dirlo, non era nella toppa.

– Non mi piace per niente.

– E questo che mi viene a significare? – fece Spanò.

Forzò la maniglia, che magari era solo incastrata. La porta non si mosse di un millimetro.

– Pare inchiummata.

– Cerchiamo di aprirla, Spanò.

L'ispettore tirò fuori di nuovo l'armamentario dell'amico fabbro, che chissà com'è che s'era sognato di regalarlo giusto giusto a lui, e iniziò un combattimento contro una serratura che non si capiva di che genere fosse. Ad armi assolutamente impari. Dopo un quarto d'ora di buchi nell'acqua, fu chiaro a entrambi che con le buone non si sarebbe aperta.

– Si levi, dottoressa, provo a sfunnarla.

– Ca certo, cosí le finisce all'ospedale con la spalla fracassata.

– Addirittura! Ma lo sa quante ne sfunnai di porte, in trentaquattro anni di servizio? Un caforio e mezzo.

– Pure blindate?

– Che ci trasono ora le porte blindate, quelle sono un'altra cosa… – si interruppe. Fissò la capa negli occhi, che sembravano ridere o lampeggiare. Bussò sulla porta con il pugno chiuso, a martello. Si fece male. Il rumore sordo fu un'ulteriore conferma. – Minchia, piddaveru blindata è!

– Ma vero mi dice che non se n'era accorto, ispettore?

– Verissimo, capo –. Si massaggiò il lato della mano con cui aveva battuto sulla porta.

– Domani mattina dev'essere aperta, – ordinò Vanina mentre tornavano al piano terra.

Marta era curva sul tavolo da pranzo, pieno zeppo di carte.

– Che trovasti? – chiese Vanina.

– Erano nei cassetti del mobile di legno. Bollette: luce, acqua. Ricevute delle Poste. La Collesano percepiva una pensione, minima. Cartelle mediche, analisi del sangue.

– Vabbe', ci conservava le carte personali. Che altro c'è?

– Niente di che. Tovaglie da tavola, scatole piene di cianfrusaglie. Nella credenza solo piatti, posate e roba simile.

Vanina adocchiò un'agenda nera appoggiata sul tavolo. La prese e l'aprí.

– Questa cos'è?

– Ecco, quella forse è l'unico oggetto degno di nota. La Collesano ci segnava i guadagni che ricavava dalla vendita delle uova, in alcuni periodi dei funghi, che evidentemente raccoglieva nei boschi, e degli ortaggi. Doveva venderli anche in qualche mercatino di quelli a km zero. Ogni tanto compare la vendita di un pollo –. Bonazzoli storse il naso. Già le uova erano ampiamente fuori dal suo orizzonte alimentare, figurarsi il pollo.

Vanina diede un'occhiata veloce all'agenda, poi gliela ripassò.

– Questa ce la portiamo.

Guardò l'orologio.

– Le otto e mezzo si fecero. Amuní, picciotti. Quello che c'era da vedere l'abbiamo visto. Se ne riparla domani.

Mentre gli altri due richiudevano la casa, Vanina s'allontanò lungo il vialetto lastricato e s'accese una sigaretta. Aspirò una boccata e controllò il telefono. Tra i vari messaggi, tutti non letti, non ce n'era nemmeno uno di sua sorella. Non si stupí. Dal giorno in cui era arrivata, Costanza aveva dimostrato una straordinaria capacità di adattamento. Se ne stava tranquilla ad aspettarla e, a meno che non avesse qualche cosa da comunicarle, non la stressava mai con messaggi inutili. Pragmatica e serafica, proprio come suo padre.

Il contrario della madre, che invece di messaggi ne aveva mandati tre. Monotematici. Oggetto: Costanza.

Il quarto era di Paolo. «Tutto bene?» Gli rispose velocemente: «Ancora al lavoro, ti chiamo piú tardi». Preferí non interrogarsi su quanto di «coppia consolidata» sapesse quella chat, che fino a qualche mese prima si sforzava di ignorare in ogni modo. Lei, con quel riconsolidamento a distanza di anni, non riusciva ancora a farci i conti.

Spanò la risvegliò dall'abisso dei pensieri.

– Dottoressa, faccio un salto nel pollaio.

Con qualche secondo di ritardo, Vanina tornò a connettersi con la realtà. A debita distanza dal fumo, Marta illuminò il vialetto con la torcia del telefono.

– Dottoressa, – urlò Spanò da dietro la casa.

Le due poliziotte scattarono verso il pollaio. La Guarrasi già con la mano sulla Beretta, Bonazzoli facendo luce con la torcia. La puntò verso l'ispettore che saltò in aria, assieme alla gallina che gli stava accanto.

– Madunnuzza, chi scantu!

– Spanò, ma che fu?

– Niente, capo, mi poteva rispondere da dov'era. La chiamai solo per chiederle quante uova dovevo prenderle.

Vanina s'accorse che teneva in mano un cappello da pescatore, probabilmente estratto da una delle sue tasche multiaccessoriate, e lo stava riempiendo di uova. Lo guardò basita.

– Quante uova?

– Non me lo disse lei di venire a vedere quante uova c'erano? Assai ce ne sono. Quante gliene servono?

La Guarrasi lo perforò con un'occhiata che di rado riservava a lui. Spanò capí.

– Ma lei perché mi aveva chiesto di controllare quante uova c'erano, dottoressa?

– Per capire se la Boscaiola le aveva raccolte, Spanò, e farci un'idea di quando può essere uscita di casa l'ultima volta. Nessuno ci dice che quella tazzina e quel caffè siano di stamattina.

L'ispettore si sentí retrocesso al rango di Lo Faro. Una pugnalata al suo orgoglio di sbirro della vecchia guardia.

– Mi scusi, dottoressa. Non so come mi venne di capire fischi per fiaschi. A occhio non le raccoglieva da un paio di giorni –. Si chinò sull'aia illuminandola con il telefono appeso al collo e depositò il cappello per terra. Una gallina lo fissò, perplessa almeno quanto Vanina.

– E ora che sta facendo, Spanò?

– Come, che sto facendo? Le rimetto al posto loro.

– Ah, perciò, dopo tutto 'sto tempo perso, le vogliamo pure sprecare?

7.

Costanza si alzò dal divano su cui aveva sonnecchiato per due ore davanti al maxischermo, cambiando canale ogni tanto, e s'avvicinò alla libreria in cui Vanina teneva la sua collezione di film. Con un po' di riluttanza passò in rassegna la lista in cui sua sorella appuntava i titoli con una meticolosità sorprendente, considerato il disordine assoluto in cui viveva. Si sforzò di trovarne uno che la attirasse. In un mese e mezzo, aveva trascorso piú serate a base di vecchi film di quante ne avesse mai potute immaginare nei suoi ventitre anni di vita. Per riconoscenza nei confronti della sorella, che non solo la ospitava ma si sforzava pure di non farle nessuna domanda, abbozzava e si accollava pellicole di cui la maggior parte delle volte ignorava l'esistenza. Film in bianco e nero, capolavori – e chi lo metteva in dubbio! – degli anni Cinquanta, Sessanta, Settanta. Se le andava bene erano commedie, altrimenti le toccavano mattoni indicibili. Aprí la sezione Alberto Sordi e finalmente individuò qualche titolo che aveva perlomeno sentito nominare. Suo padre era un estimatore di Sordi quanto lo erano Vanina e quell'altro fanatico di Adriano. Stava ancora valutando cosa scegliere quando le squillò il telefono. Rispose di corsa.

– Vani.

– Cocò, perdonami se ti abbandonai.

– Non ti preoccupare.

– Una ventina di minuti al massimo e arrivo.

– Tranquilla. La cena è già pronta.

– Vero? Ma Bettina non doveva stare fuori fino a domani?

– Che c'entra Bettina, ci ho pensato io.

– Ah.

– Che significa 'sto «ah»? Credi che non sia capace?

– No no, per carità. Ero solo sorpresa. E che preparasti?

– Due melanzane al forno. Appena arrivi faccio la frittata, che fredda non è buona.

– Le melanzane? E dove le pigliasti? – si stupí Vanina.

– Nell'orto di Bettina. Tanto le va regalando a destra e a manca perché dice che ne ha troppe e non riesce a consumarle.

– Vabbe', vediamo che cumminasti. Per la frittata aspetta: le uova te le do io.

Spanò non volle sentire ragioni. Uno per uno si caricò i bagagli di Costanza e li trasportò in casa. Per ultimo depositò sul tavolo della cucina il cappello con le uova.

– Ma lei non se ne piglia manco uno? – lo richiamò Vanina.

– Ci mancherebbe, dottoressa. Dopo la malacumparsa ca fici!

Ci risero su tutti e due. Vanina insisté perché ne prendesse almeno due. L'ispettore accettò.

– Domani mattina alle otto sono là sopra col fabbro, – assicurò, prima di infilare le scale esterne che portavano al cancelletto di ferro oltre il quale Bonazzoli lo aspettava alla guida del fuoristrada.

Vanina rientrò in casa e raggiunse Cocò in cucina. La ragazza aveva già sbattuto le uova e aveva messo la padella sul fuoco. In un piattino aveva sminuzzato il caciocavallo con cui condire la frittata. Per come maneggiava fornelli e pentole, tutto pareva tranne che una cuoca improvvisata.

– Cocò, ma com'è che in queste settimane non mi ero accorta che sapessi cucinare?

– Non esageriamo ora, non è che so cucinare. Me la cavo.

Versò le uova sbattute nella padella con l'olio, la coprí con un coperchio e abbassò il fuoco. Col piattino del caciocavallo in mano aspettò il momento giusto per scoprirla.

Vanina la guardava attenta.

– E ora che dobbiamo fare?

– Ora ci sbacantiamo sopra il formaggio, la giriamo un paio di volte ed è pronta.

Dieci minuti dopo s'erano spazzolate tutto, frittata e melanzane. Vanina tirò fuori dal congelatore una vaschetta di gelato che Manfredi Monterreale, il piú simpatico e il piú palermitano dei pediatri di Catania, le aveva portato qualche giorno prima, quando «per caso» s'era trovato a passare da Santo Stefano. Sempre per caso, aveva pensato bene di suonare al citofono e presentarsi a casa di Vanina, armato del suo sorriso smagliante.

– Senti un po', Vani, ma Paolo che sei cosí amica con Manfredi lo sa? – chiese Cocò, mentre la sorella riempiva le coppe di gelato.

– Certo, – fu la risposta. Tanto secca che a Costanza non bastò.

– E Manfredi lo sa che stai con Paolo?

Vanina sentí il terreno farsi scivoloso.

– Cocò, ma che sono 'sti discorsi? Mangia, se no si squaglia.

La ragazza attaccò il gelato. Mentre se ne stavano in silenzio capí che sua sorella s'era rabbuiata e si dispiacque.

– Scusami, non volevo essere indiscreta, – disse a voce bassa.

Vanina la guardò: l'aria preoccupata, gli occhioni chiari da cui non traspariva un grammo di malizia. Allungò una mano e le accarezzò la guancia.

– Nica mia.

Cocò sorrise, sorpresa.

– Lo sai chi mi chiamava cosí? – fece Vanina, alzandosi e tirando fuori una sigaretta. Andò verso la mensola accanto al televisore, gli occhi puntati sulla foto incorniciata di suo padre, che le sorrideva sotto il cappello d'ordinanza da poliziotto.

Non s'accorse che Costanza l'aveva raggiunta e lo stava osservando insieme a lei.

– Lui ti ci chiamava? – domandò, quasi timorosa.

Vanina annuí.

– Lui mi ci chiamava.

Cocò era senza parole. Mai era successo che Vanina le parlasse di suo padre. Un padre assassinato davanti ai suoi occhi da quattro killer della mafia, in quel tempo famigerato in cui le strade di Palermo erano un campo di battaglia insanguinato. Quel tempo in cui uomini come l'ispettore Giovanni Guarrasi pagavano con la vita la lotta per la giustizia che combattevano ogni giorno. Anche se era nata dopo, anche se il suo di padre era vivo, anche se per l'età che aveva di quegli anni funesti aveva percepito soltanto l'eco, Cocò conosceva assai bene il rapporto esclusivo che legava Vanina al padre, cui lei in qualche modo aveva votato l'intera esistenza. Mai come in quel momento di caos assoluto Costanza sentiva di capirla.

– E tu... ci chiamasti a me?

Vanina le allungò un'altra carezza, con la mano libera dalla sigaretta.

– E chi ci dovrei chiamare, se non te?

L'unica risposta che l'emozione permise a Cocò fu un abbraccio, assai piú stretto di quanto Vanina si aspettasse. Troppo, perché fosse dettato solo da un impulso affettivo. Era un tentativo di aggrapparsi, che stavolta Vanina non aveva nessuna intenzione di ignorare.

– Cocò, che dici? Parliamo un po'?

Si sedettero fuori, nella veranda che un singolo gradino separava dall'agrumeto, le sedie rivolte verso la muntagna. Vanina aveva appena sentito Patanè: Angelina stava bene. A quanto pareva aveva avuto una crisi ipotensiva. Della cui autenticità – anche se non l'avrebbe mai ammesso – il commissario non sembrava propriamente convinto. Se l'indomani mattina era tutto a posto, alle otto e mezzo l'avrebbe raggiunta alla Mobile. Costanza prese un sorso d'amaro all'arancia e appoggiò il bicchierino sul tavolo di ceramica.

– Ho iniziato a sospettare che Tommaso non me la contasse giusta l'ultima volta che papà venne a Catania per lavoro. Te lo ricordi? Quando si fermò a dormire qui da te.

Vanina non dovette fare un grosso sforzo di memoria. Era il periodo in cui, per l'alzata d'ingegno di una negghia della mafia palermitana – per fortuna poi finita male – che le aveva recapitato un proiettile a casa, lei si trovava sotto scorta. Scoprendolo, Federico s'era terrorizzato come solo un vero padre avrebbe potuto. Quella sera aveva segnato una svolta nel rapporto di Vanina con il patrigno, da cui aveva sempre ricevuto amore senza essere in grado di ricambiare. In piú, s'era innescato un cambiamento, una revisione completa del processo, sommario e profondamente iniquo, cui lei aveva sottoposto sua madre per oltre vent'anni.

Si riscosse e tornò al presente. Costanza la guardava in attesa di risposta. Vanina realizzò che stavano parlando di sei mesi prima.

– E aspettasti di essere a un passo dal matrimonio per esserne sicura?

– Bella babbiona, vero?

– Bella, sicuro. Babbiona, dipende da quello che successe. Se non me lo spieghi non te lo so dire.

Cocò prese un respiro, come se dovesse prepararsi a un'apnea. Tracannò l'ultima goccia di amaro e attaccò.

– Tu lo sai che Tommaso è sempre stato il pupillo di papà. S'è laureato con lui, ha fatto la scuola di specializzazione appresso a lui, poi il dottorato di ricerca. Tutto sotto l'ala protettrice del professore Calderaro. Puntava alla carriera universitaria, e papà lo stimava parecchio. Lo mandò pure a Houston, a perfezionarsi. Tre anni fa tornò definitivamente a Palermo e...

– S'azzitò con te.

Costanza incassò il colpo rabbuiandosi, ma senza replicare.

Vanina avrebbe voluto mordersi la lingua.

– Scusa, Cocò. Non so come mi è uscito...

– Non ti scusare, la verità è. Fa male, ma bisogna prenderne atto. Io ci persi troppo tempo, – fece una pausa, – a capire il pezzo di merda che è –. Si fermò di nuovo.

– Cocò, vita mia, va bene che sono sbirra, però se non mi racconti che è successo non ti posso aiutare. Che combinò lo stronzo, ti tradí?

La ragazza fece un sorrisetto amaro.

– Nel senso che aveva una storia con un'altra? Non lo so. A giudicare dalla persona che è, non mi stupirei.

Vanina cadde dal pero. Chissà perché, era convinta che la lasciatina di sua sorella fosse questione di corna.

– Ma che fu, allora? – Si fece seria. – Qualche reato? – azzardò. La deformazione professionale.

Cocò ci rifletté.

– Sai che non lo so?

– Scusa, cosa non sai?

– Non so se quello che ha fatto Tommaso si possa configurare come un reato.

Vanina cominciò ad agitarsi.

– Cocò, per piacere, me lo vuoi dire di che si tratta oppure devo scippartelo con le tenaglie?

Costanza prese un altro respiro.

– Da qualche mese Tommaso era strano. S'appartava per rispondere al telefono, lo teneva sempre in modo che non potessi leggere il display. In piena mattina o in pieno pomeriggio capitava che lo spegnesse per ore, anche quando non era in sala operatoria. Ad aprile partí da solo, per sostituire papà in un congresso a cui lui non poteva partecipare perché s'era bloccato con la schiena. Al ritorno, la situazione peggiorò.

– In che senso?

– Lui diventò piú sfuggente. Non mi raccontava quello che faceva, nemmeno al lavoro. Non parlava piú nemmeno dell'abilitazione scientifica a professore associato. Se ne stava per i fatti suoi.

– E tu pensasti che avesse un'altra, – indovinò Vanina.

– Che dovevo pensare, Vani? Mi convinsi che fosse una collega. Da quel momento iniziai a controllarlo.

– Controllarlo come?

– Cercavo di seguire i suoi movimenti. Mi appostavo. Gli fregai il telefono un paio di volte e lessi i messaggi che aveva ricevuto, ma non trovai niente.

– E secondo te uno che nasconde qualche cosa lascia il telefono incustodito senza eliminare eventuali prove compromettenti?

– Oh, senti: tu fai la poliziotta, io sono una umile studentessa di Medicina, appassionata di storia dell'arte. Che ne so di come funzionano le dinamiche dell'occultamento di prove?

– Umile? Tu? – la sfotté Vanina.

Cocò le concesse un debole sorriso. – Amuní, Vani, finiscila.

– Va bene, umile studentessa, ma niente notasti durante gli appostamenti?

– Femmine non ne ho viste, però osservai una coincidenza: ogni volta che papà per qualche motivo era fuori, soprattutto di mattina, lui era pressoché irrintracciabile. Alla prima occasione in cui sapevo che papà non ci sarebbe stato me ne andai al Policlinico. Provai a chiamare Tommaso ma aveva il telefono spento, ed ero sicura che non fosse in sala operatoria. Arrivata in cardiochirurgia mi studiai un sistema per entrare senza farmi sgamare. Lo sai com'è: tra infermieri, medici e impiegati vari, là mi conoscono tutti. La figlia di Calderaro –. Calcò la voce sull'ultima frase, come per beffeggiare chi la pronunciava.

– E ci riuscisti, a non farti sgamare?

– Pure troppo bene. Passai dall'entrata laterale e andai verso le scale di servizio esterne. Meno male che prima di salire alzai gli occhi e mi accorsi che Tommaso era proprio lí, due rampe piú in alto, in corrispondenza del piano del reparto. Stava parlando con qualcuno, ma non era una donna. Cercai di capire chi fosse e riconobbi un altro professore di cardiochirurgia, uno con le mani in pasta ovunque, ammanigliato con mezza università, che papà non può vedere manco stampato in cartolina. Paneperso si chiama.

A Vanina scappò una risata. – Ma vero cosí si chiama o ce lo chiamano?

– No, proprio cosí si chiama. Olivio di nome –. Mentre lo diceva, venne da ridere anche a Cocò.

– Olivio Paneperso. Cose da farsi cambiare per davvero il nome all'anagrafe –. Costanza non poté cogliere il riferimento all'indagine. Vanina s'accese una sigaretta. – E come parlavano? Distanti, formali, oppure in confidenza?

Cocò s'era fatta di nuovo seria. – Ecco, proprio questo fu a non piacermi per niente: il modo in cui parlavano. Fitto, a bassa voce, come se nessuno dovesse sentirli.

Vanina avrebbe potuto trarre la conclusione da sola, ma la lasciò finire.

– A quel punto mi allontanai. Provai a richiamarlo, ma il telefono era spento. Allora me ne andai all'ingresso principale e salii fino al piano della direzione. Chiesi di Tommaso in segreteria. La segretaria, che mi conosce da quando sono nata, rispose che s'era allontanato ma sarebbe rientrato da un momento all'altro. Lo richiamai in sua presenza e feci la gnorri: mannaggia, ha sempre il telefono staccato. Cosí, a tentoni, giusto per capire se si stupiva della cosa.

– E si stupí? – Dal tono, Vanina sembrava avere già la risposta.

– Non solo non si stupí, ma mi spiegò pure il motivo. Tommaso il telefono...

Vanina non si trattenne: – Non ce l'aveva appresso –. Due piú due faceva quattro.

Cocò rimase per un attimo spiazzata. Le batté una mano sulla spalla.

– Oh, ma vero sbirra sei.

– Perché, avevi dubbi?

– Manco mezzo, – assicurò Costanza. E proseguí: – Il telefono era nella stanza accanto alla segreteria. Spento, appoggiato su un tavolino, accanto a un altro telefono.

– Che, mi ci gioco un braccio, era quello di Paneperso.

– Esattamente.

Vanina si chiese se Cocò avesse capito il motivo, che per lei era evidente. – E tu che hai fatto?

– Recitai la parte della fidanzatina innamorata con la segretaria, la pregai di farmi chiamare e me ne tornai a casa. Da quel momento però non lo mollai piú un minuto. Non mi poteva pace, Vani, per quello che avevo visto. Piú tempo passava, piú ci pensavo, piú mi rendevo conto che la cosa non quadrava.

– Certo che non quadrava.

– Appunto, e io volevo vederci chiaro. Appena papà si assentò di nuovo, tornai lí. Stavolta entrai direttamente dall'ingresso principale e mi diressi in segreteria. Tommaso era in reparto, ma sarebbe arrivato di lí a breve perché aveva una riunione, il che in assenza di papà era un po' anomalo. Mi pigliai il caffè con la segretaria e lo aspettai. Dopo una mezz'oretta spuntò. Appena mi vide partí con le moine: gioia mia, che bella sorpresa, e chi se l'immaginava. Fammi sbrigare un paio di faccende, giusto quelle piú importanti, che se no lo sai com'è, tuo padre mi bacchetta, e sono subito da te –. Scosse la testa. – Una babbiona ero, secondo lui. Come se niente fosse, andò nella stanza accanto e posò il telefono. Qualche minuto piú tardi entrarono due medici piú giovani, che io conoscevo. La donna, Daniela Boschetto, mi salutò pure con baci e abbracci. Era stata nell'équipe di papà per un periodo, dopo la specializzazione, poi aveva pensato bene di passare alle *dipendenze* di Paneperso. Anche loro andarono nella stanza accanto e ne uscirono senza telefono. Per ultimo comparve Paneperso. Oh, signorina Calderaro, che piacere! – Cocò fece la faccia schifata.

– Posò il telefono pure lui, – concluse Vanina.

– Dopo cinque minuti li vidi passare in direzione dell'uscita di servizio. Io invece sono uscita dall'altra parte, ho fatto il giro e mi sono piazzata sotto la scala di servizio, in un punto non visibile dal gruppo. Un gradino per volta mi sono avvicinata abbastanza da riuscire ad ascoltare. Ero pure in una posizione precaria, col rischio di cadere da un momento all'altro. All'inizio parlavano di pubblicazioni scientifiche, impact factor, sai, quelle cose lí.

No, stavolta Vanina era poco informata.

– Vabbe', – riprese Cocò. – Paneperso disse ai due che dovevano inserire il nome di Tommaso in tutti i lavori scientifici del suo gruppo. Ogni lavoro pubblicato in una rivista importante aumenta i titoli utili per l'abilitazione. E poi per l'eventuale concorso. Sarebbe diventato *inattaccabile*, diceva il professore.

– Dei titoli veramente meritatissimi, – ironizzò Vanina.

– Quelli che aveva ottenuto in tanti anni con papà lo erano di sicuro. Questi qua, ne dubito.

– Ma quelli gli sarebbero bastati, per l'abilitazione?

– Per partecipare gli bastavano, eccome. Quando aveva fatto la domanda sul sito, aveva gli indicatori a posto. I semafori verdi, li chiamano. Poi però c'è una commissione che deve giudicare chi è idoneo e chi no in base a degli altri parametri.

– Fammi indovinare: Paneperso è in questa commissione.

– Non lo so. Però a giudicare da quello che ho sentito dopo, potrebbe darsi.

– Che disse?

Gli occhi di Cocò assunsero un'espressione che Vanina non le aveva visto mai, nemmeno in quelle ultime settimane in cui era apparsa turbata.

– Che dissero, casomai. Appena i due rientrarono e Tommaso e Paneperso rimasero soli, non hai idea di che piega prese la conversazione, Vani. Una sequela di bassezze che mi veniva da vomitare solo al pensiero che uno come quello stavo per sposarmelo, e soprattutto che una brava persona come papà l'avesse stimato per tanto tempo. Intrighi, macchinazioni, tutto per impedire a papà di diventare direttore.

– Posizione a cui ambisce anche Paneperso.

– No, Paneperso il posto da direttore l'ha già vinto non so dove. Si deve trasferire a breve.

– Allora che gliene importa?

– E infatti pure io mi chiesi la stessa cosa. Che gliene importa a lui? Ma lo capii ascoltando la proposta che aveva fatto a Tommaso, e che Tommaso evidentemente aveva accettato. Lui lo aiutava ad avere l'abilitazione non solo a professore associato, ma anche a ordinario, nel giro di due sessioni. Anzi, glielo «garantiva», usò questa parola. Nel momento in cui fosse stato chiamato il concorso per direttore a Palermo, lui *garantiva* che Tommaso l'avrebbe vinto fregandolo a «quel grandissimo scassaminchia di Calderaro». In cambio pretendeva che Tommaso facesse tutto quello che gli domandava, portando avanti le persone che diceva lui, o che lui decideva di piazzare, sia in ambito locale che nazionale, in primis sua figlia, che a quanto ho capito si sta specializzando –. Furibonda, levò dalle mani della sorella la sigaretta e se la finí. – Che dici, è reato?

Vanina la guardò in silenzio, meditando su quello che aveva ascoltato. In un'altra sede, un racconto del genere sarebbe stato una denuncia bella e buona.

– Mi chiedo come avrebbe fatto Tommaso con te. Come avrebbe giustificato un tradimento simile nei confronti di suo suocero.

Costanza non rispose. Vanina capí che stava ricacciando indietro una lacrima.

– Cocò –. Allungò una mano sulla sua. La ragazza gliela strinse.

– Temo che non si fosse posto il problema. La «questione Costanza», come la definí Paneperso. Ormai mi doveva sposare per forza, altrimenti si sollevava un polverone con Calderaro. Poi si pensava. Poi, quando lo diceva lui –. Si girò, le si avvicinò faccia a faccia, agguerrita: – Bene, ora non potrà piú gestirsi la «questione Costanza» come gli conviene.

Tra l'amaro e la tensione che aveva scaricato in un colpo solo, Costanza era stramazzata sul letto che Bettina le aveva allestito in un angolo del soggiorno. La stessa brandina su cui Vanina aveva dormito – o tentato di dormire – proprio quella volta in cui Federico Calderaro s'era fermato da lei. La telefonata di Paolo arrivò provvidenziale verso mezzanotte, per smorzare la rabbia e l'amarezza che il racconto di Costanza le avevano lasciato. Vanina rispose mentre si infilava la maglietta che usava come pigiama.

– Ancora aspetto la tua chiamata, – recriminò Paolo.

– Scusami, volevo farlo dopo cena, ma ho avuto una lunga conversazione con Cocò.

– Ohhh, finalmente confessò il motivo per cui lasciò lo zito?

– Sí.

– E si può sapere?

– Sí, ma è meglio se te lo conto di persona.

– Quindi posso sperare di vederti a Palermo in questi giorni?

– Non so come farò con l'indagine, ma credo sia necessario accompagnarla –. Cocò doveva parlare con il padre, anche se per Federico sarebbe stata una pugnalata. Su questo Vanina era stata irremovibile. Se non trovava il coraggio, l'avrebbe aiutata lei.

– Cosí grave è la cosa?

– Seria.

Il breve silenzio di Paolo significava che s'era messo in modalità procuratore aggiunto della Dda e stava tentando di interpretare la risposta, ma dovette rinunciare subito.

– Vabbe', almeno con questa scusa ti vedo, che stamattina ci rimasi troppo male.

– Se non avessero ammazzato quella donna, adesso sarei lí con te. Nella nostra casa –. Ebbe paura di sé stessa. L'aveva detto per davvero?

La reazione di Paolo non permetteva dubbi. – Sono senza parole. Non ci posso credere. Barlumi di romanticismo sfondano la corazza.

Vanina non replicò. Per come stavano andando avanti le cose tra loro, la sua posizione di eterna indecisa era sempre meno credibile. Lui non metteva piú in discussione il fatto che anche lei volesse vederlo, e lei non trovava piú appigli cui aggrapparsi per non immergersi di nuovo fino al collo in quel fiume in piena che era la loro storia. Piú tempo passava, piú la fuga da Palermo, da Paolo e dalla sua vecchia vita che cinque anni prima aveva ritenuto salvifica le appariva inutile, svuotata dal senso che lei aveva voluto darle. E, ancora adesso, a otto mesi dal giorno in cui era ricominciato tutto, questo la spaventava non poco.

Paolo come al solito intuí i suoi pensieri.

– Contami la faccenda della Boscaiola, va', che mi intriga.

8.

L'ispettore capo Carmelo Spanò dovette fermarsi due volte lungo la strada per Piedimonte Etneo, dove per ragioni puramente territoriali risultava allocata l'abitazione della vittima. La prima, all'area di servizio Aci Sant'Antonio, serví a scongiurargli una botta di sonno. La seconda, in un bar dentro il paese, sopperí alla magra colazione di quella mattina e lo svegliò definitivamente. Spanò risalí in macchina e si piazzò nel posto in cui aveva appuntamento con il fabbro. Si guardò nello specchietto retrovisore e si pulí i baffi, che parevano aver raccolto tutto lo zucchero a velo della raviola al forno che s'era appena sbafato. Un lieve senso di colpa lo assalí. Male stava cominciando, se già adesso doveva ricorrere a sotterfugi per mantenere la pace che s'era ricreata con Rosi. Come aveva fatto ad andarsi a cacciare in una situazione simile solo lui lo sapeva: amante della sua ex moglie, ufficialmente ancora compagna dell'uomo per cui l'aveva lasciato.

Il furgoncino del fabbro lo affiancò.

– Buongiorno, ispettore.

– Buongiorno, Ciccio.

– Scusi se ritardai, ma ho dovuto recuperare un attrezzo che, per come me la contò lei, di sicuro servirà ad aprire quella porta.

– Non ti preoccupare. Seguimi.

Arrivare a casa della Boscaiola in pieno giorno fu molto piú facile. Con la luce tutto era piú riconoscibile, anche la stradina sterrata con il cartello «Funghi. Ortaggi. Uova». Dalla sera prima era cambiato un solo dettaglio.

– Ispettore, taliasse ddocu, – fece il fabbro, divertito.

Le galline erano uscite dall'aia e s'erano sparse per il giardino.

– Madre santa! Che mi scordai di chiudere il recinto? – Confuso com'era per la malacumparsa con la Guarrasi, non se ne sarebbe stupito.

Una per una, con l'aiuto di Ciccio, le riportò nell'aia. Gli venne in mente che quelle mischine minimo minimo non mangiavano da due giorni. Entrò in casa e si mise a setacciare la cucina in lungo e in largo.

– Ispettore, se mi dice che cosa sta cercando la aiuto, – si offrí il fabbro.

– Il mangime per le galline. Ma 'sa unni è.

Ispezionando la cucina si accorse che accanto al finestrone che dava sull'orto c'era una porta, piccola e poco visibile. Conduceva a una dispensa, ordinatissima. Per terra Spanò vide due sacchi di mangime.

– Un attimo ci metto, Ciccio. Scusami. Dopo capace che me lo scordo.

– Non si preoccupi, ispettore, io qua sono.

Carmelo uscí dalla portafinestra, fece quello che doveva, guadagnandosi un gran chiocciare di ringraziamento, e se ne tornò di corsa dal fabbro. A breve la Guarrasi gli avrebbe chiesto novità sulla stanza chiusa, di certo non poteva dirle che aveva perso tempo appresso al pollaio.

Salirono al piano di sopra e arrivarono davanti alla porta che Spanò non era riuscito ad aprire la sera prima. Il fabbro confermò quello che aveva dedotto Vanina: era una porta blindata, chiusa a doppia mandata, la qual cosa già da sola costituiva motivo d'interesse. Spanò desunse che la chiave dovesse essere conservata da qualche parte. Mentre l'uomo lavorava per scardinare la serratura, l'ispettore entrò nella stanza da letto della Boscaiola. Aprí cassetti e cassettini, rovistò tra biancheria e oggetti di ogni genere. Nel comodino di sinistra, lato da cui si presumeva dormisse la vittima, dato che la camicia da uomo si trovava a destra, c'era un mazzo con sei chiavi. Lo portò al fabbro.

Ciccio lo esaminò, poi scosse la testa.

– No, ispettore, non può essere una di queste.

– Tu prova lo stesso, non si sa mai.

L'uomo obbedí. Ovviamente aveva ragione lui: nessuna di quelle chiavi apriva la porta blindata. Non contento, mentre il fabbro riprendeva ad armeggiare, Spanò scese al piano di sotto e aprí tutti i mobili che aveva perlustrato Marta. Le uniche chiavi che trovò erano incompatibili con la serratura.

Dopo una mezz'ora buona di lavoro, il fabbro riuscí ad aprire la porta.

Spanò entrò nella stanza e iniziò a cercare. Cosa, non lo sapeva ancora.

Vanina raggiunse la cucina in punta di piedi. In anticipo sul suono della famosa sveglia antica, fatto assolutamente inedito, la disattivò per risparmiare a Costanza il risveglio traumatico che da settimane le toccava sorbirsi ogni mattina. A occhi semichiusi si preparò un doppio caffè con due capsule una dietro l'altra e lo versò in una tazza di latte delle dimensioni di una ciotola. Si abbandonò su una sedia a un lato del tavolino e attinse dal vassoio di Bettina. Un po' per volta iniziò a connettere. Controllò che il telefono non le avesse combinato lo scherzo di silenziarsi da solo: per fortuna l'audio era attivo. La fotografia dell'Addaura non era deturpata da nessuna notifica. Solo in alto, a interrompere quel cielo azzurro, comparivano giorno e ora: 3 giugno 2017, ore sette e trentotto minuti. Con calma si infilò sotto la doccia, che da quando c'era Cocò pareva diventata una succursale di un negozio di saponi. Per non parlare delle mensole del bagno, straripanti di tubetti e bottigliette che Vanina non avrebbe consumato manco in un anno. Afferrò un bagnoschiuma al cocco e uno shampoo che prometteva chiome di seta e passò una decina di minuti a bearsi sotto il soffione che Adriano le aveva regalato due anni prima, quando da neodirigente della Mobile di Catania aveva preso possesso di quell'oasi felice creata da Bettina. S'asciugò i capelli a testa in giú, come ogni volta, tanto sempre dritti sarebbero rimasti. Quando uscí dalla sua stanza, vestita di tutto punto, l'odore del caffè che Costanza si preparava rigorosamente con la moka aveva riempito il soggiorno. La ragazza era spalmata sul tavolino della cucina, il mento appoggiato sul braccio disteso, una mano attorno alla tazzina. La salutò agitando l'altra mano, al centro del tavolino.

– Nica, come stai? – le chiese Vanina. Aprí la vetrata che dava sulla veranda e s'accese la prima sigaretta della giornata.

– Un poco a *matapollo*, ma bene.

Vanina sorrise, quel termine gliel'aveva insegnato lei.

– Io ora me ne vado in ufficio, che Ristuccia è già venuta a prendermi. Tu che fai?

Cocò si tirò su.

– Boh. Innanzitutto mi piglio una granita da Alfio. Poi decido. Oramai gli orari dei mezzi che scendono a Catania li conosco a memoria.

– Comunque non disfare le valigie, che se l'indagine va a rilento domani ti accompagno a Palermo.

Costanza non rispose.

– Cocò, mi sentisti?

– Sí, sí. Ho capito.

Vanina indossò la fondina, sistemò la pistola e mise il blazer nero di lino sartoriale sulla camicia bianca di cotone giapponese che aveva infilato nei jeans. Si allacciò le stringate nere di pelle sfoderata con cui aveva sostituito quelle invernali. Quattro pezzi, senza l'ombra di un logo visibile, che da soli valevano due dei suoi stipendi e rappresentavano le uniche spese che si era concessa in tutta la stagione. Gentilmente recapitati a domicilio dalla guru della moda catanese che Giuli le aveva presentato due anni prima e che, reduce dalla chiusura del proprio negozio, ora lavorava in un altro posto. La sua «spacciatrice» di vestiti, la chiamava Vanina, per rimarcare che di un vizio si trattava, l'unico vizio modaiolo che aveva e a cui non intendeva rinunciare.

Mentre era sulla porta, Costanza la richiamò.

– Vani.

– Dimmi.

– Se pranzi col commissario Patanè mi avverti, che vi raggiungo?

Un'adorazione aveva Cocò per Patanè.

Vanina glielo promise.

Arrivò alla Mobile prima del solito e una volta tanto senza affanno. Il pacchetto di Alfio in mano per la seconda colazione della giornata. Senza farsi notare dai suoi, riuniti nella stanza dei carusi, entrò in ufficio. Non fece in tempo ad appoggiare il cartoccio sulla scrivania che la voce baritonale del primo dirigente Tito Macchia le annunciò il suo ingresso imminente.

Sigaro spento tra i denti, mani in tasca, una giacca beige chiaro che, assieme ai pantaloni dello stesso colore, lo faceva sembrare ancora piú imponente. Passo pesante ma sicuro. Abbronzato che pareva reduce da una settimana alle Maldive.

– Guarra', buongiorno, – salutò, avanzando nella stanza con un movimento d'aria che smosse le foglie dell'unica pianta sopravvissuta al pollice nero di Vanina. Spostò una sedia e la piazzò davanti alla scrivania.

– Buongiorno, Tito. Che ti pigliasti tutto il sole di San Giovanni Li Cuti?

– Ma qua' San Giovanni Li Cuti. Magari. A pranzo a casa del questore siamo stati, ieri, dopo la parata in piazza Università. Su un terrazzo assolato, con un caldo che si squagliava. Mi sono abbronzato là.

Il pranzo per cui Marta s'era dovuta allicchittare.

A giudicare dalla posizione rilassata che aveva assunto – spalle appoggiate allo schienale della sedia, che a stento lo sorreggeva, una mano a rigirarsi il sigaro tra le labbra – Vanina capí che la cosa sarebbe andata per le lunghe. Aprí il cartoccio di Alfio.

– Vuoi? – glielo porse. Per fortuna, pensando a Patanè, di cornetti ne aveva presi due.

Tito non se lo lasciò ripetere. In religioso silenzio, si spazzolarono un cornetto alla crema e mezzo cappuccino – ormai freddo – a testa.

– Ti giuro che non lo faccio di proposito, – disse Macchia mentre si puliva la barba, folta e scura, dallo zucchero.

– A fare che cosa?

– A entrare nella tua stanza proprio quando hai preso la colazione al bar.

Non era la prima volta che si dividevano un cartoccio portato da Vanina.

– Sarebbe difficile il contrario: la prendo tutte le mattine.

– Tutte le mattine? Ma perché, a casa non fai colazione?

– È la prima cosa che faccio, se no non connetto. Ma vuoi mettere il cornetto di Alfio? E le granite e le brioche.

– Vabbuo', ho capito, Guarra', un giorno di questi devo venire a Santo Stefano –. Appoggiò gli avambracci sulla scrivania, dirimpetto a lei. – Allora, ci sono novità?

– Rispetto a ieri sera non ne abbiamo, per adesso. Spanò è a casa della Boscaiola col fabbro, speriamo che da quella stanza chiusa venga fuori qualche cosa che ci faccia capire. Finora della vittima sappiamo solo che prima si chiamava Palma Cusimano, faceva l'ostetrica e viveva a Castelbuono; poi invece ha cambiato nome, vendeva funghi, ortaggi e uova alle pendici dell'Etna, e faceva la guida escursionistica, anche se ufficialmente non risulta da nessuna parte. E aveva un uomo, di cui al momento non sappiamo nulla, se non che porta piú o meno la tua taglia.

– Sí, Marta mi ha detto della camicia che avete trovato sul letto.

– Dov'era chiaro che avessero dormito due persone.

– Strano che quest'uomo non si sia fatto vivo.

Dell'omicidio hanno parlato tutti i telegiornali. Hanno mostrato anche una fotografia della vittima presa dai documenti che gli abbiamo dato noi apposta per richiamare qualcuno che la conoscesse.

– Molto strano. E infatti questa è l'unica pista che possiamo seguire. Sempre che troviamo qualche indizio in piú sull'uomo in questione. Nunnari dovrebbe aver ricevuto i tabulati e i tracciamenti della Sim della Collesano.

– Partiamo da lí. Intanto la camicia da uomo facciamola analizzare, almeno tiriamo fuori il Dna di questo tizio.

– Pappalardo l'ha già spedita a Palermo, assieme alle tracce sulla tazzina da caffè. Cosí capiamo se l'aveva bevuto lei. A giudicare dalla quantità di uova che c'erano nel pollaio, o la Collesano mancava da un paio di giorni, oppure era stata talmente impegnata da non raccoglierle.

Macchia sghignazzò col sigaro tra i denti.

– Le uova di Spanò.

Vanina evitò di ridere. Le dispiaceva infierire sull'ispettore. Un conto era prenderlo in giro di persona, un conto era sfotterlo alle spalle.

– Marta te lo raccontò?

– Certo, – continuava a ridacchiare.

– Aveva capito male. Succede, – tagliò corto Vanina.

– Vabbuo', – disse Tito, alzandosi, – fammi sapere che viene fuori dai tabulati e dalla stanza chiusa a chiave –. Si guardò intorno come se cercasse qualcuno, il sigaro di nuovo tra i denti e la faccia risolente. – Come mai ancora non s'è visto il tuo collaboratore preferito?

Lupus in fabula, in quel momento entrò Patanè.

– Angelina per fortuna sta bene. Forse tanticchiedda fiacca, ma già è in movimento, – rispose il commissario alla domanda che Vanina gli rivolse appena Macchia fu uscito.

La schermaglia a base di pacche sulla spalla e ammiccamenti allusivi a una sua presunta infatuazione senile per la Guarrasi, alla quale Tito lo sottoponeva ogni volta, era durata meno del solito. Patanè ormai ci aveva fatto l'abitudine. Gli bastava il fatto che il primo dirigente gli accordasse il consenso, tutt'altro che scontato, di partecipare alle indagini. Consenso che tra le righe nascondeva una stima che lo inorgogliva.

– Ma di preciso che ha avuto?

Patanè esitò.

– Amuní, con me può parlare senza problemi, – lo incoraggiò Vanina.

Il commissario emise un sospiro e allargò le braccia.

– Che le debbo dire, dottoressa. Mi sento una cosa tinta solo a pensarlo, ma sinceramente il dubbio che Angilina avesse fatto un colpo di teatro mi vinni. Me ne pentii subito, eh. Mi comportai comunque come se fosse vero. Ma il dubbio, a lei lo posso confessare, mi rimase –. Si fermò, poi riprese: – Lei lo sa, dottoressa: a ogni indagine a cui partecipai, Angilina se ne inventò una. E una volta fù lo sciopero dei fornelli con cui mi mise a pane e acqua, una volta le fece pigliare uno scanto lasciandole credere che stavo morendo, se lo ricorda?

Vanina sorrise, eccome se se lo ricordava.

– Per non parlare degli appostamenti e delle botte di gelosia. Doppu tutta 'sta chermesse, mi pare normale che uno la pigli con le pinze, no? – concluse Patanè.

– Come la favola *Al lupo, al lupo*, – rispose Vanina.

– Esattamente. Ma cambiamo argomento, dottoressa.

Vanina lo aggiornò sugli elementi che avevano raccolto fino a quel momento. E il commissario concordò che l'unica via percorribile sembrava quella dell'uomo la cui identità era ancora sconosciuta.

Il vicesovrintendente Fragapane bussò alla porta della Guarrasi ed entrò con un *munzeddu* di fogli in mano.

– Capo, mi scusi... Oh, buongiorno, commissario.

– Buongiorno, Salvatore.

– Mi dica, Fragapane –. Vanina lo invitò a sedersi.

– Perciò, dottoressa: tabulati e tracciamenti arrivarono, Nunnari se ne occupò stanotte. Prima di andarsene a casa a dormire mi consegnò il lavoro e io misi tutto in ordine –. Le passò i fogli pinzettati, scritti come solo lui sapeva fare e chiari che ci si sarebbe raccapezzato anche un picciriddo.

– Bravo Fragapane.

– Grazie, dottoressa. Le segnai in rosso i numeri ricorrenti e le scrissi al lato i nomi delle persone a cui corrispondono. Per ciascuna di loro le scrissi macari un piccolo identichitti sul foglio successivo. Uomini come vede ce ne sono due, ma uno lo possiamo escludere pirchí si tratta di un caruso di diciotto anni. Non credo che possa essere l'omo che si coricava con la vittima. Chistu invece potrebbe corrispondere: Bordeghin Alvise, anni sessantasette, pensionato, nato a Livinag... – s'impappinò.

– Livinallongo del Col di Lana, e ivi residente, – lesse Vanina.

– Esatto. Ci fici circare a Lo Faro una fotografia su internèt, e la trovò. Gliela stampai –. Le indicò l'ultimo foglio. – Taliasse ccà.

Barba folta, occhio ceruleo, spalle possenti. Vestito da montanaro.

– A che proposito c'era la foto su internet? – chiese Vanina.

Fragapane rimase interdetto.

– Lo Faro non me lo disse. Ma pirchí, assieme alla fotografia c'è scritto macari dove la scattarono?

Tanto bravo era nelle ricerche d'archivio, Fragapane, quanto impedito con i computer.

– Mi chiami Lo Faro.

L'agente arrivò in un attimo. Vanina riconobbe il rumore di una scivolata nel corridoio e si trattenne a stento dall'insultarlo quando lo vide entrare di volata dalla sua porta.

– Eccomi, capo.

– Un'altra spirtizza come quella che hai appena fatto e finisci al centralino della questura. E se non ti ci mando io ci pensa Macchia, quindi regolati –. Un passo avanti e due indietro faceva, 'sto picciotto.

Lo Faro sbiancò.

– Mi scusi, dottoressa.

– Senti una cosa: dove pigliasti la foto di questo Alvise Bordeghin, che c'era scritto?

Il ragazzo annaspò. Una domanda di riserva, pareva invocare.

– Avanti, vai a pigliare il computer, – lo graziò Vanina.

L'agente partí di corsa e tornò col portatile in mano. Ripeté la ricerca finché non trovò l'immagine.

– Eccolo, capo.

Vanina fece segno di passarle il computer.

Lo Faro girò attorno alla scrivania e glielo appoggiò davanti. Le indicò la foto. Sotto c'era un link che rimandava a un vecchio articolo di giornale, datato maggio 1990.

– Andreas Hofer e Alvise Bordeghin scalano l'Everest.

– Uno scalatore veneto, – sintetizzò Patanè.

Mentre Vanina meditava sulla cosa entrò Bonazzoli.

– Capo, i carabinieri di Giarre hanno ritrovato l'auto di Anna Collesano.

– Dove?

– A Sant'Alfio, regolarmente parcheggiata in paese.

– Perciò fino a lí la vittima ci arrivò coi mezzi suoi, – ragionò Patanè.

– L'hanno già rimossa? – chiese Vanina.

– Non ancora.

– Avvertiamo Pappalardo di andarci subito. Nel frattempo meno gente circola lí intorno meglio è.

– Sento subito il maresciallo con cui ho parlato e gli riferisco.

– Se è necessario che intervenga io, chiamami.

Marta uscí.

– Fragapane, veda di recuperare qualche notizia in piú su questo Bordeghin. Faccia una ricerca piú approfondita nei nostri sistemi, su internet. Chieda aiuto a Lo Faro.

– Subito, dottoressa.

Anche Fragapane uscí.

Vanina e Patanè si guardarono, pensosi.

– Che ci fa a Piedimonte Etneo uno scalatore originario della provincia di Belluno, vorrei proprio saperlo, – rifletté Vanina a voce alta, rigirando con una mano il pacchetto di Gauloises. Ne tirò fuori una e se l'accese. Ne offrí un'altra al commissario, che accettò.

Mentre ragionavano, il telefono di Vanina squillò.

– Spanò, che mi dice? È riuscito a entrare nella stanza?

– Sí, dottoressa, trasii e subito niscii.

– Perché?

– Perché secondo me, mi scusi la confidenza, là dentro per prima ci deve mettere le mani lei. È l'unica capace di scaminare in mezzo a quegli 'mmarazzi e trovare qualche elemento utile. Lei e il commissario Patanè.

– Ma mi dica almeno cosa c'è.

Spanò rispose dopo un attimo di silenzio.

– Palma Cusimano, dottoressa.

Vanina capí.

– Va bene, Spanò, torni qua. Piú tardi, se il commissario è disponibile, ci risaliamo con lui.

– Aspittassi, dottoressa, non l'avevo chiamata solo per questo. Mi sto portando appresso in ufficio una persona che qualche informazione sulla Boscaiola e sull'amico suo ce la può dare. Non se ne vada, mi raccomando.

– Qua sono.

Riattaccò piú confusa che persuasa.

– Perciò nella stanza chiusa ci dovrebbero essere cose relative al periodo in cui la vittima si chiamava ancora Palma Cusimano, – disse rivolgendosi a Patanè, che meditava grattandosi il mento.

– Viremu che dice 'sta pirsuna che si sta portando appresso Carmelo.

9.

Statura bassa, spalle incurvate, occhi neri vivi e nasone sproporzionato sul viso esile, triangolare. Intrusciato in una giacca che gli pendeva da tutte le parti. Età indefinibile, ma non inferiore a sessant'anni. Nicola Maruzza a Vanina pareva una riproduzione moderna di Carlo Pisacane nei panni di Capannelle nel film *I soliti ignoti*.

– Signor Maruzza, perciò lei conosceva Anna Collesano?

– Sissignora, la conoscevo. Abito nella casa accanto alla sua.

Vanina interrogò Spanò con gli occhi. Lei accanto alla casa della Collesano aveva visto solo alberi, erba e rocce laviche affioranti.

– Maruzza abita un chilometro piú avanti, – spiegò l'ispettore.

– Confinanti, proprio.

Patanè sorrise, Maruzza invece non colse l'ironia della Guarrasi.

– Confinanti no. Vicini come possono esserlo le case nella zona nostra, che un poco di strada a piedi c'è. Però se aveva bisogno di qualche cosa io ero sempre a disposizione, e lei per me.

– Ed era mai capitato che ad Anna Collesano servisse il suo aiuto?

L'uomo ci pensò su.

– Veramente no, non mi chiamò mai. Anzi, una volta fui io ad avere un problema e la dovetti disturbare. M'ero sdirrubbato dai gradini davanti alla porta d'ingresso per colpa del ghiaccio –. Si fermò. – Lo sa, certe volte la sera in inverno ghiacciano tutte cose. Anna venne con Alvise, mi fece macari la medicazione, che da solo non ci riuscivo. Bravissima fu, un'infermiera pareva.

– Era un'infermiera? – lo incalzò Vanina.

– No, no.

– E che mestiere faceva, gliel'aveva mai detto?

– Di preciso, no. Qualche cosa la guadagnava vinnennu i funghi che coglieva. Tutti i boschi dell'Etna se li girava lei. La gente veniva ad accattarsi le uova, i broccoli, i cavolfiori, mele, arance. Non si vede, ma dietro alla casa alberi da frutta assai ce ne sono. Si mitteva con un banchetto in una curva, sulla strada per Giarre, finché non finiva tutto. Quando funghi ne aveva parecchi, per esempio in autunno, qualche volta li andava a vendere a Catania.

– Al mercato di Catania?

– Sissignora, a fera 'o luni. Sentii dire che organizzava macari escursioni nei boschi, e sull'Etna. Alvise la accompagnava.

– Quindi lei conosce Alvise Bordeghin?

– Ca certo che lo conosco. Dopo che Anna era venuta ad abitare in quella casa, 'na vota ogni due, tre mesi s'apprisintava 'sto gigante e si fermava 'na settimana, dieci giorni, – sospirò, – c'era ancora la bonarma di me' mugghieri. Era curiosa, Giusetta mia. Tanto insistette che alla fine se lo fece presentare. Ma macari iddu, non è che parlasse assai. Forse era peggio di lei.

– Anche ora fa cosí, Bordeghin? Viene una volta ogni due, tre mesi e si ferma una settimana?

– No, oramai si trasferí qua. Saranno quindici anni.

– Ma non dalla Collesano –. A parte la camicia e un paio di scarponi misura quarantasei, non c'erano altre tracce di un uomo in casa della Boscaiola.

– No, no. S'affittò 'na casuzza sopra Linguaglossa.

– Ancora piú in alto, perciò.

– Per uno com'a lui, con quello che faceva e considerato da dove veniva, Linguaglossa collina è!

– E ora che cosa fa Bordeghin?

– In pensione è. Credo che in passato fosse una guida alpina, di quelle esperte. Una delle poche volte che mi cuntò qualche cosa, disse che da giovane s'era arrampicato sopra montagne altissime, nel Tibet.

– Dove si trova esattamente la sua abitazione?

Maruzza rifletté. – Fuori Linguaglossa, verso la Mareneve… Come glielo spiego? – Si cavò il telefono dalla tasca, uno smartphone moderno che strideva con l'immagine che Vanina s'era fatta di lui. L'uomo smanettò sulle mappe. – Ecco. Qua è, – mostrò lo schermo. Un puntino nel nulla assoluto, che in confronto la zona in cui viveva la Collesano pareva una metropoli ad alta densità abitativa.

– Prima di andarsene mandi questa posizione all'ispettore Spanò.

– Come vuole lei, dottoressa –. Maruzza ebbe un attimo di incertezza prima di aggiungere: – Mi scusi, ma perché tutte queste domande su Alvise? Pensate che sia l'assassino di Anna?

Vanina alzò le mani. – Al momento non pensiamo niente. Raccogliamo informazioni, che è il motivo per cui l'abbiamo disturbata. Finora lei sembra l'unico conoscente della Collesano.

– Non è che avesse molti amici. Anzi, secondo me non ne aveva manco uno, tranne Alvise logicamente. Confidenza non ne dava a nessuno. Macari con la bonanima di mia moglie, quattro parole precise.

Vanina si dondolò sulla poltrona, lo fissò.

– Senta, signor Maruzza, quand'è stata l'ultima volta che ha visto Anna Collesano?

– Fu due sera fa. Si stava ritirando e io passavo davanti alla traversa sua con la bicicletta.

– In bicicletta? – si stupí Vanina. Aveva contato una cosa come dieci salite e discese nei dintorni.

– Elettrica, a pedalata assistita, – specificò l'uomo.

Sempre piú sorpresa, Vanina continuò.

– Ed era sola?

– Sí, sola.

– Le disse se avrebbe visto Alvise?

– No, no. Ma glielo ripeto, dottoressa: se spiccicava due parole era assai.

– Va bene. Per ora abbiamo finito. Se per caso si ricordasse qualcosa, qualunque cosa, il numero dell'ispettore ce l'ha.

Spanò confermò con una calata di testa.

Maruzza si alzò, accennò un saluto e seguí l'ispettore verso la porta. Vanina lo osservò meglio. La giacca era sí di due taglie piú grande, ma pareva di buona qualità. E cosí pure le scarpe. Una incoercibile curiosità la colse e non riuscí a sopprimerla.

– Signor Maruzza, un'ultima cosa: lei che mestiere fa?

– Io? Il veterinario.

– E dove?

L'uomo sorrise.

– Ha mai sentito parlare della clinica veterinaria Maruzza? È mia.

Spanò tornò nella stanza cinque minuti dopo.

– Lo accompagnai giú. A riportarlo a casa ci pensa Spada, – comunicò. Se ne andò davanti al balcone aperto e tirò fuori le sigarette, rigorosamente Marlboro. – Posso, dottoressa? – Domanda retorica, dato che Vanina stava già fumando. Incassò il consenso della capa e se ne accese una.

– Il vizio si ripigliò, – lo stuzzicò la Guarrasi.

– Scusi la confidenza, ma lei fu, a riattaccarmelo. Le pare giusto offrire le sigarette a uno che aveva smesso con tanta fatica?

– Ma se le Gauloises le schifa manco fossero le piú scarse.

– Non è che le schifo, ci mancherebbe. Non mi piacciono.

Patanè per sgranchirsi le gambe lo raggiunse, interrompendo la discussione.

– Voi vi rendete conto che quell'uomo possiede la piú grossa clinica veterinaria della zona? Ammammaluccuto rimasi, quando lo disse.

– Ispettore, ma dove lo recuperò? – chiese Vanina.

– Uscendo dalla casa della Boscaiola, stamattina, me lo vidi spuntare davanti. Era pallido come un linzolu. Volle sapere chi ero e che ci facevo là. Quando mi qualificai riprese colore. La notizia che la sua, si fa per dire, vicina di casa era stata ammazzata l'aveva scosso. Capii che qualche cosa riguardo alla Collesano la sapeva, e me lo portai qua.

– Tutto pareva tranne che una persona facoltosa, – commentò Patanè.

– Mah, commissario, qualche segnale c'era, – disse Vanina. – L'iPhone ultimo modello, la pedalata assistita.

– Mavaríe tecnologiche insomma.

– In effetti la bicicletta elettrica con cui arrivò dalla Collesano è un modello di chiddi seri seri. Un mutuo ci voli per accattarsela, – confermò Spanò. Finí la sigaretta e si sedette davanti alla Guarrasi.

In quel momento entrò Bonazzoli.

– In tempo in tempo, – mormorò l'ispettore, convinto che la collega non lo sentisse.

– Dato che sfottete, vi ricordo che negli uffici pubblici è vietato fumare, – esordí Marta, risentita.

– Ragione hai, non dovremmo farlo, – l'assecondò Vanina.

Le voleva bene, a quella salutista fanatica. Unica della squadra a cui permetteva di darle del tu e chiamarla per nome. E che in fondo, almeno sulla questione del fumo, aveva ragione.

– Pappalardo è riuscito ad andare a Sant'Alfio? – le chiese.

– Sí, è appena arrivato. Speriamo ci sia qualcosa di utile –. Marta avanzò nella stanza e si appoggiò al muro dietro Vanina.

– Ma le chiavi della macchina non si trovarono? – chiese Patanè.

Vanina scosse la testa.

– No. E nemmeno i vestiti. Spechis, l'ispettore della forestale, mi assicurò che sarebbe tornato stamattina nella zona dell'incendio e l'avrebbe setacciata palmo a palmo. Ieri c'erano ancora troppe braci accese.

– La cosa piú probabile è che l'assassino le abbia gettate nel fuoco, – ragionò il commissario. – Anche perché, come dice lei, dottoressa, al novantanove per cento l'incendio è collegato con l'omicidio. Non c'è niente di meglio delle fiamme per cancellare le prove.

– Dottoressa, dopo pranzo risaliamo dalla Collesano? – intervenne Spanò. – Lei, commissario, com'è cumminato?

Patanè allargò le braccia.

– Io a pranzo me ne debbo andare a casa per forza, perché oramai ad Angelina glielo promisi. Cosí controllo macari come sta. Ma dopo sono a disposizione.

Vanina si alzò e andò a spegnere la sigaretta nel posacenere stracolmo che soggiornava sul balcone.

– Va bene, Spanò. Mangiamo da *Nino* e poi saliamo. Marta viene con noi, se non deve pranzare con lo zito.

Due colpi alla porta risparmiarono la replica a Bonazzoli.

Fragapane entrò con Lo Faro.

– Dottoressa, posso?

– Avanti, Fragapane.

– Fici la ricerca su Bordeghin. Lo Faro mi fu di grande aiuto, – sottolineò.

– Che avete trovato?

Lo Faro non resisté e fece roteare la mano in aria, come a dire «cose grosse». Ma non si permise di parlare prima del superiore.

Fragapane si sedette accanto a Spanò, di fronte alla capa.

– Perciò, dottoressa: nel 1999, nella zona del Colle della Lana…

– Dove? – lo interruppe Spanò, perplesso.

– Il Colle… pirchí, non si chiama accussí?

– Il Col di Lana, – corresse Vanina.

– Là. In quella zona, dicevo, furono commessi tre omicidi uno appresso all'altro. Tre donne, tutte ammazzate nello stesso modo, con venti coltellate, e poi abbandonate montagne montagne in mezzo alla neve. Bordeghin fu sospettato. Purtroppo dettagli non ne trovammo perché procedimenti a carico suo non ce ne furono mai.

– Questo però può spiegare il trasferimento definitivo in Sicilia, – osservò Patanè, che si grattava il mento da quando Fragapane aveva attaccato a parlare.

– L'assassino fu identificato? – chiese Vanina.

– Sí. Fu identificato e condannato all'ergastolo. Però... – Fragapane si fermò, incerto se continuare o no.

– Però?

– Dottoressa, ccà si tratta di una sensazione mia, capace che è macari sbagliata.

– Lei intanto me la dica.

Fragapane riprese: – Leggendo gli articoli di giornale che niscieru all'epoca, sembrava che qualche dubbio sulla colpevolezza di chiddu ca fu condannato fosse rimasto. Per capire meglio bisognerebbe leggersi gli atti del processo –. Se fossero stati nell'archivio del tribunale di Catania, a quell'ora il vicesovrintendente ci si sarebbe già calato con tutte le scarpe.

– Atti processuali del '99, – rifletté Vanina. Senza dire nulla alzò la cornetta del telefono fisso e compose il numero diretto del pm Vassalli, che non rispose. – E figuriamoci se quando serve c'è –. Chiuse. – Va bene, picciotti, ottimo lavoro. Adesso la prima cosa da fare è andare a cercare questo Bordeghin a casa sua. La notizia dell'omicidio è passata su tutti i media, e la ripeteranno di sicuro i telegiornali all'ora di pranzo. Se non si fa vivo nemmeno stavolta, le probabilità che sia coinvolto aumentano –. Guardò l'orologio: l'una e mezzo. Si tirò su dalla poltrona. – Se Vassalli si degna di rispondermi, gli chiedo di far tracciare la Sim di Bordeghin, cosí verifichiamo gli spostamenti di ieri mattina. E se riesce pure a procurarci al piú presto 'sti atti processuali, Fragapane se li può studiare –. Si infilò la giacca. – Io me ne vado da *Nino*, chi è interessato mi segua.

La seguirono in cinque. Spanò, Fragapane, Marta e appresso a lei Macchia con il vicequestore Giustolisi della sezione Criminalità organizzata. Non senza una considerevole difficoltà, Nino riuscí a infilarli nella nicchia, l'angolo che la Guarrasi prediligeva, quello piú appartato, per quanto appartato potesse essere l'angolo di una trattoria gettonata nel centro di Catania alle due meno un quarto.

Prima di accomodarsi al tavolo, Vanina provò a richiamare Vassalli, che stavolta rispose. Gli riferí le novità e avanzò entrambe le richieste. Senza reclamare ulteriori spiegazioni, il pm la stupí di nuovo. La localizzazione della Sim di Alvise Bordeghin sarebbe stata disponibile mezz'ora dopo, e si sarebbe fatto trasmettere dalla procura di Belluno gli atti processuali relativi al serial killer del Col di Lana l'indomani mattina, se non addirittura quel pomeriggio stesso.

Fissando il telefono pensosa, Vanina raggiunse il tavolo e si sedette al solito posto. Accanto aveva Macchia e Spanò.

– Guarra', che è 'sta faccia perplessa? – disse il Grande Capo.

– Ma secondo te a Vassalli che gli successe? – gli chiese.

– Perché?

– Mi dà ragione, mi dice di fare come ritengo piú giusto, mi assicura in due minuti tutto quello che gli chiedo. Vero è che l'indagine finora sta toccando persone che con la Catania che conta – almeno per lui – non c'entrano niente, ma cosí è assai. Non lo riconosco piú.

Tito sorrise sardonico.

– La pensione, gli capitò. Questo probabilmente è l'ultimo caso di cui si occuperà.

– Ma vero dici?

– Già.

A Vanina venne da ridere.

– Pensa che sfiga. La sua ultima indagine e giusto giusto con chi la deve svolgere? Con me –. Che Vassalli la sopportasse né piú e né meno di quanto lo sopportava lei era cosa oramai appurata.

La coppa delle olive alla stimpirata che Nino aveva piazzato al centro del tavolo s'era dimezzata. Nemmeno Marta aveva resistito. Del resto, cibo piú vegano di quello non esisteva. Olive, carote, sedano, cavolfiore, prezzemolo, olio. Anche nel menu qualche piatto vegano – che non sapeva nemmeno di esserlo – c'era sempre: caponata, macco di fave, verdure di ogni tipo che troneggiavano nel bancone degli antipasti per la sola ragione che erano parte integrante della tradizione siciliana. Un posto come quello metteva d'accordo i gusti di tutti. Quelli della Guarrasi e di Macchia corrispondevano almeno quanto differivano da quelli della Bonazzoli. Marta li guardò schifata mentre si dividevano una grigliata mista di carne che comprendeva dalla costata di maiale alla salsiccia, conzata e non. Piú un piatto di parmigiana di melanzane su cui i due disquisirono per mezz'ora: Vanina difendeva la versione siciliana, che la mozzarella non sapeva manco dove stava di casa, e Tito si fece paladino della variante napoletana, con tanto di melanzana infarinata e mozzarella tra uno strato e l'altro. Intanto Spanò dissertava sulla pasta coi masculini alla catanese provocando la capa, che sulla superiorità della pasta con le sarde alla palermitana non transigeva. Ci fu però una riappacificazione unanime davanti alla caponata, sulla quale dubbi non ce ne potevano essere: quella di Nino le batteva tutte.

A interrompere la dotta conversazione fu Adriano Calí, che comparve sulla porta della trattoria. Nino gli andò incontro, abbracciandolo e baciandolo come aveva fatto poco prima con Spanò, e come in genere faceva con i clienti che nel tempo erano diventati amici. Senza dire niente lo accompagnò al tavolo della Guarrasi.

– Mizzica, ma che trasferirono la Mobile qua? – scherzò il medico legale, trascinando una sedia da un altro tavolo e piazzandosi accanto a Vanina. Le schioccò un bacio sulla guancia. Strinse la mano a Macchia e salutò gli altri quattro.

– Oh, Adri. Da dove vieni?

– E da dove potrei venire? Da una mattinata in sala settoria, in compagnia della signora che mi avete gentilmente affidato. Stavo per andare a cercarti in ufficio, ma mi resi conto che a quest'ora ti potevo trovare solo qua –. Allargò le mani, come per dire: e infatti.

– Mangiasti?

– Non ancora.

– Ordina qualche cosa allora.

– Già fatto. Pasta alla Norma.

Spanò si spostò per farlo sistemare meglio.

– Che ci racconta? – chiese Tito.

– Che vi racconto, dottore. Piú o meno quello che vi ho anticipato ieri. La donna è stata strangolata, i tagli degli arti e dell'addome sono stati fatti successivamente. A giudicare dalle lesioni sulla schiena, è probabile che il corpo sia stato trascinato, e i residui di terriccio e di fogliame all'interno delle lesioni confermano l'ipotesi di Pappalardo che sia stato portato in questo modo sotto il castagno. Senza abiti. Lí l'assassino deve aver completato l'opera lavorando con due taglienti: uno grosso, tipo machete, per amputare di netto gli arti, e uno sottile, una sorta di bisturi, per provocare il taglio profondo sotto l'addome. L'aspetto è identico a quello di un taglio cesareo. Prima ha inciso le fasce muscolari, poi ha aperto l'utero.

Bonazzoli rabbrividí.

– Mamma mia.

Anche a Vanina quella descrizione aveva provocato la pelle d'oca. Questione di istinto, doveva essere, qualcosa che, vuoi o non vuoi, i maschi non potevano capire. Parevano assai piú impressionati dai piedi mozzati.

Nino portò la pasta alla Norma e Adriano l'attaccò subito, con una fame un poco troppo smodata per essere causata solo dalla lunga seduta autoptica. Vanina, che a forza di cineforum in bianco e nero e ospitate notturne sul divano grigio lo conosceva come le sue tasche, mangiò la foglia. Con la scusa che dovevano andare a controllare se erano arrivati i tracciamenti della Sim di Bordeghin, riuscí a convincere Spanò e Fragapane a precederla in ufficio. Invitò Marta ad approfittare del passaggio in moto del fidanzato, che aveva appena cambiato la sua Bmw monumentale con un'altra Bmw ancora piú potente e, se possibile, ancora piú monumentale. Al dottore Calí avrebbe fatto compagnia lei, cosí pranzava con calma.

Per non lasciarlo mangiare da solo, ordinò una fetta di torta con panna e fragoline che da un'ora la chiamava dal carrello con una voce maliarda che manco le sirene con Ulisse. A conferma della sensazione che aveva avuto Vanina, finita la pasta Adriano la imitò, con la stessa voracità anomala di prima.

– Adri, che fu?

– Io? Niente. Perché?

– E perché. Nel giro di mezz'ora ti calasti due etti e mezzo di pasta con le melanzane fritte e una porzione di dolce che era il doppio della mia. Devo credere che sia colpa della Boscaiola oppure mi vuoi dire che è successo?

Adriano posò la forchettina sul piatto da dolce e s'abbandonò sulla spalliera della sedia.

– Va bene, lo confesso: non ero venuto a cercarti per contarti l'autopsia –. Cincischiò con la tovaglia, lo sguardo fisso sul piatto. – Luca è ripartito.

E come ti potevi sbagliare?

– Per dove?

L'amico alzò due occhi angosciati, che lei conosceva bene.

– Per la Siria.

– Oh cacchio, – fece Vanina, seria, quasi sottovoce. – Scusa, Adri, m'è scappato.

– E di che ti scusi. La reazione è perfettamente comprensibile.

– Ma non aveva detto che per un po' sarebbe stato fermo? Che avrebbe fatto su e giú da Roma e basta?

– L'aveva detto, certo. Stamattina si sveglia, smanetta due minuti con le e-mail e mi comunica che parte. Prima per Roma, poi da lí va in Turchia per arrivare in Siria. Puoi immaginare con che disposizione d'animo mi passai 'sta mattinata. Appena misi piede a casa per pranzo mi pigliò una botta di angoscia e me ne scappai di corsa. Non so come farò a restarci stasera.

Vanina non seppe che dire. Luca era sempre stato votato al suo lavoro, che quello era e Adriano ne era sempre stato consapevole. Ogni tanto partiva per qualche zona di guerra. Mai come nell'ultimo periodo, però, quei viaggi erano stati tanto ravvicinati e, soprattutto, improvvisi. Vanina aveva la sensazione che quasi quasi se li andasse a cercare. Una sensazione che non poteva in nessun modo condividere con Adriano, anche alla luce dei fatti di cui lei sola era a conoscenza e che il suo fiuto sbirresco le suggeriva come unica possibile causa.

– Nessuno ti obbliga a restarci. Lo sai che fai? Prepari pigiama e spazzolino, e stasera te ne sali da me a Santo Stefano. Ci pigliamo tre pizze siciliane da Alfio e ci vediamo un film di quelli che piacciono a noi.

10.

Puntuale come un orologio svizzero, il commissario Patanè alle tre e mezzo era davanti alla Mobile. Indossava una giacca beige un poco piú pesante di quella che aveva la mattina, pantaloni marroni e scarpe allacciate con la gomma sotto. L'immancabile cravatta era verde scuro con disegni beige. Con un parka di nylon leggermente imbottito, in tinta con la giacca, era pronto per la salita in montagna.

Marta recuperò il fuoristrada del giorno precedente. Stavolta non ci furono intoppi di sorta, dopo mezz'ora erano già sullo sterrato che portava a casa della Boscaiola. Parcheggiarono davanti allo steccato e scesero. Cercando le chiavi della porta blindata, Spanò aveva trovato una copia di quelle della porta d'ingresso. Salirono direttamente al primo piano.

La porta della camera in fondo al corridoio era aperta. Vanina entrò convinta di ritrovarsi di fronte a un mucchio di scatole e cassapanche nelle quali fossero custoditi i ricordi della vecchia vita di Anna Collesano. L'insistenza di Spanò e le poche parole che l'ispettore aveva detto, però, avrebbero dovuto farle sospettare che non fosse esattamente cosí. E infatti.

– Ma che è, un ambulatorio? – disse Patanè, appena mise piede nella stanza.

Mobili bianchi, di cui uno con le ante a vetri. Di lato, addossata alla parete, una scrivania di legno piena di carpette e faldoni. Due portafotografie con dentro immagini sbiadite, sullo sfondo la solita villa di campagna. In mezzo alla stanza un lettino da studio ginecologico, di quelli con le staffe. Un carrello era sistemato accanto a un mobile basso con doppia anta. Vanina s'infilò i guanti e ne aprí una. Tirò fuori una cassetta d'acciaio, identica a quella che una volta aveva visto nell'ambulatorio di Federico. Sopra erano incise le iniziali AB.

– Sembrano ferri chirurgici, – suggerí Patanè, che s'era avvicinato per guardare il contenuto.

Spanò invece stava controllando i cassetti della scrivania. La Guarrasi lo raggiunse.

– Che c'è qua dentro?

L'ispettore le passò una carpetta.

– Taliasse.

Passaporto, carta d'identità, patente di guida.

– Cusimano Palma, nata a Castelbuono... Professione: ostetrica. – Aggrottò la fronte. – Coniugata?

– Ecco, – fece Spanò, rafforzando l'espressione con un movimento ritmico della testa, in su e in giú.

– Ma dalle nostre ricerche non è mai venuto fuori che fosse sposata, – disse Marta.

Vanina prese in mano una delle carpette impolverate che erano sulla scrivania. Estrasse un foglio ingiallito su cui erano annotati nomi, cognomi, date. Una specie di archivio. Lo mostrò a Patanè.

– Tutti nomi femminili, – commentò il commissario.

– Già.

Vanina si guardò attorno. Addossata al muro, di fianco alla porta, c'era una cassapanca. – Marta, apri quella.

Bonazzoli eseguí.

– Sono abiti.

Dal primo cassetto della scrivania vennero fuori altri documenti intestati a Palma Cusimano. Vanina ispezionò il secondo: ancora documenti, intestati però a Botta Angelo, nato a Castelbuono il 25 febbraio 1938. Professione: medico.

– Chistu, mi ci giocherei qualunque cosa, è il marito della Cusimano, – sentenziò Patanè.

Ci si sarebbe giocata qualunque cosa anche la Guarrasi.

– Allora, picciotti, qua le possibilità sono due: o l'impiegato che rifece i documenti alla Collesano col nuovo nome sbagliò e scrisse nubile anziché coniugata, divorziata, vedova o qualunque altro termine appropriato, oppure la transizione da Palma ad Anna e il relativo cambiamento di vita hanno a che vedere con questo marito.

S'erano rimessi in macchina portandosi dietro, per volontà di Vanina, il contenuto dei cassetti e le fotografie.

– Sicunnu lei ci trase qualche cosa con l'omicidio? – domandò Spanò.

– Se posso dire la mia, difficile mi pare, – anticipò Patanè.

– Perché?

– Carmeluzzo, ma la taliasti la data di nascita? Coetaneo mio è, 'sto Botta. Sempre se campa ancora –. Gli doleva ammetterlo, ma quella frase s'era ritrovato a dirla troppe volte negli ultimi tempi.

Vanina concordò.

– Cerchiamo di recuperare qualche informazione su di lui, in ogni caso.

– Il nome non compare nei tabulati telefonici della vittima. Ve lo assicuro perché li ho riletti piú volte, – intervenne Marta, distraendosi un attimo dal navigatore su cui aveva inserito la posizione della casa di Alvise Bordeghin. Già che c'erano, Vanina voleva darle un'occhiata.

– Anch'io non ricordo di averlo visto. Una ricerca però facciamola lo stesso. Ci serve per capire chi era Palma Cusimano e perché cambiò radicalmente vita, al punto da non esercitare manco piú il mestiere suo. Lo sapete come la penso: a meno che non si tratti di qualche fituso della malavita, che motivi per essere ammazzato ne ha a tignitè, per individuare il movente di un omicidio è nella vita della vittima che bisogna scavare. E questa mi pare una faccenda troppo grossa per non approfondirla –. Si voltò verso il sedile posteriore. – Vero, commissario?

Patanè calò la testa. – Sottoscrivo in pieno.

– Che le avevo detto, dottoressa? 'Dda stanza era cosa vostra, – disse Spanò, guardando ora lei ora il commissario. Ci aveva fatto l'abitudine, a quei due. Appena trovavano una storia del passato un poco intrigante ci si buttavano dentro e non erano contenti finché non ne cavavano qualche indizio. Ogni volta era cosí.

Avevano appena superato il casello e preso la strada verso Catania centro, quando il telefono della Guarrasi squillò. Il numero era di Nunnari, che di sicuro era tornato in ufficio. Lo mise in vivavoce.

– Nunnari, ben svegliato.

– Grazie, capo. Volevo avvertirla che arrivarono tabulati e tracciamento del telefono di Bordeghin.

Vassalli aveva mantenuto la promessa.

– E che venne fuori?

– Forse qualche cosa, dottoressa.

– Che sarebbe questo qualche cosa?

– Parto dalla fine: il telefono s'è spento alle nove del mattino di ieri. L'ultima localizzazione corrisponde alla zona di Passopisciaro. Poi silenzio totale.

– E prima?

– Ecco: fino alle cinque del mattino Bordeghin era a Piedimonte, dove si trova la casa della vittima. Poi alle sette agganciò la cella indovini di dove?

– Minchia 'sta mania degli indovinelli che hai, Nunnari. Che cella era? – si spazientí la Guarrasi.

– Scusi, capo. La cella di Sant'Alfio, grosso modo vicino alla piazza.

– Quella in cui era parcheggiata la Panda della Collesano?

– Sí. Dopodiché il tracciamento si perde. La cella successiva è quella di Linguaglossa, alle nove meno un quarto. Poi Passopisciaro e stop. Fine della trasmissione.

– I tabulati?

– Nei tabulati di quella mattina risultano vari numeri, sia in entrata sia in uscita. Un paio sono chiamate brevi. Il numero piú ricorrente appartiene a un certo Hofer Andreas. Controllai: è residente in provincia di Belluno, in un paese… aspetti che glielo dico, – si sentí scartabellare.

– Livinallongo del Col di Lana, – azzardò Vanina.

– Esatto! Ma come faceva a saperlo, dottoressa?

Vanina non rispose, stava seguendo i suoi ragionamenti.

– Prova a chiamare questo Hofer e chiedigli se sa dove possiamo rintracciare il suo amico.

– Signorsí.

– Aggiornami appena hai notizie. Ah, e mi raccomando, nel frattempo lascia qualcuno a seguire la localizzazione di Bordeghin, il telefono potrebbe riaccendersi. Noi stiamo salendo proprio a casa sua.

Stava per chiudere, ma ci ripensò.

– Scusa, Nunnari, notizie di parenti della Collesano ne abbiamo? Ha fratelli o sorelle? Possibile mai che nessuno si sia fatto vivo dopo che se n'è parlato al telegiornale?

– Nessuno, dottoressa.

– Ma una ricerca sui famigliari l'avete fatta?

– Sí, certo. Non ne risultano.

A Vanina venne un sospetto.

– Avete cercato col nome Palma Cusimano, vero?

Il silenzio dall'altra parte fu eloquente.

– Tutto vi devo dire, – sbottò Vanina.

– Cerco subito.

– Ecco, bravo. Ma prima chiama Hofer.

– Ricevuto, capo.

Nunnari riattaccò, ma la richiamò un minuto dopo.

– Niente, dottoressa, Hofer ha il telefono staccato.

Vanina abbassò il finestrino e tirò fuori una sigaretta. Immediata partí l'occhiata di rimprovero di Bonazzoli, che lei finse di non vedere. Doveva meditare sulla faccenda e senza sigaretta non ci riusciva. Marta se ne sarebbe fatta una ragione.

– Cercami qualche informazione su questo Hofer.

– Subito. Cerco anche i parenti.

Patanè ruppe il silenzio meditativo che seguí la telefonata.

– Dottoressa, mi sbaglio o Hofer era l'autru alpinista con cui Bordeghin s'era 'mpulicato in pizzo alle muntagne? Che era... il Tibet?

– L'Everest. Sí, commissario, lui è. Andreas Hofer.

Il secondo silenzio lo ruppe Marta.

– Un famoso eroe tirolese si chiamava Andreas Hofer.

In tre si girarono a guardarla.

– Eroe di che cosa? – chiese Spanò, perplesso.

– Delle battaglie che i tirolesi hanno combattuto.

Sempre piú confuso, l'ispettore s'infilò con la testa tra i due sedili anteriori.

– Ma battaglie vere e proprie, armate?

– Penso di sí.

– E quando capitò?

– Inizio Ottocento.

Spanò sbuffò, riappoggiandosi allo schienale.

– Minchia, Bonazzoli! 'Sa che mi stavo immaginando!

Localizzare la casa in cui era domiciliato Alvise Bordeghin fu piú difficile che trovare la punta di un ago in un quintale di paglia. Gira a destra, gira a sinistra, torna indietro, fai inversione. Prima imboccarono una trazzera che non portava da nessuna parte, poi un'altra che finiva su un muro di sciara, reliquato di chissà quale eruzione. Stavano perdendo le speranze quando il navigatore segnalò che avevano raggiunto la destinazione.

– Ma qua non ci siamo passati già due volte? – disse Vanina, guardandosi intorno.

Marta strinse gli occhi e si spostò un po' piú avanti col fuoristrada. Nascosta dagli alberi che le crescevano davanti, comparve una costruzione perfettamente mimetizzata con le rocce circostanti. Scesero dall'auto e la raggiunsero attraverso un sentierino accidentato.

Senza darlo a vedere, Vanina teneva d'occhio Patanè, che s'era infilato la giacca e camminava cauto davanti a Spanò.

– Ma guarda te, che navigatore idiota, – recriminò Marta davanti a una strada, sterrata ma transitabile, che arrivava dritta dritta sul retro della casa.

Vanina si diresse verso la porta d'ingresso. Bussò con scarsa convinzione, tanto per provare. Ovviamente non ottenne risposta. Girò intorno alla casa, piccola che sembrava quasi un rifugio. Se si escludevano una vecchia bicicletta e un paio di scatoloni col marchio di una birra tedesca, accatastati al lato di una porticina probabilmente di servizio, non c'era segno della presenza di anima viva.

– Che facciamo, dottoressa? – chiese Spanò.

– E che possiamo fare, ispettore. Bordeghin pare svanito nel nulla.

– Non è ca se ne scappò al paese suo?

– Dove non vive piú da anni? Sarebbe una mossa stupida, non crede? Noi potremmo prenderla come un'ammissione di colpa. Sempre che abbia qualche colpa.

– Cose da pazzi, va'. Niente stiamo riuscendo a trovare. Le mani legate abbiamo, – disse Spanò, contrariato.

Patanè s'era messo a osservare la superficie della strada sterrata.

– Ccà ci passò 'na machina, e macari di recente, – decretò. Fece un passo di lato, si calò a novanta gradi in un altro punto. – Ccà ci ni passò 'n'autra, sicunnu mia diversa.

Vanina s'avvicinò, il commissario le indicò il terriccio grigio scuro. – Taliasse, dottoressa: non coincidono le tracce.

Completarono il giro, scesero dal lato opposto e si ritrovarono dove avevano lasciato la macchina. Risalirono a bordo e ripresero la strada verso Catania.

Dall'uscita di Fiumefreddo alla Barriera di Catania, Bonazzoli se la fece tutta a tavoletta. In mezz'ora scarsa erano di nuovo alla Mobile.

Appena la Guarrasi mise piede nel corridoio, Nunnari agitatissimo partí verso di lei con la dinamica di un'automobilina a retrocarica. Un minimo di rincorsa in piú e l'avrebbe travolta.

– Capo, stavo per chiamarla! – Perse il respiro.

Vanina lo fermò con una mano.

– Piglia fiato.

Davanti agli occhi interessati di Patanè e di Spanò, e a quelli preoccupati di Marta, un po' per volta il sovrintendente ricominciò a respirare.

– Il cellulare di Bordeghin si accese in questo momento preciso, – riuscí a comunicare, – e contemporaneamente si accese quello di Hofer.

Entrarono nella stanza dei carusi, dove Ristuccia stava seguendo i due telefoni.

– Dove si trovano? – chiese Vanina.

– Entrambi a Passopisciaro, – rispose Agata. – Anzi, secondo me sono proprio insieme.

– Datemi il numero di Bordeghin –. Si piazzò alla scrivania di Marta, l'unica fornita di telefono fisso, e si sistemò sulla poltroncina ergonomica con le ginocchiere che dondolava in avanti. Memore della volta in cui era finita col naso dentro una tazza di tisana – una delle decine che Bonazzoli sorseggiava con la stessa frequenza con cui Vanina attingeva al cassetto della cioccolata – si tenne in equilibrio sui gomiti.

Bloccata cosí tra piantine grasse, coppette di noci e barattoli pieni di sacchettini di tisane, il cui odore si avvertiva nonostante il coperchio, aspettò che Marta le dettasse il numero.

Bordeghin rispose dopo parecchi squilli.

– Signor Alvise Bordeghin?

– Sí?

– Vicequestore Giovanna Guarrasi, squadra Mobile.

– Sí, – ripeté l'uomo, la voce piú bassa.

– Noi avremmo bisogno urgente di parlarle.

– A che riguardo, mi scusi?

Faceva lo gnorri o veramente non sapeva cosa potesse volere la polizia da lui? Vanina scelse di prenderla alla larga.

– Lei conosce la signora Anna Collesano?

– Sí, la conosco. Perché, che è successo?

Spanò fece roteare il braccio. – Vabbe', chistu fa teatro, – disse sottovoce. Patanè lo bloccò portando l'indice davanti a naso e bocca.

– Non ha visto il telegiornale, signor Bordeghin? Non ha letto i giornali, i social? – chiese Vanina.

– No. Ma... perché, cos'è successo? – ribadí l'uomo, il tono che non si capiva se fosse concitato o semplicemente piú fermo di prima.

– La signora Anna Collesano è stata uccisa. Ieri mattina.

Seguí un silenzio assoluto, rotto solo da un rumore di sottofondo che pareva quello di un'automobile in movimento.

– Mio Dio, – mormorò Bordeghin dopo parecchi secondi. – Dove? Come?

– Può raggiungermi qui alla Mobile subito? – Una domanda che, posta da lei, non prevedeva un no se non in presenza di gravi impedimenti.

L'uomo esitò ancora.

– Sí, certo.

Decidere quando andare a Palermo ad accompagnare sua sorella, nel pieno di un'indagine che forse finalmente iniziava a procedere, non era cosa facile. Ma andava fatto. Non era ammissibile che Federico ignorasse ancora quello che stava accadendo alle sue spalle e che razza di serpe avesse cresciuto in seno. Cocò aveva avuto paura. Paura della delusione che tutto questo gli avrebbe provocato. Nel lasciare Tommaso, presa dalla collera, gli aveva fatto credere di aver registrato la conversazione tra lui e Paneperso, e di essere pronta a farla ascoltare a suo padre e alla sorella vicequestore se lui e il suo nuovo mentore non avessero rinunciato a silurare Federico. Un'alzata d'ingegno che a Vanina non era piaciuta per niente. Ma era inutile: sull'argomento Tommaso, Cocò non ragionava. Forse era stato meglio che, a caldo, avesse deciso di allontanarsi.

– Commissario, – disse Vanina, approfittando di un attimo in cui la squadra s'era dispersa nell'attesa che arrivasse Bordeghin.

A Patanè bastò intercettare il suo sguardo per capire che non si trattava dell'indagine.

– Mi dica, dottoressa.

– Domani mattina molto probabilmente andrò a Palermo e non so se tornerò in giornata.

Il commissario la fissò. – Lavoro o famiglia? – si limitò a chiedere. Che la Guarrasi stesse collaborando con la Mobile di Palermo alla cattura, si sperava oramai imminente, del boss di cosa nostra Salvatore Fratta, detto Bazzuca, per lui non era mai stato un segreto. Cosí come non lo era il fatto che il mafioso, da anni latitante ma creduto morto, fosse l'ultimo degli assassini dell'ispettore Guarrasi a essere rimasto in libertà, l'ultimo che Vanina non aveva avuto la possibilità di arrestare ai tempi in cui era in servizio a Palermo.

– Famiglia.

Sorrise, sollevato. – Capisco –. E capiva veramente. Se tanto dava tanto, quella di Cocò, cui s'era affezionato pure lui, non era stata una vacanza. Al matrimonio non si accennava piú manco alla lontana, men che meno allo zito. Il che avvalorava l'ipotesi che fosse finito a carte quarantotto. E poi c'era il ritorno di fiamma della Guarrasi con Malfitano, la cui causa Patanè era orgoglioso di aver perorato al meglio che poteva.

– Glielo dà un occhio ai miei uomini?

– E c'è bisogno di chiederlo? Qua sono. A disposizione sua.

L'unica testa di cui Vanina si fidasse come della propria.

– Grazie, commissario.

Alvise Bordeghin si presentò alla Mobile in abbigliamento tecnico, cosí come si trovava quando la telefonata l'aveva raggiunto.

– Scusi per la tenuta, sono appena rientrato da un'escursione in quota.

Capelli e barba folti, grigi. Occhi azzurri, freddi, ma che non sfuggivano. Gigantesco, come la camicia trovata sul letto della Collesano aveva suggerito. La copia migliorata di Robbie Coltrane, dismessi i panni dell'Hagrid di *Harry Potter*.

– Signor Bordeghin, lei conosceva bene la signora Anna Collesano?

– Sí, la conoscevo bene.

– Era la sua compagna?

L'uomo scrollò le spalle.

– Compagna... Ci frequentavamo. Quando volevamo, quando ci andava.

– Quand'è stata l'ultima volta che l'ha vista?

– Ieri mattina, presto. Siamo usciti insieme da casa sua.

– E dove siete andati?

– Lei aveva un appuntamento a Sant'Alfio. Io la sera prima avevo lasciato l'auto lí vicino perché avevo forato una gomma, cosí mi ha dato un passaggio.

– Ha incontrato la persona con cui Anna aveva appuntamento?

– No, sono andato via prima. Dovevo raggiungere un amico con cui sarei salito su in montagna.

– Non l'ha piú sentita?

– No.

– E Anna non le aveva detto chi fosse questa persona?

– No. Ma non sembrava particolarmente contenta di incontrarla. So però che il luogo dell'appuntamento non l'aveva scelto lei.

– Non ha specificato nemmeno se si trattava di un uomo o di una donna?

– No. Gliel'ho detto, dottoressa. La nostra non era una relazione vera e propria.

Vanina lo osservò. Certo, non lo si poteva dire sconvolto, ma nemmeno indifferente.

– Sa se la signora Collesano aveva nemici?

– Credo di no.

– Da quanto tempo vi frequentavate?

– Dalla fine degli anni Ottanta. Ci siamo conosciuti sulle Dolomiti. Lei faceva il corso per diventare guida escursionistica, io insegnavo in quel corso.

– Come mai la signora decise di tornare in Sicilia?

– Credo che fosse sua intenzione sin dall'inizio. Anna non si sarebbe mai staccata dalla Sicilia, quella di San Vito di Cadore era stata una parentesi. Un'evasione.

– Da cosa?

– Non lo so. Non me l'ha mai detto –. Per la prima volta ebbe un attimo di cedimento. – Per piacere, posso sapere dove l'hanno… uccisa? E come?

Vanina glielo disse. L'uomo si pietrificò per un momento, deglutí un paio di volte.

– Perciò lei da Sant'Alfio ieri mattina andò via subito? – Vanina cambiò argomento.

– Quasi subito. Il tempo di sostituire la gomma. Poi ho raggiunto il mio amico.

– Quindi, diciamo, alle otto era già in sua compagnia?

Bordeghin esitò appena.

– No, l'ho visto piú tardi.

Vanina lo lasciò rosolare per qualche istante. Gomiti sui braccioli, dita unite davanti al viso, si dondolava sulla poltrona trapanandolo con uno sguardo che piú grigio non poteva essere.

E che Bordeghin sorresse.

– Può dirlo, dottoressa.

– Che cosa?

– Che sospetta di me. Non sono cosí ingenuo da non sapere che il mio passato gioca a mio sfavore.

Vanina preferí evitare una risposta diretta.

– E del passato di Anna Collesano, invece, che mi dice?

– So solo quello che le ho riferito.

– Quindi non sa che il suo vero nome, quello con cui era stata registrata all'anagrafe, era Palma Cusimano?

L'imperturbabilità dell'uomo ricevette uno scossone. Il piú autentico degli stupori gli si dipinse in faccia.

11.

Il cortile di Bettina pareva un campo di battaglia, disseminato di attrezzi che Vanina non vedeva dai tempi in cui era ancora viva sua nonna Giovanna: pentoloni da un metro di diametro, un fornello da campo altrettanto fuori misura e un tappeto di bottiglie basse di vetro marrone accuratamente ordinate in cassette di plastica. Un numero imprecisato di cartoni, raffiguranti varietà differenti di pomodori e accatastati uno sopra l'altro, era pronto per essere smaltito nel giorno giusto e con la corretta differenziazione per la quale il paese di Santo Stefano si distingueva.

Adriano si guardò intorno.

– E che è 'sto spiegamento di bottiglie?

Vanina esaminò una cassetta.

– A occhio e croce mi pare salsa di pomodoro –. Entrò in casa della vicina attraverso la portafinestra aperta. Un vociare lontano indicava che non era da sola. La chiamò. – Bettina?

La donna comparve subito. Aveva il grembiule stazzonato, i capelli in disordine, le guance colorite. Addosso la tenuta «da lavoro» estiva: un vecchio vestito bianco a fiorellini rossi che bene non doveva esserle stato mai, ma che nel tempo aveva assunto la forma di una truscia. Allungò le braccia amorevoli verso Adriano.

– Dottore bello, assai è che non ci vediamo!

– Colpa mia non è. Le ultime volte che sono venuto qua lei non c'era mai. Una volta la cena dell'amica sua, un'altra volta la gita a Piazza Armerina col gruppo delle vedove, poi lo spettacolo al Teatro greco di Siracusa con lo zito. Ha una vita mondana che in confronto Giuli una monaca di clausura pare.

– Ma quale zito e zito. Finitela tutti e due cu 'sta storia, che Gregorio un amico è –. S'era rivolta anche a Vanina, che assisteva divertita. – Me ne dovrei stare chiusa in casa a covarmi la vicchiania? All'età mia lo sapete come si dice? Ogni lassata è persa.

Come se si fosse sentito chiamare, dalla porta della cucina arrivò l'amico Gregorio.

– Dottoressa, buonasera! Oh, carissimo dottore Calí, come sta?

Altri abbracci.

– Ma solo è?

Bettina, che la stessa domanda doveva averla pensata ma diplomaticamente elusa, studiò con attenzione l'atteggiamento con cui Adriano rispose.

– Sí. Stasera sí.

Dopo un iniziale sbandamento in cui le permanenze notturne di Adriano in casa di Vanina l'avevano indotta a pensare che tra loro ci fosse qualcosa, Bettina ci aveva messo poco a realizzare che il dottore alle femmine non ci pensava manco per sbaglio, e altrettanto poco ci aveva messo a sgamare chi fosse il fortunato prescelto. Le bastò quella manciata di secondi, un abbassamento d'occhi fugace, lo zaino in spalla, per capire che le cose tra i due non dovevano andare cosí bene.

– Peggio per chi non c'è. Forza, trasite, che ci stiamo preparando una spaghettata con la salsa fresca di oggi.

Vanina si guardò intorno.

– Ma Cocò dov'è?

– Si sta facendo la doccia. Dopo una iurnata di lavoro appresso a mmia era stanca assai.

– Cocò l'ha aiutata a fare la salsa?

– Non aveva impegni, vide a me e a Gregorio che allestivamo la pentola, e si offrí di aiutare. Senza offesa, Vannina: sua sorella per la cucina è molto piú portata di lei!

– Non è che ci voglia tanto, per essere piú portati di Vanina, – s'intromise Adriano. – Basta saper prendere un padellino in mano e romperci dentro un uovo.

Vanina scrollò le spalle, per niente risentita per la presa in giro. La sua inidoneità alla cucina era assodata, almeno quanto lo era la sua passione per la buona tavola.

– Vado a vedere a che punto è.

– Poi però v'arricampate qua, che gli spaghetti li sto calando per tutti, – ribadí Bettina.

Vanina e Adriano entrarono in casa.

– Cocò?

La ragazza emerse dal bagno in accappatoio, i capelli ancora mezzi bagnati. Sapeva già che sua sorella aveva invitato Adriano per quella sera, perciò non si stupí di vederlo.

– Ma vero la salsa ti sei messa a fare? – la sfotté Calí.

– Mi sono divertita un sacco. E mi sono svagata i pensieri. Oggi ero schiffarata e voglia di andarmene in giro per Catania a studiarmi i monumenti non ne avevo, senza contare che oramai li conosco a memoria. Bettina e Gregorio si stavano levando la vita appresso a tutti quei pomodori, e mi offrii volontaria.

Adriano posò il suo zaino in un angolo del divano grigio dove aveva dormito parecchie volte. Come avesse intenzione di organizzarsi Vanina per quella sera, il dottore ancora non l'aveva capito. Costanza avrebbe accettato di dividere il soggiorno con lui? L'incertezza durò poco.

– No, Adri, lo zaino portalo in camera mia, – disse Vanina.

– In camera tua? – si stupí. Il divano l'avevano condiviso molte volte, ma accadeva sempre per caso. Dividere addirittura il letto, per quanto amici fossero, non era mai capitato.

– Sí, tu dormi lí. Ho detto a Inna di cambiare le lenzuola –. Per fortuna era proprio uno dei due giorni settimanali in cui Bettina le prestava la sua fidatissima e competentissima colf.

– E tu?

– E io mi piazzo sul divano. Lo sai come ci dormo bene.

Dal tono si capiva che la cosa non era in discussione. Adriano obbedí.

Cinque minuti dopo si presentarono tutti e tre al desco di Bettina. Di spaghetti ne aveva calati un chilo e, tanto per gradire, aveva fritto al volo qualche cotoletta di pollo – «che è piú leggero della carne!» – e le aveva sistemate su un vassoietto. Accanto aveva disposto dei pomodorini arrivati direttamente da Pachino, dove Gregorio era andato in missione per lei il giorno prima, tornando col cofano carico.

– Abbiamo un poco di salsa per oggi e per domani, che fresca fresca è sempre piú buona, – spiegò Bettina, distribuendo gli spaghetti.

– Le ha bollite le bottiglie di quella che deve conservare, vero? – s'accertò Adriano. – Mi raccomando, che è pericoloso se non si sterilizzano.

– Matruzza santa, ma che si mise d'accordo con Gregorio? 'Na jurnata è, che mi fa la testa tanta cu 'sta vugghiuta! Sissignore, le bollii.

Gregorio calò la testa, orgoglioso.

– Me ne accertai personalmente, – assicurò.

– Cose da pazzi, – scosse la testa Bettina. – Sessant'anni ca fazzu salsa, ora mi debbono dire come si conserva.

Vanina partí in suo supporto. – Lascialo stare, Bettina, quello sterilizzerebbe pure a me –. Guardò di sottecchi Adriano: in quel contesto l'amico si stava finalmente rilassando. – Uno che passa il tempo con le mani dentro i cadaveri e poi si schifa di qualunque cosa. Dimmi tu.

Siccome al dolce non ci avevano pensato, si accontentarono di mezzo chilo di ciliegie, di quelle buone che venivano dalla Puglia e che non era facile trovare. E di un bicchierino di mosto muto, che per Bettina valeva piú di qualunque amaro, grappa o superalcolico etichettato.

Alla fine, Vanina, Adriano e Cocò ebbero serie difficoltà a mettere un piede davanti all'altro per raggiungere la dépendance.

– Ma vero un film vi volete vedere? – chiese Costanza, preoccupata.

Gli altri due si stavano già pregustando la pellicola che avevano concordato tra uno spaghetto e una cotoletta: *Sedotta e abbandonata*, di Pietro Germi. Entrambi guardarono Cocò, che occhieggiava la sua brandina, speranzosa. Era pure l'ultima sera che avrebbe passato lí.

La graziarono.

L'indomani mattina, alle otto in punto, Vanina e Costanza erano in macchina. Dopo aver caricato i bagagli con l'aiuto di Adriano e aver sistemato coscienziosamente sul sedile posteriore il vassoio di Alfio, partirono per Palermo con lo stato d'animo di chi va a compiere una missione.

Anche stavolta l'autostrada era libera, se non addirittura deserta, essendo domenica. In due ore e dieci, compresa la sosta cappuccino all'autogrill di Termini Imerese, erano all'entrata di Palermo. Il cielo sopra il monte Pellegrino non era limpido come doveva essere stato nei giorni precedenti. Al Nord aveva piovuto e una cappa di umidità s'era andata a stratificare sulle regioni del Sud, rendendo fastidiosa una temperatura che in condizioni diverse sarebbe risultata accettabilissima.

Da via Regione siciliana in poi, il numero di parole che Costanza spicciò si ridusse progressivamente fino a raggiungere lo zero quando la Cala, da cui a Vanina piaceva fare il giro per raggiungere via Cavour, le comparve davanti confermandole che di lí a cinque minuti sarebbe stata a casa. Prese un respiro e telefonò.

– Mamma, stiamo arrivando.

Federico le aspettava nel garage, dal quale aveva tirato fuori l'auto di Marianna per fare spazio alla Mini.

La reazione di Cocò nel vederlo fu quella che Vanina aveva auspicato. Come un razzo uscí dalla macchina ancora in movimento, si fiondò tra le braccia del padre e attaccò a piangere. Smise soltanto un'ora piú tardi, quando riemerse insieme a lui dallo studio in cui s'erano rinchiusi.

Vanina non aveva mai visto Federico Calderaro cosí fuori di sé. Per la precisione, non l'aveva mai visto alterarsi piú di quel minimo sindacale che testimonia l'appartenenza di un soggetto alla specie umana. Non c'era da stupirsene. Le cose piú importanti per Federico, quelle per le quali avrebbe combattuto senza esclusione di colpi, erano due, e due sole: la famiglia – nella quale Vanina occupava un posto in tutto e per tutto alla pari con Costanza – e il lavoro, al quale lui aveva dedicato una vita intera. Il resto era un orpello, piacevole o tedioso a seconda dei casi, per cui non valeva la pena di darsi pensiero. Quello che era accaduto aveva la disgraziatissima particolarità di andare a toccare pesantemente sia la famiglia sia il lavoro.

– Ora mi spiego la vera ragione per cui quella testa di cazzo non si fa vedere in ospedale da piú di un mese. Altro che colpito per il matrimonio saltato. Si scantava per quello che avrei potuto sapere.

Cocò era stata spietata. Aveva lasciato Tommaso appeso a una minaccia, senza specificare quanto avrebbe raccontato al padre. Il coniglio, manco a dirlo, se l'era data a gambe sparendo dai radar. Del resto, non ne aveva ben donde? Abbandonato a due passi dall'altare da una ragazzina quindici anni piú piccola di lui. Non poteva che allontanarsi dalla famiglia.

– Lui e l'altro. Due quaquaraquà della peggiore specie, – concluse Federico, furioso.

Con minuziosa precisione, raccontò alla figliastra il contesto in cui le male azioni di Tommaso si svolgevano. Un insieme di dinamiche che a Vanina ricordavano assai quelle di cui s'era occupata per lungo tempo.

Marianna, che mentre la figlia minore era chiusa con il padre nello studio aveva preteso che la maggiore le raccontasse cosa era successo, pareva anche lei fuori di sé. Gli occhi feroci, la voce trattenuta. Tanto furibonda era che strappò dalle dita di Vanina la sigaretta che stava fumando.

– Per vizio ce l'avete, madre e figlia, di scippare le sigarette a me.

Vanina entrò nel parcheggio sotto piazza Vittorio Emanuele Orlando. Posteggiò la Mini e salí. In attesa che Paolo si disincastrasse da una riunione a tre con un colonnello del Ros e uno della Guardia di finanza, si sedette al tavolino del bar davanti al Palazzo di Giustizia e ordinò un caffè. Tirò fuori una sigaretta e la tenne pronta per dopo. Mentre aspettava, osservò il prospetto del tribunale di Palermo e per la prima volta le sembrò di guardarlo con gli occhi di chi non lo vedeva piú tutti i giorni. C'era voluto tempo perché il suo allontanamento da quel mondo si compisse per davvero, e adesso non era piú sicura che fosse stato cosí necessario. Aveva abbandonato la sezione Catturandi della Mobile di Palermo trasferendosi a Milano, per poi spostarsi a Catania, ma negli ultimi mesi era tornata a frequentarla, seppure in modo saltuario e collaborando per lo piú da lontano. Paolo dalla sua vita non era sparito per niente, se non per quattro anni illusori, anzi vi stava rientrando a passi piú lunghi di ogni sua previsione. Quanto a Palermo, era e restava la sua città, e vuoi o non vuoi l'avrebbe amata sempre. Non c'era volta che non se ne rendesse conto.

Bevve il caffè e si accese la sigaretta. Ancora persa nei pensieri non s'accorse che qualcuno la stava chiamando. Al terzo tentativo, la donna che provava ad attirare la sua attenzione ci rinunciò. La raggiunse e le si sedette davanti.

Vanina saltò sulla sedia.

– Paola. Un colpo m'hai fatto pigliare.

– Tre volte ti chiamai, alla fine ho tralasciato i preamboli.

Si alzarono per abbracciarsi.

– Come mai da queste parti? – chiese Vanina.

– Sono reduce da un lungo incontro in procura con alti dirigenti della Scientifica –. Alla parola «lungo» allargò gli occhi per sottolineare meglio la tediosità della circostanza. – Tu, invece, che ci fai qui? Dici che a Palermo non ci vieni.

– Ho riaccompagnato mia sorella.

– Ah, Costanzina. Al tribunale la portasti?

Vanina capí l'antifona. Le restituí il sorrisino che le era spuntato in faccia.

– In procura, per l'esattezza.

– Ma guarda, che coincidenza!

– Vabbe', sto aspettando Paolo. Contenta ora?

– Lo sapevo. Ma mi piaceva che lo confessassi tu.

– E come facevi a saperlo?

– Gioia, non è che ci volesse tanto. Che tu e Paolo Malfitano state di nuovo insieme lo sanno tutti.

A Vanina andò di traverso il fumo. Bevve il bicchiere d'acqua che le avevano dato insieme al caffè.

– Un cortile, – commentò.

– Palermo? Ca certo. Poi una storia come la vostra, figurati se non fa il giro della città in un minuto.

Un'altra realtà di cui prendere atto. A essere onesti, niente affatto imprevedibile. Troppa gente ormai sapeva del loro riavvicinamento. Colleghi della Mobile, colleghi di Paolo, amici di sua madre che li avevano visti uscire insieme dalla festa di Federico, mesi prima. Senza contare Nicoletta Longo, la ex moglie e madre della figlia di Paolo, nonché grande amica di Costanza: lei di certo non gli aveva perdonato il fatto di averla sposata per ripiego dopo essere stato abbandonato da Vanina e di averla lasciata trascorsi appena due anni, e adesso faticava a mandare giú che si fossero rincontrati.

– Ce ne faremo una ragione, – tagliò corto Vanina. – Piuttosto, visto che il destino t'ha messo sulla mia strada, ora ti tocca aggiornarmi. Non è che hai già qualcosa sui reperti che ti abbiamo mandato?

– Apprezzo la stima che ti porta a ritenermi in grado di sfornare risultati a ritmo continuo, ma vorrei ricordarti che il nostro è l'unico gabinetto di polizia Scientifica in cui si studia il Dna in tutta la Sicilia. Un poco di lavoro ce l'abbiamo.

– Ragione hai, scusa. È che non ci sono elementi concreti per nessuna pista.

– Siccome però un occhio di riguardo per le indagini della Guarrasi ce l'abbiamo sempre, anche perché è amica della capa, – si autoindicò con un dito, – a costo di fare gli straordinari le abbiamo dato la precedenza. In serata, al massimo domani mattina, ti dico qualcosa.

– Non so come farei senza di te.

– Te la caveresti lo stesso. Ma se posso aiutarti mi fa piacere. Chiamo direttamente te, non vorrei che a quello scimunito di Manenti saltasse in testa di tenerti sulla corda –. Non sarebbe stata la prima volta che Cesare Manenti, vicedirigente della Scientifica di Catania del quale Vanina non aveva nessunissima stima, facesse ostruzionismo.

– Capace sarebbe. Soprattutto ora che il dirigente è Munzio e si sente accerchiato.

Il telefono di Vanina squillò, interrompendole. Lo prese subito, convinta che fosse Paolo. E invece.

– Dottoressa Guarrasi, Spechis sono.

– Ispettore, buonasera.

– Scusi se la disturbo, ma ho una cosa urgente da comunicarle.

– Mi dica.

– Trovai i vestiti della vittima.

Vanina si drizzò sulla sedia.

– Ma vero dice? E dov'erano?

– Dopo che mi furriai centimetro per centimetro la collina incendiata, pensai di controllare se per caso c'erano altre buche come quella in cui trovammo lo zaino. Stamatina mi misi a cercare bene e m'addunai che in un punto vicino a dove l'incendio partí c'era una zona in cui la terra pareva arriminata. Scavai e trovai i vestiti.

– Spechis, lei è un grande. Io in questo momento sono fuori Catania, ma avverto subito Spanò. Si metta d'accordo con lui.

– Aspittassi, dottoressa, non ho finito. Dopo che dissotterrai i vestiti, mi venne in mente che magari potevano esserci altre buche ancora. Tanto fici che ne trovai una.

– E che cosa conteneva?

– Due coltelli, uno nico nico e uno ca pareva ’na scimitarra.

12.

Paola se n'era andata consapevole che due armi da taglio e un mucchio di vestiti parzialmente bruciacchiati le sarebbero piombati sul groppone, già abbastanza carico, di lí a un giorno al massimo. E meno male che il gabinetto di polizia Scientifica di Catania era autosufficiente almeno per quello che non riguardava lo studio del Dna, altrimenti sarebbe stata cosa da sbattersi la testa muri muri.

Vanina entrò nel Palazzo di Giustizia e salí le scale che portavano in procura. Nonostante fosse domenica, in quelle due rampe la riconobbero e la fermarono per salutarla piú persone di quante non ne incrociasse a Catania in una settimana. Due ispettori della Mobile, una pm della Dda, un capitano del Ros conosciuto anni prima durante un'operazione congiunta, accompagnato dal colonnello che aveva appena concluso la riunione con Paolo. Per un pelo Vanina si scansiò quello della Finanza che, al netto della sua indubitabile competenza e serietà professionale, era noto per la straordinaria propensione alla loquacità.

Paolo la aspettava sulla porta con le spalle appoggiate allo stipite, le braccia conserte, un piede incrociato davanti all'altro che puntava il pavimento. Il sorriso sornione raccontava da quanto tempo fosse lí di vedetta.

Vanina prese aria.

– Un percorso a ostacoli fu.

Paolo sghignazzò.

– Che vuoi, una volta tanto che la Guarrasi degna queste mura disgraziate della sua presenza.

Lo guardò storto. – Chiudi la porta, va', prima che a qualcuno venga la brillante idea di seguirmi pure qua dentro –. Scosse la testa. – Ma vedi tu a questo. La *Guarrasi*, le *mura disgraziate*.

Paolo obbedí e allungò le braccia verso di lei. La strinse per un tempo lunghissimo.

– Un mese è che non ti vedo.

Vanina gli accarezzò la barba, gli diede un bacio.

– Sei stanco.

– La giornata non è stata delle piú tranquille.

La scrivania era ricoperta di carte. Il computer portatile aperto.

– E a giudicare dal casino che c'è qua, ancora non è finita, – osservò Vanina.

Zoppicando come non gli capitava da tempo, Paolo raggiunse la sua poltrona. La smorfia che fece sedendosi indicava che la gamba gli stava dando piú fastidio del solito. Vanina ingoiò il nodo che le bloccava la gola ogni volta che lo vedeva in quello stato.

– Vani, gioia mia, non mi guardare cosí, per favore.

Lei si sedette sulla sedia di fronte alla sua.

– Ti sei preso qualche cosa?

– Sí, ma lo sai com'è, quando le piglia le piglia.

Lo sapeva, com'era. Bastava un niente, il tempo che cambiava, un po' di umidità, un movimento sbagliato, e quella ferita bastarda si faceva sentire. Quasi a ricordare la sua esistenza, a reclamare gratitudine per quello che sarebbe potuto succedere e che la fortuna gli aveva risparmiato armando la mano di Vanina nel posto giusto e al momento giusto. Un posto e un momento da cui lei, purtroppo, non sarebbe mai riuscita a tornare indietro. E da cui maldestramente, quanto ostinatamente, era fuggita.

Paolo si passò una mano tra i capelli. La fronte corrucciata.

– Preciso al commissario Cattani, – lo prese in giro Vanina.

Lo fece sorridere di nuovo.

– Fissata sei con 'ste somiglianze cinematografiche –. In realtà gli piaceva sentirglielo dire. La storia di Cattani risaliva alla prima volta che erano usciti insieme, ormai innumerevoli anni addietro, quel tempo felice in cui tra loro tutto era facile, la lontananza non era un'opzione contemplata e la sua gamba funzionava alla perfezione. Con un colpo, quasi per risvegliarsi, Paolo chiuse il computer portatile. Raccolse le carte in un unico malloppo e lo infilò nella borsa di cuoio. – Basta, andiamocene di qua, non ne posso piú.

Convinta che fosse distratto, Vanina controllò l'ora. Le sei ed era ancora lí. Nella migliore delle ipotesi sarebbe arrivata a casa alle nove passate.

– Guarda che ti ho visto, – disse Paolo, all'apparenza impegnato a sistemare le carte che faticavano a entrare nella borsa.

– Ho solo guardato l'orologio.

Paolo sollevò la testa senza dire niente. Si alzò, con meno fatica di quando s'era seduto, e indossò la giacca.

Vanina capí il sottotesto.

– Ho un caso rognosissimo per le mani, – si giustificò.

– Vani, tu hai sempre casi rognosissimi per le mani. Pare che te li chiami. E ci sguazzi dentro come un picciriddo all'acquapark.

Colpita e affondata.

Mentre lei meditava sulla risposta, Paolo era già arrivato alla porta e la fissava. – Tanto c'è Patanè.

Argomento piú persuasivo di quello non avrebbe potuto sfoderare.

Una fermata in focacceria e una in pasticceria piú tardi, la Bmw X5 blindata prese la strada per l'Addaura. A rigor di logica, coi tempi stretti che Vanina aveva, sarebbe stato meglio fermarsi in città. Ma Paolo non ne volle sentir parlare. A esclusione dei pochi giorni della settimana in cui aveva la bambina a casa, ormai viveva stabilmente nel villino che aveva riportato con puntiglioso impegno alle vecchie sembianze. Gli pareva di respirare meglio, lí, e probabilmente aveva ragione. Per capirlo, a Vanina bastò trattenersi fuori un momento, inspirare l'aria fresca e umida, mentre il mare sbatteva sugli scogli quel tanto che bastava a sprigionare un profumo che solo lí e solo a quell'ora era possibile sentire. E che nemmeno il ciauro invitante del vassoio di sfincioni e panelle che teneva nella mano sinistra – la destra doveva essere libera e pronta per scattare sotto la giacca se necessario – riusciva a coprire.

Entrarono in casa e per un attimo il tempo si fermò.

Il commissario Patanè rispose quasi subito, segno che aspettava la sua telefonata.

– Dottoressa, tutto a posto?

– Tutto a posto, commissario.

– È ancora a Palermo –. Non era una domanda. Patanè la conosceva forse meglio di quanto si conoscesse lei stessa. Avrebbe persino potuto dire all'Addaura. Ma non l'avrebbe mai fatto.

– Sí, sono qui. Rientro domani in mattinata. Lei che mi dice?

– Ora ora rientrai dalla Mobile. L'ispettore della Forestale, Spechis, ci consegnò i vestiti e i coltelli. Lo Faro li portò alla Scientifica. Dottoressa, le debbo confessare ca taliare dal vivo 'dda specie di ascia, che sicunnu il dottore Calí l'assassino utilizzò per tagliare i piedi e le mani alla vittima, mi fici 'mpressione assai. Mai nella carriera mia m'era capitato un omicidio accussí... come le posso dire... feroce. Pare l'opera di un serial killer, di chiddi ca si virunu nei film americani.

– Auguriamoci che non lo sia, commissario, altrimenti a breve ci ritroviamo un nuovo cadavere sfregiato.

– Comunque i carusi travagghiarono benissimo. Nunnari si taliò tutto il tempo i tracciamenti di Bordeghin, che non si mosse da Linguaglossa e manco telefonò.

Prima di partire Vanina aveva chiesto a Vassalli di mettere il telefono dell'uomo sotto controllo, per ascoltare eventuali chiamate. Anche stavolta il pm non aveva fatto una piega.

– Su Angelo Botta sono riusciti a sapere qualche cosa?

– Picca e nenti, dottoressa. Morí nel 1978, a Castelbuono.

– Giovane morí. Perciò la Collesano era vedova.

– Per la precisione era vedova la Cusimano, visto e considerato che traccia di 'sto matrimonio nei documenti della Collesano non ce n'è.

Vanina fece un respiro profondo, meditativo.

– Mah. Commissario, a me 'sta storia dei documenti sembra troppo strana. E il fatto che Bordeghin non ne sapesse niente mi spinge a pensare che non si sia trattato solo di un cambio di nome.

– Macari a mmia pare strana, dottoressa, però fino a ora l'unico sospettato è Bordeghin stesso. Cchi sapemu se ci cuntò fissarie? E se la faccenda del nome cangiato la conosceva e non ce lo disse?

– Pure questo è vero. Speriamo che le armi e i vestiti ci raccontino qualche cosa di piú.

– Speriamo. Intanto, per sí e per no, io mi portai a casa un paio di registri che trovammo nella scrivania della Cusimano. A passatempo me li leggo tutti. Cu 'u sapi se dentro c'è qualche indizio, per lo meno riguardante la faccenda del nome.

– Commissario, lei è sempre un passo avanti.

Patanè si fece una risata. Poi si interruppe di colpo.

– Viri tu che mi stavo scordando! Autru che un passo avanti, dottoressa, la memoria di un vicchiareddu ho, oramai!

Stavolta la risata se la fece Vanina.

– Di un vicchiareddu? Lei?

– Eh, lei ci scherza, ma accussí accumincia l'arteriosclerosi. In un virriri e svirriri patapàn: s'addiventa scimuniti e ti saluto.

– Amuní, commissario, la finisca con 'ste fesserie e mi dica che cosa s'era scordato.

– Oggi pomeriggio venne a circarla Nino, il proprietario della trattoria dove lei mangia tutti i giorni.

– Nino? E che voleva?

– Le doveva raccontare una cosa che sentí stamatina al mercato. Spanò e io gli dicemmo che poteva contarla a noi.

– Di che si tratta?

– Una cosa che putissi essere interessante, ma certamente è da verificare. Un paio di misi fa, al mercato, ci fu una specie di rissa nella quale era coinvolta proprio la Boscaiola assieme a un omo, ca sicunnu la descrizione potrebbe essere Alvise Bordeghin. In poche parole: la Boscaiola aveva venduto un panaro di funghi a una fimmina, che li aveva cucinati per la famigghia. Tutti quelli che li mangiarono ebbero un principio di avvelenamento. Il marito di 'sta fimmina andò al mercato e li assalí, a idda e soprattutto a Bordeghin. Nino non riuscí a sentire il nome dell'assalitore, ma ci disse che da quello che capí si tratta di persona ammanigghiata con la criminalità.

Vanina alzò gli occhi al cielo. Ma una volta che 'sta maledetta criminalità non si infilasse in un caso suo, anche solo per scombinare le carte, sarebbe mai esistita?

Prima di chiudere gli chiese come stava Angelina.

– Bene. O per lo meno accussí mi dice.

Vanina percepí dell'incertezza. – Ma...? – gli suggerí.

– Che le debbo dire, dottoressa? Qualche cosa che non mi quadra c'è –. Ci rifletté. – Parra troppu picca.

– Non mi pare sintomo di malattia, commissario. Una può parlare poco per tanti motivi. Per esempio perché le siddía che lei stia lavorando al caso.

– Ci pinsai macari io, dottoressa. La cosa che non torna è che di solito sul principio dell'indagine Angilina è battagliera assai. Non le può pace che io mi nni vaiu furriannu tutta 'a jurnata appresso a lei e alla squadra, o che passo tempo alla Mobile. Poi dopo un poco si rassegna e finisce di fare tiatru. Stavolta no. Stavolta si rassegnò sin da ora. Anzi, a essere precisi, – ci pensò su, – pare perfino cuntenta. Lo so, dottoressa, non è plausibile, ma a mmia mi desi 'sta sensazione. E, debbo essere sincero, mi preoccupò.

Le sensazioni di Patanè, col naso da sbirro ancora intatto che si ritrovava nonostante l'età, di solito erano sentenza. Ma Vanina aveva abbastanza esperienza, purtroppo anche personale, da sapere che a un fiuto infallibile nella vita professionale di un poliziotto non sempre ne corrispondeva uno altrettanto affidabile nella vita privata. Anzi, di solito era vero il contrario.

– Ma altri svenimenti ne ha avuti? – chiese, diretta.

– No.

– Le è sembrato che fosse affaticata o che non stesse bene?

– Non mi pare.

– La cosa piú importante è questa, no?

– Ca certo che lo è. Se non ne fossi convinto nun la lassassi sula manco cinque minuti.

– Non ho il minimo dubbio.

Paolo aveva apparecchiato il tavolo fuori, sul terrazzino davanti alla discesa che portava al mare.

– Se continuavi a confabulare col tuo commissario preferito, sfincioni, panelle e compagnia bella diventavano immangiabili.

– Qua fuori dobbiamo stare? – chiese Vanina perplessa. Guardò in direzione del cancello con accesso diretto agli scogli. Un povero cristo di agente se ne stava di piantone a controllare la zona. Altri due s'erano piazzati a destra e a sinistra del terrazzino.

– Ci sto tutte le sere, – tagliò corto Paolo. Aprí il pacco che aveva tenuto in caldo mettendoci sopra una tovaglia. – Vani, ma che gli ripulisti tutto il bancone, al panellaro?

Vanina rinunciò a insistere sull'inidoneità del luogo. Allungò lo sguardo all'interno della carta oleata. – Esagerai un poco, – ammise.

Paolo si alzò. – Qua ci vuole la birra, se no stanotte a bicarbonato ci finisce –. Entrò per andare a prenderla.

– Meglio la Coca-Cola, – gli gridò Vanina, calcolando il numero di panelle, crocchè, focaccine con la meusa, un paio delle quali aveva avuto il coraggio di sceglierle *maritate*, quindi con l'aggiunta di ricotta, caciocavallo e spruzzatina di limone. E quattro arancine, due *a burro* e due *a carne*, come aveva suggerito il panellaro. Piú due cannoli, ancora impacchettati, che aveva preso sfidando la folla in una pasticceria di via Maqueda.

Paolo tornò indietro con una birra per sé e una lattina di Coca-Cola senza caffeina per lei, che di sera quella original taste non era cosa sua, pena una notte insonne. Divisero scrupolosamente quel ben di Dio in tre parti, una per ciascuno piú una terza da surgelare, e se lo goderono in silenzio, spalla contro spalla, rivolti verso il mare.

Per la prima volta da quando tutto era ricominciato, Vanina dimenticò il motivo per cui tutto era finito.

La sveglia delle sette suonò indisturbata. Quella delle sette e un quarto infastidí appena il sonno di Paolo, che senza perdere il contatto con Vanina la spense meccanicamente. Alle sette e mezzo, come un colpo di cannone sparato sopra le loro teste, entrambi i telefoni iniziarono a intonare le piú gracchianti suonerie che l'applicazione della sveglia contemplasse, ottenendo il risultato per cui erano state elaborate.

Alle otto e mezzo, Vanina uscí dal parcheggio di piazza Vittorio Emanuele Orlando. A parità di traffico e di tempi di percorrenza, e vista la giornata di sole, scelse la strada che le piaceva di piú. Via Cavour fino al mare, la Cala, il Foro Italico, via Messina Marine e proseguí dritto arrivando all'autostrada da Villabate. Appena fu in direzione Catania, chiamò Spanò.

– Capo, – le rispose.

– Ispettore, buongiorno.

– Sta tornando?

Da quando collaborava con la Catturandi di Palermo, i suoi uomini s'erano abituati alle sue assenze improvvise. Spanò era l'unico a sapere di che operazione si trattasse e aveva dato per scontato che fosse lí per quello.

– Tra due ore e mezzo, a Dio piacendo, sono in ufficio. Lí come va? I reperti sono partiti per Palermo?

– Sí, stamattina presto. Pappalardo dice che la superficie del coltello piccolo è molto liscia, perciò capace che qualche impronta digitale si possa recuperare. Il manico dell'ascia invece è di legno, al massimo si può cercare qualche traccia di Dna. Ah, nella tasca della giacca trovammo le chiavi di casa e quelle della macchina della Boscaiola. Piú un'altra chiave singola, ca molto probabilmente apre la porta blindata.

– Bordeghin?

– Niente. Se ne sta a Linguaglossa, assieme all'amico suo. Ci chiese il permesso di andare a casa della vittima per dare da mangiare alle iaddine. Gli dissi che lo avrebbe accompagnato Lo Faro.

– Bene.

– I tracciamenti del telefono di Hofer confermano chiddu ca ni cuntò Bordeghin, cioè che dalle nove del mattino se ne salirono in montagna. Là, ovviamente, il telefono non piglia. Per quanto riguarda l'ora precedente, invece, non c'è riscontro. Nessuno può confermare che Bordeghin ci disse la verità, cioè che aveva il telefono scarico.

– E questo finora è l'unico elemento che abbiamo.

– Un poco picca, dottoressa.

– Lo so, Spanò. 'St'indagine pare inchiodata.

– Manco tre giorni passarono, dottoressa, vedrà che ora si sblocca. Il commissario le contò la novità?

– Quale, quella dell'avvelenato che vi riferí Nino?

– Quella. Che ne pensa?

– Che dobbiamo cercare innanzitutto di capire di chi si tratta.

– Piú tardi vado a fare un giro alla fera. C'è un parente lontano mio, il marito di una mia procugina, ca vinni carne al mercato. Persona degna di fiducia, le assicuro. Capace che qualche cosa la sa.

A Vanina scappò un sorriso.

– Mi pareva strano che la grande famiglia Spanò non avesse ramificazioni pure al mercato. Ma quanti siete, ispettore? – Ogni due minuti usciva fuori un parente del parente del parente.

– *Uuuff!* Quanto la briscola. Mia mamma ha tre fratelli e altrettante sorelle, mio papà cinque fratelli masculi. Ognuno di loro ha almeno due, tre figghi o figghie. L'unico in controtendenza sono io.

Anche a distanza, Vanina percepí una punta di amarezza.

– E che ne sa? Magari prima o poi.

– Mah, per come sono cumminato, dottoressa. A cinquantasette anni...

La situazione con Rosi doveva essere tutt'altro che facile.

– Vabbe', mi faccia sapere quello riesce a scoprire, – disse Vanina.

– Ah, dottoressa, virissi che il commissario si portò appresso una delle carpette che trovammo a casa della Boscaiola, nella stanza chiusa.

– Sí, me l'ha detto. Vediamo se riesce a capirci qualche cosa. Le altre sono sulla mia scrivania?

– Sí, certo.

– Quando arrivo gli do un'occhiata pure io.

Due ore dopo la prima colazione, fatta con latte e biscotti secchi confezionati che Paolo comprava sempre uguali da quando lei lo conosceva, le pigliò una fame lupigna che la costrinse alla solita tappa all'autogrill Scillato, il primo dei due che si incontravano lungo la strada, se si escludeva una specie di baracchetta prefabbricata appena dopo Palermo in cui non aveva mai avuto il coraggio di fermarsi. Si sparò un cornetto alla nutella che avrebbe fatto svenire Bonazzoli sul colpo e un cappuccino. Fece il solito pieno di tavolette di cioccolata da tenere nel cassetto della scrivania, dal quale di certo il giorno prima Patanè aveva attinto a piene mani.

Mentre risaliva in macchina le squillò il telefono. Era la sua amica della Scientifica di Palermo. Aspettò che si agganciasse il bluetooth e rispose.

– Paola.

– Ogni promessa è debito, – esordí l'altra.

– Dimmi tutto.

– Allora: dalla camicia che mi avete mandato ho tirato fuori due Dna diversi, uno maschile e uno femminile. Quello femminile è compatibile con quello della vittima. La cosa che può interessarti è che l'ho estratto da una macchia di sangue.

Vanina drizzò le orecchie. La camicia era di Bordeghin.

– Una macchia di che dimensioni?

– Piccola, quasi una goccia. Passiamo alla seconda notizia: dai frammenti di cute trovati sotto le unghie della vittima ho estratto due Dna diversi, anche stavolta uno maschile e uno femminile. Quello maschile corrisponde a quello della camicia. Quello femminile invece non corrisponde alla vittima.

– Due Dna diversi, – ripeté Vanina, ragionando. Una cosa era certa, bisognava risentire Bordeghin.

– Esattamente. Appena ho un attimo mi metto a lavorare sul materiale nuovo, ti faccio sapere quando ho qualcosa in mano.

– Grazie, Paola, sei insostituibile.

– Lo so.

E sulla risata che seguí riattaccarono.

Vanina richiamò Spanò.

– Capo, mi dica.

– Ispettore, mi faccia una cortesia, convochi Bordeghin per oggi pomeriggio. Tassativamente.

– Ma pirchí, che successe?

Gli raccontò quello che le aveva appena riferito Paola.

Spanò non si stupí granché. In fondo, l'unico indiziato fino a quel momento Bordeghin era.

– Gli telefono subito.

Alle undici Vanina era in via Ventimiglia. Passò davanti alla Mobile e proseguí alla ricerca di un parcheggio. Fece due volte il giro dell'isolato prima di rassegnarsi ad allargare il raggio di ricerca. A forza di allontanarsi si ritrovò dalle parti di *Nino*. Manco a farlo apposta, si liberò un posto. Vanina lo prese come un segno. Lasciò l'auto e si diresse verso la trattoria, ancora chiusa. Bussò alla porta a vetri. Il figlio di Nino emerse dalla cucina e venne ad aprirle.

– Dottoressa, buongiorno.

– Buongiorno, c'è Nino?

– No, non è arrivato. Al mercato è. Ma posso aiutarla io?

– Non si preoccupi. Ci vediamo a pranzo.

– Certamente. Le conserviamo il solito tavolo.

A passo lento, la sigaretta accesa, si incamminò verso la Mobile. La passeggiata serví a riconnetterla con la città che s'era scelta come rifugio. Da che cosa, ormai non lo sapeva piú. Superò il teatro Bellini e continuò dritto fino a via Ventimiglia. Davanti al portone c'era un capannello di persone, al centro del quale svettava Tito Macchia. Due uomini della Sco, la Sezione criminalità organizzata, due della Narcotici e in testa l'ineffabile Giustolisi, il vicequestore che a detta di molti occupava un posto dove sarebbe stato piú naturale che ci fosse lei. Se solo non fosse stata cosí decisa nel rifiutarlo ogni volta che Macchia glielo proponeva. Avere di nuovo a che fare con la mafia era l'ultima cosa che avrebbe voluto. Le bastava quello che stava facendo a Palermo, che in fondo altro non era che portare a termine qualcosa già iniziato anni prima. Il solo fatto che la persona di cui aveva parlato Nino ai suoi il giorno precedente potesse essere un soggetto in qualche modo affiliato alla criminalità organizzata le provocava una botta di nausea.

– Guarra', ben tornata, – la accolse Macchia, staccandosi dal gruppo.

– Grazie, Tito.

– Tutto a posto con i colleghi di Palermo?

Non gli calava per niente che lei accettasse di fare a Palermo quello che rifiutava di fare a Catania.

– Avevo questioni familiari da risolvere. Non sono andata lí per servizio.

Macchia cambiò atteggiamento.

– Ah, capisco. Tutto bene?

– Sí, tutto bene.

Entrarono nel portone appresso al resto del gruppo. Mentre gli altri infilavano le scale, loro due, che quanto a sedentarietà se la battevano, andarono verso l'ascensore.

– Speriamo di non rimanerci dentro, – fece Tito, che da solo lo occupava quasi per intero.

Vanina lo aggiornò sulle novità.

– Perciò adesso qualche cosa di concreto che incastra Bordeghin ce l'abbiamo. I frammenti di cute sotto le unghie erano suoi, – concluse Macchia.

– Non erano i soli, però, – obiettò Vanina.

Percorsero il corridoio ed entrarono nella stanza del Grande Capo.

Macchia si buttò a peso morto sulla sua poltrona immensa, che non si sa come lo resse.

– Ma c'è anche la macchia di sangue sulla camicia.

– Infatti ho detto a Spanò di riconvocare Bordeghin per oggi pomeriggio.

– Bene. Nel frattempo vediamo se il Dna femminile risulta schedato da qualche parte.

– Certo. Anche se mi pare difficile. Finora non mi capitò mai di incappare in un Dna già schedato nel corso di un'indagine per un omicidio comune. In quelli legati alla criminalità era quasi la regola.

– Vuoi dire che la maggior parte degli assassini che ammazza la gente comune non ha mai commesso un reato prima?

– Voglio dire che spesso si tratta di persone da cui non te l'aspetteresti mai.

Tito la fissò rigirandosi il sigaro tra i denti. Si accarezzò la barba, poi scosse la testa.

– Che sciupío, Guarra'.

Vanina lo salutò e uscí prima che lui ribadisse per l'ennesima volta perché considerava uno sciupio che lei si occupasse di reati contro la persona invece che di criminalità organizzata.

Entrò nella sua stanza e si chiuse dentro. Tirò fuori dal sacchetto dell'autogrill una tavoletta di cioccolata e la addentò.

13.

Angelina Patanè si buttò sulla poltrona, a corto di fiato come se i due piani di scale per salire a casa li avesse fatti a piedi invece che con l'ascensore. Si allargò il colletto della camicia che, chissà perché, quella mattina aveva chiuso fino all'ultimo bottone. Era quasi un mese ormai che non si sentiva piú la stessa. Il medico le aveva prescritto delle analisi e una visita dal cardiologo a cui lei, alla veneranda età di settantacinque anni, non si era mai sottoposta. Angelina fino ad allora aveva rimandato entrambi gli esami. Come uno struzzo aveva continuato a condurre la solita vita e non aveva nessuna voglia di modificarla. All'età sua si sapeva come andava: cominciavi con un esame, poi un altro, mentre ci siamo aggiungiamo pure questo, e cerca cerca qualche cosa saltava fuori. E uno di colpo si ritrovava a ragionare come un malato. Per meglio preservare la sua normalità, s'era guardata bene dal riferire a Gino e a Francesco quali erano le prescrizioni del medico. Se non fosse stato per quella cuttigghiara della vicina, a quell'ora nemmeno del mancamento che aveva avuto gli avrebbe raccontato. La nuova indagine della Guarrasi, non credeva neanche lei di essere arrivata a pensarlo, era capitata nel momento opportuno. Con Gino sempre fuori casa avrebbe potuto fermarsi a riposare ogni volta che ne aveva bisogno, senza allarmare nessuno. Prima o poi, tutta quella stanchezza sarebbe passata. Questione di tempo era. Immersa in queste riflessioni, s'addormentò.

In compagnia del parente di turno, Carmelo Spanò s'era girato il mercato, domandando a destra e a sinistra se qualcuno conosceva la Boscaiola. Agli unici che gli avevano risposto di averla incontrata qualche volta, aveva chiesto se si ricordavano episodi particolari in cui era stata coinvolta. Colti da improvvisa amnesia, gli interpellati avevano giurato di non sapere nulla. La telefonata con cui la Guarrasi lo avvertiva che l'avrebbe raggiunto di lí a una decina di minuti, assieme al commissario Patanè, arrivò con un tempismo eccezionale proprio quando si stava dirigendo verso il banco di frutta e verdura cui s'appoggiava la Boscaiola. Per impiegare il tempo in modo redditizio, Spanò si andò a sedere in un bar all'angolo di una stradina laterale dove – a detta di uno dei conoscenti della vittima, il piú loquace – Alvise Bordeghin s'era fermato qualche volta a bere un bicchiere di vino. Era un locale alla moda, di quelli che all'ora dell'aperitivo si riempivano di gente, sorto dalle ceneri di un vecchio bar risalente ai tempi – ormai lontani – in cui ai catanesi di andare a passare la serata tra quei vicoli non sarebbe passato manco per l'anticamera del cervello. Ordinò un caffè e si guardò intorno. Occhiali da sole, «Gazzetta Siciliana» tenuta in un modo che manco se avesse avuto la vista di una lince sarebbe stato in grado di leggere, si mise a studiare i tre camerieri per valutare a chi rivolgersi per chiedere notizie. Individuò una ragazza che, oltre a essere dotata di rara bellezza, pareva la piú sveglia e dettava legge con il piglio di una cumannera. La tenne d'occhio, aspettando il momento opportuno per intercettarla, forte delle sue lenti scure che l'avrebbero aiutato a non farsi notare.

Tanto inosservato riuscí a passare, che un minuto dopo la ragazza gli si presentò davanti a braccia conserte.

– Si sta divertendo?

Spanò cascò dalle nuvole.

– Come dice?

– Viri tu, pure lo gnorri fa.

L'ispettore capí l'equivoco. Si drizzò sulla sedia e si tolse gli occhiali.

– Mi deve scusare, non volevo assolutamente importunarla. Il motivo per cui la guardavo non è quello che...

– Sí, ca certo. Non mi pigli per fessa, io quelli come lei li conosco bene.

Sempre piú imbarazzato, Spanò non seppe cosa rispondere. L'unica soluzione che gli venne in mente fu di palesarsi per quello che era e dirle perché si trovava lí. Le fece segno con la mano di aspettare. Infilò con fatica la mano nella tasca dei jeans, che non si decideva a comprare di una taglia piú grande, e cercò di recuperare il tesserino. Mentre ravanava disperato sotto gli occhi beffardi della ragazza, sopraggiunsero Vanina e Patanè.

La Guarrasi lo fissò perplessa. – Ispettore, ma che sta facendo?

Spanò balzò in piedi, il tesserino finalmente in mano.

– Dottoressa, commissario.

Trentadue anni ma ne dimostrava venticinque, catanese di nascita e per convinzione, Valentina Di Bartolo era la proprietaria del locale. Si era laureata in Economia aziendale alla Bocconi, e dopo tre anni di vai e vieni su e giú per l'Europa aveva mollato Milano e una carriera promettente per tornarsene a Catania e investire nell'unico posto in cui riteneva valesse la pena di farlo. Bruna, occhi verdi, a Vanina pareva la versione sicula di Marion Cotillard nei panni di Fanny Chenal in *Un'ottima annata*.

Ricordava benissimo Bordeghin.

– Tra le dimensioni, l'accento veneto, il fatto che bevesse vino all'orario in cui tutti bevono il caffè, era difficile non notarlo. I ragazzi l'hanno soprannominato «l'orso grigio», perché non parla mai con nessuno. Anche il nome l'abbiamo scoperto solo perché una volta gli cadde un documento dalla giacca. Non viene da un po'.

– Da quanto tempo? – chiese Vanina, alla quale la donna si rivolgeva in modo quasi esclusivo.

– Mah, direi qualche settimana. L'ultima volta, se non ricordo male, era stato coinvolto in una rissa o qualcosa di simile.

– Sa per caso con chi ebbe questo scontro? – domandò, piú per scrupolo che per altro. Figuriamoci se quella donna poteva saperlo. E invece.

– Sí. Con uno che è meglio perderlo che trovarlo, dottoressa Guarrasi.

Vanina si protese in avanti puntando i gomiti sul tavolino, lo stesso fecero Patanè e Spanò, che in una mattinata sana col parente suo quell'informazione non era riuscito a ottenerla. Vennero a trovarsi tutti e quattro con le teste vicine.

– Perché? – chiese Vanina.

– Perché è solito risolvere le questioni in modo non proprio civile. Del resto, considerato da dove viene...

Vanina capí dove stavano andando a parare dal vago senso di nausea che le partí.

– Come si chiama?

– Maugeri. Ma la gente del mercato lo conosce come...

– Testa di Scecco, – la anticipò Spanò. Per la prima volta in mezz'ora da che erano lí si guadagnò un'occhiata benevola della Di Bartolo.

La nausea di Vanina aumentò. Santuzzo Maugeri, detto Testa di Scecco, era uno dei nipoti di Natale Zinna, potente capomafia della città. Ed era il piú cretino della famiglia.

Nessuno commentò.

– Come fa a conoscere il nome? – domandò Vanina.

– Lo conoscono tutti nel quartiere. Ogni tanto entra nel mio locale per comprare una birra o per prendere un caffè. Una volta si pigliò la questione con uno dei miei ragazzi perché non so cosa gli aveva detto. Se ne andò minacciandolo. Quella sera il ragazzo non trovò il motorino. Si rifiutò di sporgere denuncia per il furto. Gli chiesi perché, e lui mi rispose: opera di Maugeri è, come se dovessi capire.

– E lei capí?

Valentina fece un sorriso storto.

– Di Catania sono, dottoressa. E lavoro in un posto dove passa di tutto, mattina e sera. Cambia solo il contorno. Per capire certe cose mi basta mezza parola. E le assicuro che so rendermi conto quando non è il caso di approfondire l'argomento.

Una con le idee chiare, Valentina Di Bartolo. Vanina l'aveva capito subito, dal momento che non aveva neppure chiesto il motivo delle domande che le stavano facendo.

– Ricorda le ragioni della rissa con Bordeghin?

– No. So solo che c'entrava una donna. Cosí mi dissero.

La coppia che gestiva la bancarella di frutta e verdura cui la Boscaiola s'appoggiava per vendere i funghi risultò molto piú collaborativa di quanto Vanina, Patanè e Spanò avessero immaginato. A ogni domanda risposero in maniera puntuale e con dovizia di particolari.

– Come avete conosciuto Anna Collesano? – chiese Vanina.

La moglie prese la parola.

– Capitò per caso, sei anni fa. A me' marito ci piace andare a funghi sull'Etna, e qualchi cosa ci capisce. Furria a destra, furria a sinistra, ni piddemmu nel bosco della Milia. 'U sapi?

Vanina fece segno di no, che non lo sapeva.

– Dottoressa, non se lo ricorda? – intervenne Patanè. – Quello che arriva dietro al *Grand Hotel della Montagna*.

– Ah, sí, certo. Mi ricordo.

Era un vecchio albergo chiuso da decenni perché circondato da una colata lavica, dove mesi prima era avvenuto un omicidio su cui avevano indagato loro. A quanto le aveva raccontato il custode, il bosco della Milia era stato per molto tempo l'unica via per raggiungerlo.

– Il telefonino non pigliava, cosa di poco e si faceva buio. Meno male ca 'ncuntrammo 'sta donna che ci dette una mano a turnari 'nnarrè, se no 'sa comu ni fineva!

Il marito annuí piú volte, come a rafforzare il concetto espresso dalla moglie.

– Siete diventati amici? – domandò Vanina.

I due si guardarono, incerti.

– Amici proprio no. Conoscenti sí. Idda aveva bisogno di un appoggio per vinniri i funghi e gli ortaggi so', e a nuautri le cose a chilometro zero fanno sempre comodo. Perciò la aiutammo. Ma Anna era una ca parrava poco. Macari l'amico suo, il veneto ca viveva vinu a cap' 'i matina, parrava picca. Sempre educati però, le cose giuste. Sulu 'dda vota, come fu e come non fu, andò a schifio.

– Come successe?

– S'apprisintò un uomo che voleva cuntu e raggiuni pirchi so' mugghieri il giorno avanti aveva accattatu 'na partita di funghi da Alvise, li aveva cucinati e ai so' figghi ci avevano fatto male. Addirittura 'u patri di so' mugghieri aveva avuto tutti i sintomi dell'avvelenamento. Anna ci disse che non era possibile, che i funghi li raccoglieva lei di persona. Chiddu allora attaccò a 'nsultare Alvise, macari le mani 'n cuoddu provò a mettergli. Alvise si siddiò assai, lo sollevò tipo jattu pigliato per la collottola e lo scatafasciò 'n terra.

– E come finí?

– E com'av'a finiri, dottoressa. Ca si nn'iu con la coda in mezzo alle gambe, minacciando Alvise.

– E non tornò piú?

– No. Però non tornò piú manco Anna. Mischinazza... – Si rabbuiò.

– Ritorsioni contro di voi non ce ne furono?

I due sgranarono gli occhi in simultanea.

– Matri santa, no! – disse la donna. – Ma pirchí, secunnu lei possono venire a disturbare macari a nuautri? Chi ci trasemu?

Vanina li tranquillizzò.

– Quindi voi escludete che Anna potesse sbagliare nel raccogliere i funghi.

– Assolutamente.

– Come fate a esserne cosí sicuri?

Stavolta parlò il marito.

– Per due motivi, dottoressa: il primo è che Anna i funghi li canusceva bene, molto bene. Il secunnu è che quelli ca accattarono iddi erano funghi coltivati.

– Coltivati? – si stupí Vanina.

– Sissignora. Porcini, per l'esattezza, ca per coltivarli ci voli 'n saccu di tempo e perizia assai. Anna li coltivava di sgamo nel bosco cchiú vicino a so' casa.

– E allora come ve la spiegate tutta la sceneggiata?

– Capace che ai picciriddi e al vecchio ci fici male qualche altra cosa, e iddu desi per scontato che erano stati i funghi, – ipotizzò il marito, a cui ormai s'era sciolta la lingua. – Oppure... – si girò verso la moglie, incerto se proseguire.

– Oppure? – Vanina gli rivolse una delle sue occhiate.

– Oppure fici la parte di quello che ce l'aveva con Anna e invece il bersaglio era Alvise.

– Cosa glielo fa sospettare?

– Il fatto che si rivolse quasi subito a iddu. E non solo. Quando se ne andò, vuciando ca gliela faceva pagare, pareva che non si riferisse piú alla facenna dei funghi.

Vanina, Patanè e Spanò si guardarono tra loro.

Prima di lasciarli la Guarrasi pose ai due un'ultima domanda.

– Voi sapevate che il vero nome di Anna Collesano era Palma Cusimano?

La faccia stupita dei due bastò come risposta.

Vanina e Patanè ripresero l'auto di servizio che avevano lasciato sopra piazza Stesicoro. Spanò era arrivato a piedi e a piedi se ne volle tornare. Data l'ora, si diedero appuntamento da *Nino*.

– Cerchiamo di ricapitolare, – attaccò Patanè, appena salirono in macchina. – Santuzzo Maugeri cummina un teatro accusando Bordeghin di avere venduto alla moglie una partita di funghi velenosi. Funghi che invece sappiamo che Anna Collesano coltivava. Bordeghin 'u pigghia e 'u ietta 'n terra, e Maugeri se ne va minacciandolo. Qualche giorno cchiú tardi qualcuno ammazza Anna Collesano.

Si girò verso Vanina, che si girò a sua volta.

– Non funziona, – si dissero.

Patanè rafforzò il concetto calando la testa due volte.

– Commissario, se devo essere sincera, niente di tutta 'sta storia quadra veramente. Quella di Maugeri mi pare una questione del tutto scollegata dall'omicidio. E su Bordeghin, che per ora resta l'unico indiziato, abbiamo solo uno dei due Dna trovati sotto le unghie.

– Nun mi pare cosa da niente, dottoressa. Per avere il Dna di Bordeghin sotto le unghie la Collesano doveva averlo graffiato. Considerato ca fu strangolata, come minimo 'dda mischina circò di difendersi, perciò può essere che lo graffiò in quel momento.

– Certo. Se Bordeghin fosse stato un estraneo, sarebbe una prova quasi schiacciante.

Patanè faticò a seguirla.

Vanina si voltò, lo sguardo di quando voleva comunicargli qualche cosa senza parlare.

– Commissario, Bordeghin era il compagno della Boscaiola. Avevano passato la notte insieme. Altro che cute sotto le unghie doveva avere.

Il commissario capí tutto di colpo. Come sempre quando capitava di affrontare argomenti simili con la Guarrasi, s'imbarazzò. Per quanto di mentalità aperta per uno della sua età, di certi argomenti in modo esplicito se ne poteva parlare solo tra uomini.

– Vero è, – replicò. Oramai che ne stavano parlando, tanto valeva ragionarci. – Ma il dottore Calí niente disse in proposito? Segni di… non ne trovò?

Vanina fece uno sforzo mnemonico.

– Non mi pare. Ma lo scopriamo subito.

Prese il telefono e chiamò Adriano.

– Vani, – le rispose lui, affannato.

– Ma che hai?

– In palestra sono.

Tutte le strummentava per distrarsi, povero figlio.

– Scusa, non mi ricordo una cosa: la vittima per caso aveva avuto rapporti sessuali?

Adriano tardò a rispondere.

– Adri?

– Qua sono.

– Allora?

– Minchia, Vani. Lo sai che mi scordai di controllarlo?

Lo sentí mormorare qualcosa.

– Non riesco a capire quello che dici.

– Lo scimunito che sono, ecco cosa ho detto.

– Vabbe', non esagerare. In tutta franchezza, data l'età della vittima, non è cosí assurdo che ti sia potuto sfuggire –. Non volle aggiungere, in ulteriore sua discolpa, che quando aveva eseguito l'autopsia della Collesano aveva appena ricevuto la mazzata della partenza di Luca.

– In effetti l'età non lo suggeriva, – commentò Patanè, a bassa voce.

Adriano non si concesse sconti.

– Un'autopsia va fatta comunque come si deve, – sospirò. – Per fortuna il cadavere è ancora a disposizione. Vado subito a controllare e vi dico –. Chiuse la telefonata.

Vanina riprese il filo della conversazione. – Non ci scordiamo che sotto le unghie c'era anche un Dna femminile. Quello sí che non ha giustificazioni, se non quella della colluttazione a scopo di difesa.

Patanè concordò con lei. Una volta tanto non avevano seguito lo stesso ragionamento.

Da *Nino* rimasero il tempo necessario per pranzare velocemente. Ognuno assorto nelle proprie riflessioni. Vanina aveva ricevuto un messaggio di Cocò che l'aveva immalinconita assai. «Sorella quanto mi manchi!», piú due faccette tristi e un cuore rosso. Le aveva risposto solo con due parole: «Nica mia». Era incredibile ammetterlo, ma quella prima sera senza di lei sarebbe stata dura.

Patanè aveva sentito Angelina per avvertirla che avrebbe pranzato fuori. La donna non aveva fatto una piega. Anzi, gli era sembrata perfino contenta. Quasi quasi c'era rimasto male.

Spanò cincischiava nel piatto degli antipasti che avevano deciso di mangiare come unica portata. Arriminò il pecorino assieme alla zucchina gratinata, uní un pezzo di insalata di polipo, poi la parmigiana, due noccioli di oliva, il pane sminuzzato, due fagiolini e un residuo di caponata.

– Carmeluzzo, mio nipote Andrea mi stai parennu, – fece Patanè.

Spanò alzò gli occhi, distratto.

– Eh?

Il commissario indicò il piatto. – 'Dda pappetta ca cumminasti. Preciso a mio nipote quannu si mette a giocare e mischia tutte cose.

– Ah, – guardò la poltiglia disgustosa. – Scusate, manco me ne sono accorto.

Rosi gli aveva appena comunicato che Enzo aveva organizzato un viaggio a sorpresa a Parigi per la figlia Emanuela: sarebbero partiti insieme alla ex moglie di lui, nonché mamma della ragazza, e al nuovo compagno di lei. Per Carmelo era stato come ricevere un pugno nello stomaco. Gli era montata la stessa rabbia che aveva provato negli ultimi due anni ogni volta che l'aveva incontrata insieme a quel manichino acchittato di Enzo Greco, il re dei civilisti del foro catanese. Una sensazione peggiorata dalla consapevolezza, ormai acquisita, che dal ruolo di amante al quale l'aveva relegato da piú di un mese Rosi non l'avrebbe piú affrancato. Le aveva chiuso il telefono in faccia.

Due parole con Nino e ripresero la strada per la Mobile.

Vanina li lasciò davanti al portone e se ne andò in procura ad aggiornare Vassalli. Era arrivato il momento di farsi il segno della croce e comunicargli di persona che avrebbero dovuto indagare su un criminale che, per quanto il piú fesso della compagnia, sempre un rampollo della famiglia Zinna era. La notizia di sicuro l'avrebbe steso.

Raggiunse il tribunale in dieci minuti e parcheggiò subito nella piazza davanti, cosa che solo alle tre del pomeriggio poteva accadere. Entrò e raggiunse la procura. Bussò alla porta di Vassalli e subito si bloccò. A bocca aperta osservò il caos assoluto che regnava nella stanza, di solito impeccabile. Pile di libri per terra, scatoloni a destra e a sinistra. La libreria che il pm aveva riempito di cristalli di Lalique desolatamente vuota.

– Dottoressa Guarrasi, s'accomodi.

Vanina finse di non sapere il motivo della smobilitazione.

– Dottore, ma che sta succedendo?

– Che vuole che stia succedendo. Sto radunando i miei oggetti personali. Tra una settimana mi ritiro a vita privata.

Non se l'aspettava.

– Una settimana?

– Per l'esattezza.

– Non garantisco che l'indagine si possa concludere in questi tempi.

– Lo so. Ma sono certo che nelle sue mani si risolverà brillantemente, chiunque sia il pm che prenderà il mio posto.

Vanina rimase senza parole. Mai Vassalli s'era sognato di elogiarla in quel modo. Si sentí quasi in colpa per la mazzata che stava per dargli. Ma doveva farlo per forza. Prese fiato ed esordí.

– Abbiamo un po' di novità.

Dei reperti rinvenuti da Spechis e inviati a Palermo il pm era già stato avvertito. Quella mattina aveva pure incontrato l'ispettore della Forestale perché fosse lui stesso a raccontargli la dinamica dei ritrovamenti. Quello che Vassalli ignorava e che Vanina dovette riferirgli era la seconda, seppur traballante, pista che era emersa.

A quel punto, in condizioni normali, il pm avrebbe iniziato ad agitarsi. Si sarebbe alzato e riseduto piú volte, si sarebbe asciugato il sudore sulla fronte. Avrebbe sbraitato che non vedeva il motivo di complicare le cose, che un potenziale colpevole c'era già e via dicendo.

Vassalli non fece niente di tutto ciò. Ascoltò la Guarrasi con una calma inedita, annuendo addirittura un paio di volte.

– Come vuole muoversi? – si limitò a chiedere, imperturbabile.

– Per prima cosa traccerei il telefono di Maugeri.

Vediamo dove si trovava l'altro ieri mattina e se ha avuto abboccamenti, magari telefonici, con Bordeghin. Se necessario, poi, metterei il telefono sotto controllo.

Il pm non batté ciglio.

– Le firmo subito le autorizzazioni.

Mentre stava per uscire, dopo averlo salutato, Vassalli la richiamò.

– Dottoressa Guarrasi.

– Dica, dottore.

– So che probabilmente lo avrebbe fatto comunque, ma credo che sarebbe utile sentire cosa ne pensa di questa pista Eliana Recupero.

A bocca sempre piú aperta, Vanina gli confermò che era quello che stava per fare.

La pm Eliana Recupero aveva dismesso l'apparato di stufe e termoventilatori che disseminava nella sua stanza nei mesi invernali, quando, diceva lei, l'ufficio si trasformava in un igloo. La scrivania invece aveva l'aspetto di sempre, occupata da pile di faldoni dietro i quali la magistrata, piccola di statura e di corporatura esile, tendeva a sparire.

– Dottoressa, la disturbo?

– Oh, dottoressa Guarrasi, buonasera.

– Posso rubarle due minuti?

– Anche tre, – le indicò la sedia davanti a lei.

Vanina si sedette. In breve le spiegò il caso, poi le raccontò la storia di Maugeri e del mercato.

– Mah, – fu il primo commento della pm. – A me, se devo essere sincera, pare strano assai.

– Anche a me, dottoressa. Non solo, non capisco proprio che legame ci possa essere tra l'aggressione a Bordeghin e la morte della Collesano.

– Inoltre, lei lo sa meglio di me, il modo in cui è stata uccisa la vittima non è quello che ti aspetteresti da un esponente della criminalità organizzata. Infierire cosí sul cadavere serve a dare un connotato molto preciso all'omicidio. E non è quello di un delitto di mafia.

– Infatti, devo ammettere che non quadra nemmeno a me. Ma dopo la segnalazione, dopo le domande che abbiamo fatto al mercato, un controllo è necessario.

– Certo, va fatto senz'altro.

A Vanina tornò in mente quello che s'era chiesta qualche ora prima.

– A lei pare plausibile che Bordeghin abbia letteralmente sbattuto a terra uno come Santuzzo Maugeri senza scatenare le ire della famiglia Zinna?

– In tutta onestà, sí, – la stupí Eliana.

– Perché?

– Perché in concreto Santuzzo Maugeri non è uno per il quale don Natale Zinna mobiliterebbe le truppe armate in caso di offesa all'onore. A forza di fare fesserie, e di dare sdirrubbo alla famiglia con le sue alzate d'ingegno, è finita che la famiglia stessa l'ha scaricato.

14.

Alvise Bordeghin si presentò alla Mobile con cinque minuti d'anticipo. Vanina lo incrociò davanti al portone di ritorno dalla procura nel momento esatto in cui anche Macchia stava rientrando in ufficio. Le parve di essere naufragata tra i giganti di Brobdingnag. Difficile dire quale dei due sovrastasse l'altro.

– Capo, – salutò Vanina.

Macchia le rispose con un cenno della mano, il sigaro acceso, gli occhi sul telefono. – Signor Bordeghin.

– Buonasera, dottoressa Guarrasi.

– Ha citofonato?

– Sí, mi hanno detto di aspettare qui, che sarebbe sceso qualcuno.

Sul portone comparve Bonazzoli.

– Buonasera... oh, ciao, capo.

Tito alzò subito la testa dal telefono. Spense il sigaro e s'avvicinò.

– Stava salutando me, – precisò Vanina, mentre Marta faceva entrare Bordeghin. – Accompagnalo in sala d'attesa, ti dico io quando salire, – le ordinò.

Marta annuí. – Ok –. Prima di andare si voltò un attimo e accennò un sorriso in direzione di Macchia.

– Guarra', ma per forza la dobbiamo lasciare sola con quell'energumeno? – obiettò lui mentre si dirigevano verso l'ascensore.

– Tito, te lo ricordi, vero, che Marta è una poliziotta?

L'altro fece per rispondere ma si bloccò. – Azz –. Sulla porta dell'ascensore era attaccato il cartello FUORI SERVIZIO.

Vanina lasciò cadere le braccia. – Di nuovo si scassò.

Era stato riparato appena una settimana prima, dopo che l'ispettore Sanna della Sco e l'agente Agata Ristuccia erano rimasti bloccati per due ore a metà tra il primo e il secondo piano. Cosa da fare venire la claustrofobia solo a pensarci. Qualche lingua malevola aveva ipotizzato che l'avessero fermato loro appositamente e che poi non fosse piú ripartito.

– 'Sto sfacimm' d'ascensore, – inveí Tito, avviandosi rassegnato verso le scale.

Salirono alla velocità che ci metteva Patanè a ottantatre anni, anche se il piú vecchio tra loro due non arrivava ai cinquanta.

Vanina raggiunse la stanza dei carusi.

– Picciotti, che si dice qua?

Nunnari si alzò di colpo e batté i tacchi, spostando rumorosamente la scrivania e facendo cadere la sedia.

Lo Faro e Ristuccia saltarono in aria.

– Madunnuzza, cchi cumminai!

– Nunnari, ecchemminchia, – fece Vanina.

Spanò, che era appena entrato insieme a Patanè, scosse la testa. Il commissario sorrise bonario.

Mimmo arrossí. – Scusi, capo.

– Vedi che tra poco arriveranno i tabulati e i tracciamenti del telefono di Maugeri. Cerchiamo di capire se per caso si trovava in zona Sant'Alfio la mattina dell'omicidio –. Prese una sigaretta dal pacchetto e preparò l'accendino.

– Sempre che avesse il telefonino appresso, – eccepí Spanò.

– Un criminale scafato non se lo porterebbe. Ma Maugeri, per quanto ne sappiamo, tutto è tranne che scafato. Il massimo che sa fare è pigliare a legnate qualcuno o andare a riscuotere il pizzo per conto del nonno.

Patanè si grattava il mento.

– Che pensa, commissario? – chiese Vanina.

– Niente, mi stavo domandando che ci trase Alvise Bordeghin con uno com' a Maugeri. Perché mi pare chiaro ca tutta 'dda storia dell'avvelenamento era 'na messa in scena.

– Andiamo nel mio ufficio, cosí lo sentiamo. Ristuccia? – chiamò.

– Sí, capo.

– Vieni qua –. Uscí nel corridoio. La ragazza la seguí. – Sali da Sanna e digli di venire a darci una mano. Sicuramente su Maugeri ne sa piú lui di tutti noi messi assieme.

– Io devo salirci?

– Tu. Perché, hai qualche problema?

– No…

– Amuní, Agata, non mi fare perdere tempo, che tanto la strada la conosci a memoria.

Ristuccia abbassò gli occhi, ma solo per un attimo.

– Vado.

– Ah, e se per caso obietta che deve chiedere a Giustolisi, tu digli che glielo sto ordinando io.

Si accese la sigaretta ed entrò nella sua stanza. Spanò e Patanè le andarono dietro.

In sua assenza, qualcuno aveva pensato bene di chiudere il balconcino e accendere l'aria condizionata in una giornata come quella, con la temperatura che piú gradevole non poteva essere.

– Mizzica, cchi friddu, – borbottò Patanè, chiudendosi la giacca.

Santiando in aramaico, la sigaretta stretta tra le labbra che le fumava negli occhi, Vanina spense il condizionatore e riaprí i vetri. Rimase fuori. Gli altri due le si accostarono.

– Sicuro che ci tiene a tutti e tre 'sto balconcino? – disse Patanè.

Vanina e Spanò si guardarono: non si erano mai posti il problema.

– No, perché all'amico mio, il geometra Bellia, la settimana scorsa mentre camminava in via Umberto arrivò supra la testa 'n cuticciune che s'era staccato da un balconcino preciso identico a chistu. Alla fine si scoprí che era pericolante e si ni stava carennu pezzi pezzi.

– Il geometra Bellia? Ma non s'era trasferito a Tenerife?

– Doveva partire giusto giusto in quei giorni. Appi a 'spittari pirchí gli dissero che la testa doveva guarire del tutto.

La notizia del geometra Bellia, che all'età di settantasei anni s'era azzitato con una settantenne e aveva deciso di godersi la pensione alle Canarie, aveva occupato per giorni le disquisizioni del gruppo di amici che ogni mattina alle sette e mezzo Patanè incontrava al bar vicino casa sua. Vanina aveva seguito la storia attraverso i racconti del commissario con divertito interesse.

Spense la sigaretta nel posacenere per terra e rientrò. Aprí la porta.

– Lo Faro, – chiamò.

L'agente comparve all'istante, tipo genio della lampada.

– Vai nella sala d'attesa e di' a Bonazzoli che può salire con Bordeghin.

– Subito –. Sporse la testa nell'ufficio della capa. – Lo trovò bello fresco, vero?

Vanina lo incenerí.

– Recidivo sei, – si limitò a rispondere, con un tono inequivocabile.

– Non gradí manco stavolta, – concluse l'agente, guardandosi la punta dei piedi.

– Lo Faro, vai a chiamare Bonazzoli. Adesso.

Le braccia incrociate, gli occhi immobili, l'atteggiamento a metà tra il rassegnato e l'apertamente diffidente, Alvise Bordeghin se ne stava seduto davanti alla Guarrasi senza proferire parola, in attesa che fosse lei a iniziare.

Vanina preferí saltare i preamboli. Prese dal faldone relativo all'indagine una fotografia e gliela mostrò.

– Signor Bordeghin, è sua questa camicia?

L'uomo si infilò un paio di occhiali che teneva nel taschino della camicia, in tutto e per tutto simile a quella rinvenuta dalla Collesano, e osservò la foto.

– Sí, è mia. Ecco perché non la trovavo.

– Era a casa di Anna, per l'esattezza sul letto.

– Devo averla dimenticata lí. Perché l'avete voi? – domandò.

Vanina non ritenne utile dirgli che l'avevano fatta analizzare prima ancora di sapere a chi appartenesse.

– È macchiata di sangue, – disse, direttamente.

– Ah –. Alvise ci pensò, storse baffi e barba in una specie di sorriso sprezzante. – Pensate che sia di Anna? Avete trovato l'assassino, allora. Il piú scontato: l'amante della vittima, uno che anni fa s'era salvato per miracolo da un'accusa di omicidio. Non la facevo cosí banale, dottoressa Guarrasi –. Era ironico, ma tradiva rabbia.

Vanina si sforzò di non raccogliere la provocazione. Patanè invece cambiò faccia. Spanò si staccò dalla parete dietro di lei, cui s'era appoggiato, e guardò male Bordeghin.

– Che il sangue sia di Anna non lo pensiamo, lo sappiamo per certo. Quanto all'assassino, se l'avessi trovato davvero, sarebbe già in galera. Ma le assicuro una cosa: se non collabora, la prossima chiacchierata se la fa col magistrato, che non vede l'ora di chiudere il caso.

Lo fissò e lui sostenne lo sguardo.

– Mi vuole dire che non sospetta di me?

– No, non glielo dico perché non è vero. Tanto vale essere chiari: lei è il principale sospettato. E non solo per il sangue sulla camicia. All'orario in cui si presume che sia avvenuto l'omicidio lei era irrintracciabile. E sotto le unghie di Anna c'erano tracce di cute che le appartengono. Le garantisco che a questo punto basterebbe trovare il movente.

Alvise incassò.

– In che senso, tracce di cute? Come fate a sapere che sono mie?

– Il Dna è il suo.

Rimase in silenzio, a testa bassa, si vedeva che stava pensando. A inventarsi un alibi o a ricordare qualcosa che potesse scagionarlo, non era dato saperlo.

– Per la macchia di sangue sulla camicia, credo sia successo... sí, il giorno prima che Anna venisse uccisa. Si tagliò aprendo una scatoletta di tonno e la ferita continuò a sanguinare per tutta la serata. Deve avermi sporcato toccandomi –. Alzò gli occhi. – Potete controllare. Un taglio sulla mano destra. Il pollice.

– Controlleremo. Riguardo alle tracce della sua cute sotto le unghie della vittima invece? Che spiegazione ha?

Bordeghin scosse il capo lentamente.

– Non ne ho.

Vanina e Patanè si scambiarono un'occhiata.

– Anna la graffiava mai? – gli chiese, diretta.

– Come?

– Capitava che Anna la graffiasse?

– Perché avrebbe dovuto graffiarmi? – Sembrava confuso.

– Lei ci rifletta. Per ora andiamo avanti: è sicuro di non aver incontrato nessuno in quell'ora e mezza in cui il suo telefono era scarico? Un conoscente, un passante?

Bordeghin scosse di nuovo il capo con lentezza.

– Non me lo ricordo.

– Rifletta anche su questo. Continuiamo. Sappiamo che qualche giorno fa al mercato di Catania lei ha fatto a botte con un uomo. Ci racconta di preciso cos'è successo?

– Un uomo mi ha messo le mani addosso e io ho reagito.

– E perché quest'uomo l'ha aggredita?

– Diceva che i funghi che gli avevamo venduto erano velenosi, ma io sapevo per certo che non poteva essere cosí. Temevo che se la prendesse con Anna.

– L'uomo ce l'aveva con lei. Eppure i funghi li raccoglieva Anna, non le parve un po' curioso?

– Certo. Anche perché io non ricordo nemmeno di averglieli venduti, quei funghi.

– Li ha venduti alla moglie.

– Non ho idea di chi sia.

Bussarono alla porta. Sanna chiese se poteva entrare.

– Prego, ispettore. Arriva proprio al momento giusto: lei sa come si chiama la moglie del signor Santuzzo Maugeri?

– Si chiama Salvatrice Patroclo.

Bordeghin rimase impassibile, ma qualcosa sul suo viso si mosse. E Vanina lo notò.

– Mai sentita nominare?

– Mai, – rispose lui, dopo aver deglutito due volte.

Vanina lo fissò.

– Perché si è trasferito in Sicilia? – chiese, spiazzandolo.

– Cosa c'entra questo, scusi? – s'indurí.

– Bordeghin, non mi faccia spazientire. C'entra tutto quello che io ritengo possa entrarci. Risponda alla domanda.

– Perché nel mio paese ero diventato una specie di appestato. Sospettavano che avessi ucciso e stuprato tre donne. Lei lo immagina cosa significa?

– Perché proprio in Sicilia?

– Non ci arriva da sola?

– Me lo dica lei.

– Perché qui c'era l'unica persona che alla mia innocenza aveva creduto dal primo momento, – disse lui, perdendo un po' della sua impassibilità.

Vanina lo soppesò con lo sguardo, poi chiuse il fascicolo che aveva davanti.

– Per ora abbiamo finito. Resti a disposizione. E, mi raccomando, reperibile.

L'uomo si alzò. – Buonasera, – salutò, rivolgendosi ai presenti.

– Buonasera, Bordeghin, – rispose Vanina per tutti.

Bonazzoli lo precedette.

Sulla porta Alvise si fermò, si voltò verso il vicequestore.

– Dottoressa.

– Dica.

– Io... ho bisogno di sapere una cosa.

– Cosa?

Bordeghin fece un passo verso di lei.

– Perché Anna aveva cambiato nome? – chiese. A Vanina sembrò che supplicasse.

– Piacerebbe anche a me scoprirlo.

Bonazzoli tornò nella stanza della Guarrasi dopo aver accompagnato Bordeghin al portone. Spanò lo stava tenendo d'occhio dal balconcino. Lo vide infilarsi nel bar all'angolo con via Vittorio Emanuele, per non uscirne piú.

– Si starà scolando 'na buttigghia di vino.

Marta si sedette davanti a Vanina.

– Posso dirti come la vedo?

– Devi.

– Non penso sia stato lui a uccidere la Collesano.

– Cosa te lo fa pensare?

– Non uccidi l'unica persona al mondo che ti ha sempre accolto, contro ogni pregiudizio. A meno che questa persona non decida di lasciarti, che poi è il movente tipico dei femminicidi. Ma non abbiamo trovato nessun segno che la Collesano volesse lasciare Bordeghin, anzi sembra che i due avessero un equilibrio consolidato.

Vanina allargò le mani. – E infatti manca proprio il movente –. In altri tempi avrebbe aggiunto: altrimenti Vassalli avrebbe già chiesto il rinvio a giudizio.

Il commissario Patanè, che fino a quel momento aveva meditato grattandosi il mento, intervenne.
– L'unica faccenda su cui Bordeghin non ce la conta giusta è quella dei funghi. Sicunnu mia se lo ricorda eccome di averli venduti alla mugghieri di Maugeri.
La Guarrasi lo guardò ammirata.
– Ma sempre un minuto prima di me ci arriva, commissario. Stavo per dirlo io.
Patanè si schermí ridendo, sotto sotto però era compiaciuto.
– Sanna, lei che mi dice di Maugeri? – chiese Vanina all'ispettore, che da quando era entrato se n'era stato tutto il tempo seduto sul divanetto ad ascoltare.
– Niente di che, dottoressa. Da quanto ci risulta, non ha mai ricoperto incarichi seri all'interno del clan. Anzi, un paio di volte col suo comportamento violento ha rischiato di mandare all'aria affari importanti per il nonno, e mesi di lavoro per noi.
– Questo coincide con quello che sapevamo pure noi.
– Intendo dire, dottoressa, che a mio parere uno come lui al massimo tira un colpo di pistola e bonu cchiú. Di sicuro non è capace di armare tutto il teatro che mi riferí Agata. Mani tagliate, piedi mozzati eccetera.
Per essere uno che lavorava in un'altra squadra, Sanna conosceva un bel po' di dettagli. Chissà come mai.
– Secondo lei perché poteva avercela con Bordeghin?

– Non lo so. Se fosse vera la questione dei funghi, comunque, sarebbe un buon motivo. Gli Zinna tengono molto alla famiglia, nel senso piú arcaico del termine. Le mogli obbediscono al marito – a eccezione dei casi in cui sono loro le Zinna, ma questo è un altro discorso – i figli sono sacri e chi tocca la famiglia muore. Ora, defunti freschi non ne risultano, ma se per caso il fungo della Boscaiola avesse causato un poco di mal di pancia a uno dei picciriddi, sarebbe bastato a scatenare la vendetta.

– La Collesano è fimmina, quindi l'unico da poter picchiare era Bordeghin, – aggiunse Spanò.

Vanina s'annacò sulla poltrona. Alla fine scosse la testa. Aveva ragione il commissario, quella storia non quadrava.

Da cinque minuti la stanza s'era svuotata, Patanè aveva ripreso la strada di casa e gli altri erano tornati nei propri uffici. Novità grosse, almeno per quella sera, non ce ne sarebbero state.

Vanina s'accese una sigaretta e s'allungò sulla poltrona. I piedi incrociati davanti, la testa poggiata sul bordo superiore della spalliera, tirò fuori il telefono e controllò le notifiche. Due messaggi di Giuli e una chiamata persa di Adriano. Il tastino laterale, come al solito, s'era abbassato senza che lei se ne accorgesse, silenziando la suoneria.

– Che palle 'sto telefono.

Richiamò subito.

– Adri, perdonami, non ho sentito il telefono.

– Me l'immaginai, infatti non ho riprovato piú.

– Dimmi.

– Allora, con un poco di difficoltà sono riuscito a recuperare qualche traccia. Sí, la vittima aveva avuto un rapporto sessuale. Mando anche queste a Palermo, cosí vediamo a chi corrisponde il Dna.

– Non credo ci possano essere dubbi.

– Vabbe', questo lo sai tu che sei la sbirra, io le tracce a Palermo gliele spedisco lo stesso.

A giudicare dall'umore, non doveva aver avuto notizie di Luca. Evitò di chiederglielo.

– Che stai facendo?

– Niente, perdo tempo al supermercato per non andare a casa.

– Perché non sali da me, che da stasera sono di nuovo sola? Ci vediamo finalmente *Sedotta e abbandonata* e ci spariamo due pizze siciliane di Alfio.

Adriano non se lo lasciò ripetere.

– Dici davvero? Però stavolta dormo sul divano.

– C'è la brandina di Cocò ancora aperta.

– Ma sicura sei che non vuoi raggiungere Giuli?

Vanina cadde dal pero.

– Dove?

– All'aperitivo che organizzò. Ma manco i messaggi hai letto? Dice che te l'aveva scritto. Io le risposi di no perché non sono dello spirito giusto, però se vuoi t'accompagno.

– Aspetta che leggo 'sti messaggi.

Aprí la chat con Giuli su WhatsApp. «Stasera che fai?» Mezz'ora dopo: «Se ti va, alle sette e mezzo sono al lido *Lo scoglio*. Aperitivo con la ciurma».

– Per ciurma intende la solita ventina di persone che si porta appresso? – chiese a Adriano.

– Immagino di sí.

– Vince *Sedotta e abbandonata*, a mani basse.

Percepí chiaro un sospiro di sollievo.

– Ci vediamo da te, chi arriva prima prende le siciliane.

Vanina riattaccò e si alzò con fatica dalla poltrona. Ridendo e scherzando era in giro da due giorni, e quella mattina s'era pure sciroppata la Palermo-Catania. Altro che lido, l'unica esigenza che aveva era di stravaccarsi sul divano e spegnere il cervello per qualche ora. Ricontrollò il telefono. Di Paolo non c'erano né messaggi né chiamate. Provò a chiamarlo lei. Squillò a vuoto. Gli scrisse.

Uscí e passò dalla stanza dei carusi dov'era rimasto solo Lo Faro, di turno quella notte. Fragapane era appena arrivato.

– Notizie dei tabulati di Maugeri?

– Ancora niente.

– Mi raccomando. Fragapane, vigili pure lei.

– Non si preoccupi, dottoressa. Appena arrivano avvertiamo a Sanna, ca è di turno macari iddu.

Spanò era nell'ufficio dei veterani.

– Ispettore, che fa ancora qua?

– Passo tempo, dottoressa.

– Forza, si vada a riposare, che domani ricominciamo a furriare.

Spanò accolse il consiglio, recuperò le sue cose e s'infilò la giacca.

Sulle scale Vanina gli riferí la telefonata con Adriano.

– Perciò può essere che a Bordeghin lo graffiò in quella circostanza, – dedusse Spanò.

– Può essere. Anche se lui dice che non ricorda.

– Capace ca s'affruntò.

Uscirono in strada. Vanina fece per dirigersi in piazza Pietro Lupo, ma si bloccò subito.

– No!

L'ispettore si spaventò.

– Dottoressa, che fu?

– Stamattina parcheggiai la Mini dalle parti di *Nino* e mi scordai di spostarla.

Spanò rise, sollevato.

– E che problema c'è, l'accompagno io.

Tirò fuori dal portabagagli della Vespa primavera vintage il vecchio casco anni Ottanta di Rosi. In cinque minuti Vanina era davanti alla sua auto.

15.

La serata era finita nel solito modo. In dieci minuti s'erano spazzolati le siciliane, avevano bevuto due bottiglie della birra preferita di Vanina – quella che si produceva a Messina per davvero, non sull'etichetta –, e s'erano spaparanzati sul divano grigio con una coppa di gelato pistacchio e cioccolato che Alfio aveva prodotto quel pomeriggio. Uno con la testa a dritta, l'altra con la testa a manca, i piedi a dividersi il centro del divano, avevano fatto partire quel capolavoro di Pietro Germi che conoscevano a memoria, ma che ogni tanto gradivano rispolverare. Tenendo però un occhio sui rispettivi telefoni, per entrambi fonte di preoccupazione. Luca aveva dato sue notizie la sera prima da Istanbul, poi piú nulla. Quanto a Paolo, la spunta accanto al messaggio WhatsApp che Vanina gli aveva mandato era rimasta singola e grigia. Tale era a metà del film, nel pieno della scena surreale in cui Peppino Califano si rifiutava di sposare la da lui *sdisonorata* Agnese Ascalone, rea della colpa di non avergli resistito. E tale era ancora l'ultima volta che Vanina l'aveva controllata, a film quasi terminato, quando la disonorata Agnese Ascalone, dopo aver patito nefandezze di ogni genere, convolava a ingiuste nozze con Peppino Califano. Sui titoli di coda che scorrevano sulla statua di Vincenzo Ascalone, paladino della famiglia e dell'onore, erano caduti in un sonno piombigno. Che nessuna telefonata disturbò.

La mattina dopo Vanina barcollò fino alla cucina e andò a spegnere la sveglia. Si massaggiò il collo indolenzito dalla notte passata sul divano e si preparò il solito caffellatte. Adriano s'era svegliato a un orario per lei improponibile. Prima di uscire aveva lavato tutto quello che avevano sporcato la sera precedente e aveva lucidato la cucina come solo lui era capace di fare. Sul tavolino, apparecchiato con cura per la colazione, c'era un biglietto: «Grazie, amica mia».

Vanina si buttò sulla sedia. – Prego, amico mio, – mormorò tra sé e sé, sorseggiando il caffellatte e inzuppandoci dentro l'ultimo superstite dei savoiardi di Bettina. La foto dell'Addaura signoreggiava intatta sullo schermo del telefono.

Si vestí come l'umore le suggeriva: t-shirt grigia lunga, pantaloni neri e blazer nero oversize. Occhiali da sole sul naso, uscí sbattendo la porta. Passò da Alfio e si fece incartare il doppio di quello che prendeva di regola.

Alle otto e mezzo spaccate era alla Mobile. Attraversò il corridoio senza incontrare nessuno, raggiunse la sua stanza e si chiuse dentro.

A giudicare dalla rincorsa con cui Nunnari arrivò sparato fino alla scrivania, rischiando di spalmarcisi sopra, i tracciamenti e i tabulati del telefono di Maugeri dovevano contenere qualche cosa di importante.

Vanina saltò sulla poltrona.

– Nunnari, se un giorno di questi mi arrivi addosso ti finisce male.

Nemmeno la raviola alla ricotta di Alfio aveva compiuto il miracolo di risollevarle l'umore.

– Scusi, capo, non sono riuscito a fermarmi.

– Siediti. Che fu?

Nunnari obbedí.

– Mi guardai assieme a Sanna i tabulati di Maugeri che mi passarono Lo Faro e Fragapane. Il tracciamento del telefono non ci dice niente. La mattina dell'omicidio Maugeri era in zona San Cristoforo, o per lo meno lo era il suo telefono. Anche nei tabulati, all'apparenza, collegamenti con la Collesano o con Bordeghin non ce ne sono. Ricontrollando quelli di Bordeghin, però, risultò una cosa strana: guardi qua –. Le indicò un numero accanto al quale, con la calligrafia ordinata di Fragapane, era scritto un nome che si ripeteva in due telefonate successive. La Guarrasi si raddrizzò.

– Patroclo Salvatrice?

– Idda. La moglie di Santino Maugeri.

Vanina fissò il foglio, concentrata. E ora che veniva a significare 'sta storia? – Cinque minuti di conversazione.

– E guardi l'orario e il giorno.

– Le sette e trenta della mattina in cui è avvenuto l'omicidio.

– Dopodiché si perdono le tracce di Bordeghin per un'ora e mezzo.

Vanina sfogliò il blocco pinzettato andando indietro.

– Ricorre spesso, 'sto numero, – osservò.

– Che facciamo, dottoressa? – chiese Nunnari.

– E che dobbiamo fare. Chiamo Vassalli e disponiamo l'ennesimo tracciamento. Tutta cosí sta andando avanti 'st'indagine –. Allungò la mano sul telefono. – Va bene, grazie, Nunnari.

Il sovrintendente accennò il solito saluto militare e se ne tornò nell'ufficio dei carusi.

Vanina compose il numero di Vassalli, che però risultava spento o irraggiungibile. Fece quello della procura, chiese che le passassero il pm.

– Non c'è, dottoressa, – rispose il cancelliere.

– Come sarebbe, non c'è?

– Stamattina chiamò che ha la febbre alta e non verrà né oggi né domani.

Vassalli l'aveva fregata. L'apparente metamorfosi altro non era che una strategia per defilarsi al momento opportuno senza dare nell'occhio. Stava per chiedere chi fosse il magistrato di turno cui rivolgersi per un'autorizzazione, ma ci ripensò.

Recitò la parte. – Mi dispiace assai, povero dottore.

– Eh sí, veramente! Proprio pochi giorni prima di andare in pensione.

Ma vedi tu a volte la sfiga...

– Comunque mi disse che sulla sua scrivania c'è un fascicolo per lei, – proseguí il cancelliere.

Vanina ebbe un attimo di confusione.

– Che fascicolo?

– Una cosa che arrivò dal tribunale di Belluno. Ce l'ho io.

Il fascicolo su Bordeghin.

– D'accordo, grazie. Mando qualcuno a prenderlo.

Piú nervosa di prima, uscí dalla sua stanza e bussò a quella di Macchia.

– Avanti.

Entrò.

– Oh, Guarrasi, buongiorno.

– Buongiorno, Tito. Posso? – indicò la sedia.

– Che domanda, certo che puoi. Che è successo? – Macchia scostò la pila di fogli che aveva davanti e s'appoggiò alla scrivania.

– Vassalli ha fatto il rigatino.

– Cioè?

– S'è dato malato appena gli ho comunicato che avremmo indagato su Maugeri.

A Tito scappò un sogghigno, il sigaro spento tra i denti.

– Meno male che era cambiato. Scommetto che la malattia durerà cinque giorni.

– Scommettici pure. Cinque giorni in cui io dovrò fare riferimento a chi?

– Al pm di turno, immagino.

– Eh, ma se la malattia finisce che Vassalli è in pensione, l'indagine non può restare a lui. Giusto?

Tito ci rifletté sopra.

– Hai ragione. La situazione è anomala.

– Io ho bisogno che qualcuno mi autorizzi il tracciamento e i tabulati di un altro telefono.

– E per questo puoi appunto rivolgerti al pm di turno, no?

– Quale, quello ordinario o quello della Dda?

– Perché della Dda?

– Si tratta del telefono della moglie di Maugeri.

Macchia si alzò, andò alla finestra e s'accese addirittura il sigaro.

– Guarra', una cosa normale mai, vero? – Sbuffò. – Vabbuo', facciamo cosí. Ora parlo col procuratore e vediamo se, date le circostanze, riassegna il caso a qualcun altro.

Vanina se ne tornò nella sua stanza.

Visto che c'era, tanto valeva completare l'opera. Chiamò Eliana Recupero, che rispose subito, sbrigativa come al solito.

– Dottoressa Guarrasi, buongiorno. Mi dica.

Vanina le chiese se aveva notizie della salute di Vassalli, che quella mattina s'era ammalato all'improvviso. La pm mangiò la foglia.

– Mi informo.

Ora Vanina poteva solo aspettare. Spedí Bonazzoli in procura a recuperare il fascicolo del tribunale di Belluno, prima che eventuali trasferimenti di competenze lo rendessero inaccessibile per delle ore. Col proposito di far passare il tempo piú in fretta, senza infognarsi in pensieri che l'avrebbero mandata fuori di testa, prese una pila di fogli da firmare e iniziò. Ma i mali pensieri si presentarono lo stesso. Di sfuggita ricontrollò il messaggio che aveva inviato a Paolo. La spunta adesso era doppia, ma era rimasta grigia. Provò a richiamarlo, ma suonò a vuoto di nuovo. Riprovò, in preda alle palpitazioni: niente. Un nodo le serrò la gola, si sentí soffocare. Corse verso il balcone. Mentre cercava invano di prendere aria, arrivò il commissario Patanè.

– Dottoressa, buongiorno, – si tolse il Panama e lo appese all'attaccapanni. – Abbiamo novit... – cambiò espressione. Le si avvicinò, preoccupato. Le strinse una mano.

– Vanina, che successe?

Gli era già capitato una volta di vederla cosí, e sapeva che la cosa in genere peggiorava rapidamente.

Vanina andò in affanno, fu lí lí per vomitare. Il commissario la afferrò da dietro.

– Calmati, respira.

L'abbraccio ebbe il potere di fermare la cascata. Un po' per volta Vanina riprese a respirare e si sedette sul divanetto davanti al balcone. Indicò la porta.

– Per favore, chiuda a chiave.

Patanè eseguí. Tornò da lei e le mise un braccio attorno alle spalle.

– Che fu? – chiese.

A chiunque altro Vanina avrebbe risposto che non lo sapeva, che qualcosa doveva averle fatto male o fesserie simili. A lui no. Gli disse la verità.

Per il commissario fu una conferma. Conosceva

abbastanza la sua amica da immaginare che reazioni di quel genere potevano avere una sola origine.

– Ragioniamo un attimo: se gli fosse successo qualche cosa già l'avremmo saputo.

– E da chi?

– Ma come, da chi? Da Manzo, dai colleghi della Mobile, dal fratello del dottore Malfitano. Che mancano persone?

Non aggiunse che, semmai fosse accaduto quello da cui era terrorizzata Vanina, ne avrebbero parlato macari le televisioni, le radio e le diavolerie di internèt.

– È che non capisco, ci siamo lasciati ieri all'Addaura che se ne stava andando in procura. La sera doveva stare con la bambina, perciò poteva pure essere che non riuscisse a chiamarmi. Ma stamattina?

– Sicunnu mia c'è una spiegazione e sicuramente è molto piú babba di quello che credi –. Quando i discorsi si facevano confidenziali, senza accorgersene Patanè le dava del tu. – Perché non provi a chiamare qualcuno? O in procura, accussí ti tranquillizzi.

– No, commissario. Mi imbarazzerebbe troppo. E poi questo qualcuno che dovrebbe pensare? Già di me e di Malfitano a Palermo si parla abbastanza –. La brutta sensazione che aveva era di essere ripiombata nello stato mentale di qualche mese prima, quando tutto le pareva nebuloso e ogni passo avanti con Paolo la atterriva. Era capitato, allora, che lui fosse esasperato dai suoi tira e molla, e chiudesse le comunicazioni fino a costringerla a precipitarsi a Palermo di notte per stanarlo. Ma adesso le cose erano cambiate, e paradossalmente quel silenzio telefonico era servito a fargliene prendere atto.

Pian piano Vanina riacquistò un colorito normale. Giusto in tempo prima che Macchia bussasse alla porta e rischiasse di staccare la maniglia a furia di abbassarla con la sua presa energica.

Patanè si precipitò a girare la chiave, mentre Vanina si ripiazzava alla scrivania. La porta si aprí all'istante.

– Oh, Patanè, – fece Macchia. Guardò la porta. – Come mai era chiusa?

– Chiusa? – Il commissario si mostrò stupito. – Ma non mi pare. Forse s'era incastrata la maniglia.

Tito lo fissò, fissò Vanina. Cambiò discorso.

– Guarra', volevo comunicarti che ti è andata assai meglio di quanto tu stessa potessi auspicare.

– Cioè?

– Lo sai a chi assegnarono la tua indagine, visti i recenti sviluppi?

Vanina finse di essere in alto mare.

– A Eliana Recupero.

Il fascicolo che Marta si era fatta consegnare dal cancelliere di Vassalli raccontava ben poco. Bordeghin era stato sospettato per un tempo breve, che non aveva consentito approfondimenti rilevanti. O, per lo meno, questo si deduceva dal faldone della procura di Belluno.

Nel frattempo Vanina s'era ripresa. Benedetta l'indagine e i rompicapi che si portava appresso. L'ideale per non pensare.

– Del caso si occupò la polizia, per la precisione il commissariato di Cortina d'Ampezzo. Piú tardi li chiamo e cerco di capire se qualcuno aveva svolto altre ricerche che nel fascicolo della procura non risultano.

– Perché non dovrebbero risultare, scusami? – chiese Marta.

– Magari perché qualche collega nostro ci si incaponí di piú e indagò per conto proprio? – ipotizzò la Guarrasi. Non sarebbe stata né la prima né l'ultima volta, e lei stessa ne sapeva qualcosa.

Spanò sfogliava i tabulati di Bordeghin.

– Quello che non arrivo a capire è quale collegamento ci può essere tra Bordeghin e la moglie di Maugeri. A taliarisi 'sti tabulati, telefonate ce ne furono assai, certune brevi ma certe altre longhe. Taliasse chista: sedici minuti.

Vanina allargò le braccia, tra le dita la seconda sigaretta accesa nel giro di un quarto d'ora. – A breve dovremmo essere in grado di tracciare il telefono della Patroclo –. La Recupero non aveva perso tempo. Un'ora dopo che le avevano assegnato il caso – o, per meglio dire, che se l'era fatto assegnare offrendosi volontaria – aveva già concesso tutte le autorizzazioni richieste.

– Di sicuro Bordeghin finora ci contò fesserie, e questo non depone a suo favore, – disse Spanò. Poi si rivolse a Patanè: – Aveva ragione lei, commissario.

Lui si limitò ad annuire. Un po' per discrezione, un po' per riserbo – era pur sempre un infiltrato –, in quelle riunioni raramente si pronunciava.

– Anche la Recupero è della stessa opinione, – disse Vanina. La pm era stata chiara, gli indizi che avevano in mano contro Bordeghin erano abbastanza gravi e concordanti tra loro. Un piccolo tassello in piú e il gip, persona seria ma estremamente rigorosa, avrebbe disposto la custodia cautelare. Che al novantanove per cento sarebbe stata in carcere.

– Notizie dalla Scientifica? – chiese Vanina. Per quanto fosse certa che, appena conclusi gli esami, Paola l'avrebbe chiamata. Ma non si poteva mai sapere.

– Ancora no, – rispose Spanò. – Però prima di mandare i coltelli Pappalardo li esaminò per vedere se c'erano impronte digitali. Ne trovò una, incompleta, sul manico d'acciaio del coltello fino. Punti per confrontarla ce ne sono abbastanza, ma non corrisponde a nessuna di quelle in archivio.

– La macchina della vittima?

– Pappalardo la rivoltò dentro e fuori. Era china china di impronte digitali, ma tutte della Collesano e di Bordeghin.

Vanina alzò gli occhi al cielo con rassegnazione.

– Bordeghin resta comunque il piú probabile indiziato, a prescindere dalla storia della signora Maugeri, – disse Marta.

– Quello che è certo è che il telefono di Maugeri non agganciò nessuna cella della zona di Sant'Alfio, né tantomeno quella di Piedimonte Etneo. Anzi, se proprio la vogliamo dire tutta, manco uscí da Catania, – aggiunse Spanò.

Un botto proveniente dal corridoio li fece saltare

in aria. Marta corse ad aprire la porta, preoccupata che Tito avesse sfondato un'altra poltrona, com'era accaduto mesi prima con quella di Vanina. Ma anche lui si era appena affacciato in corridoio.

– Uh, maronn'! Nunnari, che hai combinato?

– Mimmo! – gridò Marta.

– Niente, niente, – disse Nunnari cercando di rialzarsi dal pavimento, dov'era finito lungo disteso. Tra gli anfibi, la pancia ingombrante e il computer portatile che si ostinava a tenere con tutte e due le mani, continuava a ricascare giú. Ci volle l'aiuto congiunto di Spanò e di Macchia, piú Marta che gli levò il computer, per rimetterlo in piedi.

– Ti sei fatto male? – chiese Vanina.

– No, no. Un poco la spalla m'ammaccai, ma niente di che.

Macchia lo esaminò dall'alto della sua statura.

– Nunnari, qua c'è un bernoccolo che pare 'o Vesuvio. Anzi l'Etna, che è piú alta. Ascolta a me, vai a farti controllare.

– Ha ragione, Mimmo: vai, – lo incoraggiò Marta.

Il sovrintendente tentennò.

– Entra un attimo e siediti –. Vanina indicò il suo ufficio.

Ristuccia arrivò di corsa con una confezione di ghiaccioli recuperata nel mini-congelatore del secondo piano. Nunnari l'appoggiò sulla testa dolorante.

– Mimmo, che volevi dirmi? – chiese la Guarrasi.

– Intercettammo ora ora una telefonata di Bordeghin abbastanza strana. Parlava con una donna.

– Abbiamo la registrazione?

– Sí sí, certo.

– Allora, tu adesso ti fai accompagnare al pronto soccorso, e Ristuccia mi fa sentire la telefonata.

Il sovrintendente uscí zoppicante assieme all'agente Spada.

– Ma 'sto povero Nunnari ogni cinque minuti all'ospedale finisce, – osservò Patanè, tra il bonario e il dispiaciuto.

Di strano, in quello che ascoltarono nella registrazione, c'era solo che all'altro capo ci fosse una donna, con la quale Bordeghin sembrava parecchio in confidenza. Forse anche qualcosa di piú. Non la nominava mai e nessun dettaglio aiutava a identificarla. Due minuti di conversazione imperniati su un unico argomento: quando e come si sarebbero rivisti. La parte che per Vanina risultò davvero interessante era quella finale, in cui Bordeghin disse che per il momento aveva la polizia alle calcagna e perciò era meglio aspettare, prima si dovevano «calmare le acque».

– E con questa Bordeghin ha firmato la sua custodia cautelare in carcere.

L'avvocata Maria Giulia De Rosa parcheggiò il suv bianco in un posto davanti alla Mobile che le parve disponibile. Era sul punto di citofonare quando il portone si aprí. I due uomini che stavano uscendo si bloccarono.

– Possiamo aiutarla?

Giuli non si creò problemi.

– Mi aspetta il vicequestore Guarrasi, – improvvisò.

I due poliziotti si guardarono. Quello piú anziano fece segno al piú giovane di accompagnarla su. Giuli si trattenne a stento dal ringraziarlo. Alto, capelli scuri, occhi verdi, fisico da frequentatore assiduo di palestre. Sorriso aperto. Degno di finire sulla copertina di «GQ». Bussò alla porta di Vanina, attese il permesso e aprí.

– Dottoressa Guarrasi, mi scusi, c'è una persona per lei.

Vanina sbirciò oltre la porta.

– Giuli? – si stupí. – Che fai lí impalata? Entra.

L'uomo salutò e si defilò.

L'amica avanzò nella stanza e strinse la mano al commissario Patanè che s'era alzato per salutarla.

– Come mai sei qua? – chiese Vanina.

Giuli le si sedette davanti. – Se Maometto non va alla montagna.

Vanina fece un sorriso storto.

– Maometto in questo momento non ha il tempo manco per respirare, – indicò le carte che ricoprivano la scrivania.

– Ma per i film arcaici assieme all'amico tuo il tempo lo trovi, – recriminò.

– Giuli, t'assicuro: ieri sera la forza per affrontare un aperitivo affollato non avrei saputo proprio dove pescarla.

Giuli smise di scherzare.

– L'avevo capito, non ti preoccupare. Siccome però incredibilmente ero libera all'ora di pranzo, e so che almeno a quello non rinunci mai, mi dissi: non è che magari Vanina ha voglia di mangiare una cosa assieme? Veloce veloce?

I due poliziotti guardarono l'ora.

– L'una e mezza si fece, ecco perché mi stava venendo appetito, – confermò il commissario.

Vanina invece appetito non ne aveva per niente. La botta di ansia le aveva serrato lo stomaco. Il telefono ancora muto e la doppia spunta grigia avevano contribuito a mantenerlo serrato.

– Non mi posso muovere, Giuli, sto aspettando una telefonata.

– E non la puoi aspettare mentre mangiamo? Ce ne andiamo da *Nino*. Anche lei, commissario.

Quella mattina Patanè aveva comunicato ad Angelina che, salvo complicazioni, sarebbe rientrato a casa per pranzo. Gli era parso per un attimo di notare nella moglie una sorta di disappunto: in cuor suo preferiva escludere che potesse essere reale, ma si era convinto ancora di piú che fosse il caso di tornare. Poi a Vanina era successo quello che era successo e il commissario non se l'era sentita di lasciarla sola. Ora che la sapeva in compagnia dell'amica sua poté andarsene senza preoccupazioni.

– Avaia, Vani', mezz'oretta ci mettiamo, – insisté Giuli.

All'ispettore del commissariato di Cortina con cui aveva parlato, per la verità, la Guarrasi aveva lasciato il suo numero di cellulare. L'uomo aveva assicurato che non appena il vicequestore Zanon fosse rientrato l'avrebbe fatta chiamare subito.

Vanina si lasciò convincere. – Ca andiamo.

Mentre uscivano incrociarono i due poliziotti che Giuli aveva incontrato prima. Il piú giovane le sorrise salutandola. Quello piú anziano si limitò a fare un cenno a Vanina.

– Ciao, Guarrasi.

– Ciao, Giustolisi.

Una volta fuori, Vanina andò a sbattere contro il Suv bianco.

– Giuli, di nuovo? Non si parcheggia qua, come te lo devo dire.

– Non fare la camurriusa. Cinque minuti sono stata. Dovevo accollarmi un chilometro sui tacchi per cinque minuti?

Vanina entrò in auto scuotendo la testa. Giuli partí subito.

– Oh, ma quel pezzo di marcantonio chi è? – chiese.

– Quale marcantonio?

– Come, quale? Quello che mi accompagnò da te.

– Ah, quello. Un collega della Narcotici. È arrivato da poco, fresco di promozione a vicequestore. Credo lo abbiano trasferito dalla Mobile di Napoli.

– E come si chiama?

Vanina la guardò di sottecchi.

– È impressione mia o Luca inizia finalmente a uscirti dalla testa?

– Ci sto provando.

– E fai bene. Forse, se capisce che non sei piú un pericolo, la finisce di fare lo stronzo con Adriano.

Giuli non commentò. Il senso di colpa nei confronti di Adriano non poteva cancellarlo, cosí come non avrebbe mai potuto cancellare il trauma di aver perso il figlio che aspettava da Luca.

– Lui non ha mai saputo niente di quello che è successo, – si limitò a precisare.

– E meno male, se no altro che missioni all'estero, sulla luna se ne sarebbe scappato.

Arrivarono davanti a *Nino*. Fedele al suo solito criterio nei parcheggi, Giuli salí con mezza macchina sul marciapiede e cosí la lasciò. Vanina finse di non vedere. Entrarono e si sedettero a un tavolo da due accanto alla finestra.

– Che telefonata aspetti?– domandò Giuli, attaccando la ciotola delle olive.

Vanina si sforzò di prenderne una.

– Un collega del commissariato di Cortina d'Ampezzo.

– Ma veramente? Hai per le mani un caso che riguarda anche loro?

– Forse.

– Che bello!

– Perché, *che bello*?

– Magari ti capita di dover andare lí in missione.

Vanina stentò a capire.

– Speriamo di no, Giuli. Significherebbe che il caso si sta complicando.

– Comunque, se per caso dovessi andarci dimmelo,

che t'accompagno io. Prenotiamo in un albergo storico bellissimo, ristrutturato da poco.

Per la prima volta in quella giornata orrenda a Vanina scappò una risata. Giuli stava tornando ai livelli di vitalità pre-sbandata con Luca, pre-gravidanza indesiderata, pre-aborto. La Giuli vulcanica che aveva conosciuto due anni prima.

– Non ti smentisci mai!

L'avvocata rise appresso a lei.

– Oh, senti, oramai dovresti conoscermi bene, no? Mi piace viaggiare con tutte le comodità.

– Lussi, direi.

– Va bene, lussi. Commetto qualche reato?

– No. Anzi, fai benissimo, visto che puoi e non devi dare conto a nessuno. Però mi pare difficile che i fondi della polizia di Stato mi consentano di andare in missione a Cortina nell'albergo che dici tu.

– E tu non glielo dire.

Vanina scosse la testa, ridendo di nuovo. Dieci minuti con Giuli e il suo umore aveva fatto un piccolo balzo dal fondo in cui era precipitato.

Con un certo sforzo riuscí a ingoiare una porzione di parmigiana. Piú di quello il suo stomaco chiuso non riusciva a contenere.

Giuli afferrò immediatamente che qualcosa non andava.

– Tu oggi non me la conti giusta. Che hai?

Vanina rispose che non lo sapeva, che qualcosa doveva averle fatto male e tutte le fesserie che le vennero in mente in quel momento. Giuli finse di crederci.

16.

Carmelo Spanò alzò la testa dai tabulati telefonici di Salvatrice Patroclo, appena arrivati. Per un intoppo in rete, non avevano ancora potuto tracciare le celle che il telefono della donna aveva agganciato negli ultimi giorni, ma oramai era questione di poco e avrebbero ricostruito pure i movimenti. Iniziava ad avere una certa fame. Guardò l'orologio: le due. Nell'altro ufficio, quello dei carusi, di piantone all'intercettazione di Bordeghin c'erano Bonazzoli e Ristuccia. Si alzò e le raggiunse.

– Sto tornando, ragazze. Vado un momento alla mensa a mangiare qualche cosa. Mi raccomando, occhio se s'attiva il tracciamento della Patroclo.

– Tranquillo, ispettore, ci pensiamo noi, – assicurò Bonazzoli.

Nunnari, babbiando babbiando, era stato trattenuto al Policlinico in osservazione per una leggera commozione cerebrale. Almeno per un paio di giorni non si sarebbe visto.

Carmelo infilò le scale, aprí il portone e per un pelo non sbatté contro una tizia che stava citofonando.

– Prego, ha bisogno di qualcosa? – chiese.

Valentina Di Bartolo si voltò di scatto.

– Oh, ma guarda che combinazione. Buonasera, ispettore.

A Spanò parve di pietrificarsi. Ma perché gli faceva quell'effetto?

– Dottoressa Di Bartolo, buonasera.

– Sto cercando il vicequestore Guarrasi.

– Non è in ufficio in questo momento.

– Ahhh, mannaggia. Sa quando torna?

– Non credo faccia piú tardi delle tre. Vuole aspettarla?

– Purtroppo non posso. I ragazzi sono soli e il locale è pieno.

– Doveva dirle qualche cosa di urgente?

– Veramente sí.

– Può dire a me... – osò Spanò.

La donna piegò le labbra in un sorriso che all'ispettore sembrò beffardo. E che ebbe il potere di metterlo ancora piú a disagio.

– Va bene, – rispose lei.

Spanò la fece entrare e la accompagnò su per le scale. Inverosimilmente a corto di fiato, ringraziò il cielo che sul primo pianerottolo la donna si fosse fermata a leggere un articolo di giornale appeso alla parete che parlava di un collega ucciso dalla mafia molti anni prima, mentre era in servizio.

– Mamma mia, – commentò Valentina, turbata.

Ripresero le scale e arrivarono al primo piano. Spanò la fece accomodare nella stanza dei veterani, le offrí una sedia e si sedette al proprio posto. L'ambiente lo aiutò a recuperare un po' della sua abituale sicurezza che, chissà perché, al cospetto di quella ragazza svaniva di colpo.

– Allora, mi dica.

– Ieri, dopo che lei, la dottoressa e l'altro commissario ve ne siete andati, mi venne in mente che i ragazzi hanno servito Bordeghin al tavolo tante volte, e di sicuro lo conoscono meglio di me. Perciò ho fatto loro qualche domanda. Piú o meno mi risposero quello che sapevo anch'io. Uno in particolare, che è un po' piú curtigghiaro, mi raccontò una cosa che ho pensato potesse interessarvi –. Si fermò in attesa di un cenno da parte di Spanò.

– Di che si tratta?

Valentina continuò: – Qualche settimana fa, Bordeghin si trattenne piú del solito. A un certo punto lo raggiunse una donna, non quella che è stata uccisa, una piú giovane, e restò a parlare con lui. Il ragazzo ebbe l'impressione che lui fosse a disagio. Si girava a destra e a sinistra in continuazione.

– Come se volesse controllare chi arrivava?

– Esatto. Mentre era lí arrivò la donna che è stata uccisa, come la chiamano sul giornale? La Fungaiola?

– La Boscaiola.

– Insomma, i due attaccarono a litigare. Il ragazzo s'incuriosí e ascoltò quello che dicevano. Era una scenata di gelosia, e la sensazione che ebbe fu che la Boscaiola conoscesse l'altra. Bordeghin allora tirò fuori una storia, disse che la signora voleva comprare dei funghi.

Spanò drizzò le antenne.

– E come finí?

– La piú giovane se ne andò con un cestino in mano, perciò il ragazzo dedusse che alla fine li aveva comprati davvero.

Spanò iniziò a seguire il filo dei suoi pensieri.

– Ispettore? – lo chiamò Valentina.

– Sí, mi scusi. E il ragazzo non vide altro?

– No, nient'altro. Ma sul fatto che si trattasse di una scenata di gelosia non ha dubbi.

– Va bene, grazie infinite, – concluse Spanò.

– Spero che vi sia utile.

– Piú di quanto immagina, mi creda.

Spanò la riaccompagnò fino al portone e uscí insieme a lei.

Valentina lo guardò.

– Ma non è che prima lei stava andando a pranzo? – chiese.

Spanò ricascò in un sottile imbarazzo.

– Sí... perché?

– Mi dispiace, allora, ho rubato tempo prezioso alla sua pausa.

Pareva sincera.

– Sta scherzando? Ha dato un contributo all'indagine.

Valentina continuò a guardarlo, pensosa.

– E se le proponessi di pranzare insieme?

La telefonata arrivò quando Vanina era appena rientrata in ufficio.

– Giovanna Guarrasi? – La voce era di una donna.

– Sono io.

– Raffaella Zanon, commissariato di Cortina d'Ampezzo.

Vanina rimase sorpresa. Chissà perché era convinta che Zanon fosse un uomo.

– Buongiorno, collega, grazie di aver richiamato subito –. L'ispettore con cui aveva parlato Vanina le aveva detto che avrebbe trovato il vicequestore Zanon dalle quindici in poi. Erano le quindici e tre minuti.

– Figurati, dimmi tutto.

– Stiamo indagando su un uomo che in passato era già stato oggetto di indagini da parte vostra.

– Di chi si tratta?

– Si chiama Alvise Bordeghin, fino a una quindicina d'anni fa era residente a Livinallongo Del Col di Lana...

Zanon non la lasciò finire.

– Lo scalatore, certo. Me lo ricordo bene. Io ero stata appena assegnata al commissariato di Cortina. L'assassinio delle tre donne nei boschi sopra Andraz è stato il primo caso importante di cui mi sono occupata da dirigente.

Vanina avrebbe scommesso che ci si fosse dedicata anima e corpo.

– Ho appena ricevuto il fascicolo dalla procura di Belluno, ma non ho trovato molto su di lui.

Raffaella fece uno sbuffetto, come a dire: e che volevi trovare?

– Lascia perdere il fascicolo della procura. Riporta solo i risultati finali di un lavoro che invece è durato parecchio.

– A quanto vedo, però, si risolse in un nulla di fatto.

– Fu interrotto dall'arresto dell'assassino. Circostanza che scagionava Bordeghin.

– Quindi la sua innocenza non fu mai provata.

– Be', fu provata la colpevolezza dell'altro –. Era un'ovvietà, ma Vanina colse nella voce della collega una sfumatura smaccatamente ironica.

– Ammettiamo per assurdo che il caso non fosse stato risolto. Che conclusioni avresti tratto sulla base degli elementi che avevate in mano fino a quel momento?

Raffaella Zanon trovò l'esercizio d'immaginazione assai interessante. In una decina di minuti contò a Vanina per filo e per segno tutto quello che la bellezza di diciotto anni prima aveva scoperto sul conto di Alvise Bordeghin e che ricordava come si ricordano solo i casi che non t'hanno convinto fino in fondo.

– Se vuoi ti mando il nostro fascicolo.

– Non mi serve, mi basta quello che mi hai raccontato.

La seconda parte della telefonata fu pura conversazione, con tanto di condivisione di esperienze. La Zanon aveva frequentato la Scuola superiore di Polizia di Roma qualche anno prima di Vanina. Era stata anche a Palermo per un breve periodo, tra la prima e la seconda assegnazione al commissariato di Cortina. Sapeva chi era Vanina, e sapeva chi era stato l'ispettore Giovanni Guarrasi. Del resto, era difficile ignorarlo. I nomi dei poliziotti – troppi – che avevano perso la vita a Palermo in quegli anni disgraziati erano stati pronunciati talmente tante volte che non si potevano dimenticare.

Prima di riattaccare si raccomandarono a vicenda di incontrarsi una volta, in Sicilia oppure a Cortina d'Ampezzo, che inverno o estate, a detta di Raffaella, valeva sempre la pena di essere visitata. A Vanina parve brutto confessarle che tra lei e la montagna, soprattutto nella versione estiva che prevedeva chilometri di sfacchinate a piedi, non correva buon sangue. L'aveva capito bene nei due anni di servizio alla Mobile di Milano, appresso al collega e alla collega con cui aveva legato di piú, entrambi patiti delle passeggiate in quota. L'unico periodo vagamente accettabile per lei era quello invernale, per giunta nelle settimane meno gettonate. L'esatto opposto di Giuli.

Spanò rientrò alla Mobile alle tre e mezzo passate. Appena dentro il portone incrociò il commissario Patanè che tornava santiando dal retro delle scale, dov'era allocato l'ascensore.

– Cose da pazzi, ancora sfasciato è!

Uno dietro l'altro, alla velocità massima che le articolazioni del commissario consentivano, salirono fino al primo piano.

– Tutto a posto, commissario? – chiese Spanò. Troppo taciturno gli pareva.

Patanè gli rispose sbrigativo.

– Tutto bene, Carmelo.

Ad analizzare i fatti non era manco una bugia. Lui si sentiva in perfetta forma, ringiovanito come solo quando aveva qualche indagine a cui pensare gli capitava. Quanto ad Angelina, non aveva piú accennato a malori di alcun genere. Per pranzo aveva preparato una pasta con le sarde da applauso e un budino al cioccolato con la panna sopra che lo faceva impazzire. Subito dopo, placida come una monaca zen, s'era piazzata sul divano senza dire niente e s'era messa a sferruzzare. Quando l'aveva salutata dicendole che sarebbe andato alla Mobile, l'unica replica era stata un saluto di rimando: *nni viremu stasira*, con una calma che al commissario aveva provocato la reazione opposta. Stava per dirle che ci aveva ripensato e sarebbe rimasto a casa, quando lei aveva aggiunto *salutami la dottoressa Guarrasi*. L'aveva steso. D'un tratto tutto gli era stato chiaro. Ma non gliel'avrebbe mai data vinta.

Andarono dritti dritti nella stanza della Guarrasi, che se ne stava alla scrivania e annotava su un foglio i particolari della conversazione con la Zanon.

– Dottoressa?

– Oh, commissario, bentornato. Spanò, ma lei dov'era finito?

L'ispettore si passò una mano tra i capelli, si allisciò i baffi.

– Mi scusi, persi tempo a pranzo.

Vanina diede per scontato che fosse andato dalla madre, dove ogni volta incontrava fino alla quarta generazione di cugini e parenti vari, tutti residenti nello stesso stabile da piú o meno un secolo.

– Ho qualche novità, – comunicò.

– Macari io, – fece Spanò.

Patanè s'accomodò. Vanina gli porse una tavoletta di cioccolato e lasciò la parola all'ispettore.

Spanò raccontò per filo e per segno quello che gli aveva riferito Valentina Di Bartolo.

– Questo conferma l'idea che mi sono fatta di Bordeghin, per quanto assurda sia, – commentò Vanina.

– Perché, lei nel frattempo che trovò?

La Guarrasi puntò i gomiti sulla scrivania, le braccia conserte.

– Sono riuscita a parlare con la collega del commissariato di Cortina che si occupò delle indagini sull'omicidio delle tre donne nella zona in cui viveva Bordeghin.

– Il caso del serial killer che violentava e ammazzava le vittime e poi le abbandonava nel bosco? – chiese Patanè.

Vanina annuí.

– Bordeghin viveva da solo, in un'abitazione isolata al limite del bosco, tra il paese di Livinallongo e Andraz, dove furono trovate le vittime. Per nessuno dei delitti aveva un alibi, ma era stato visto spesso in compagnia di due delle tre donne uccise –. Guardò il foglio su cui aveva creato una specie di schema. – Nel bosco vicino ad Andraz, dove fu rinvenuto il cadavere della terza donna, furono individuate orme corrispondenti agli scarponi di Bordeghin.

– Però, dottoressa, alla fine fu scagionato, – obiettò Spanò.

– Furono interrotte le indagini, – precisò Vanina, – perché vennero reperite prove importanti a carico di un secondo sospettato, un pastore che viveva dall'altra parte del bosco. In casa sua c'erano alcuni effetti personali di due delle tre vittime, e un coltello su cui la Scientifica rilevò tracce ematiche contenenti il Dna di una delle due.

– Mi ricordo male o Fragapane diceva che l'uomo condannato dichiarava di essere innocente? – chiese Patanè.

– Ricorda bene. L'uomo dichiarò di aver rubato gli effetti personali ai cadaveri e di aver trovato il coltello nel bosco e averlo preso. Ma era solo la sua parola, e con quelle prove in mano il giudice lo condannò. Oltretutto si trattava di un pregiudicato, già fermato anni prima per stupro.

– E, manco a dirlo, poi rimesso in libertà, – chiosò l'ispettore. – Scusi, dottoressa, perché prima disse che il racconto di Valent… della Di Bartolo confermava l'idea che s'era fatta su Bordeghin?

– Perché la collega di Cortina mi disse una cosa interessante, cioè che Alvise Bordeghin a quei tempi era una specie di oggetto del desiderio per molte donne del paese. E che se ne approfittava alla grande. Il fatto che vivesse cosí isolato lo aiutava. Aveva parecchie relazioni.

– E scommetto che una di queste fu Anna Collesano, – ipotizzò Patanè.

– Probabile.

– Perciò lei pensa che il lupo perde il pelo ma non il vizio, – disse Spanò.

– Mi venne in mente ieri, quando Macchia protestò perché avevo lasciato Bonazzoli sola con Bordeghin. Lí per lí non ci badai, anzi gli risposi che la sua zita di mestiere fa la poliziotta, poi quando Marta lo accompagnò nella mia stanza ebbi la sensazione che la guardasse in modo strano.

– E macari Bonazzoli se ne accorse?

– Non lo so. Il punto però è un altro: ammettiamo che Bordeghin faccia qui quello che faceva al paese suo, cioè intrattenga relazioni con piú donne. Vi ricordate quando gli chiesi se Anna era la sua compagna? Quasi si mise a ridere. «Compagna», ripeté, come se avessi detto qualche cosa di assurdo. Anna lo scopre e inizia a essere gelosa. Magari lo minaccia, gli dice che se non la smette racconterà tutto quello che sa di lui.

– Per esempio?

– Per esempio quello che le confessò quando la raggiunse in Sicilia e si trasferí qua. Lui stesso ci disse che Anna era l'unica che lo accoglieva sempre, senza pregiudizi. Potrebbe darsi che si fidasse talmente tanto di lei da averle rivelato qualche cosa.

– Come avere ammazzato 'na pirsuna? – fece Patanè.

Spanò scosse il capo.

– C'è un particolare che non torna. Se tra lui e Anna c'era un rapporto tale che iddu le aveva parlato addirittura di un omicidio, come minimo Anna doveva avergli confidato che aveva cangiato nome. No?

– Per quanto ne sappiamo finora, – disse Vanina, – può essere benissimo che Bordeghin abbia fatto teatro cascando dal pero e negando di saperlo. O domandandomi in modo diretto perché Anna avesse cambiato nome.

– Quello che mi contò Va... la Di Bartolo conferma che per lo meno 'n'autra fimmina Bordeghin l'avesse.

– E i tabulati telefonici ci suggeriscono pure chi possa essere.

Spanò si allisciò i baffi.

– Speriamo ca 'sto tracciamento della Patroclo sia disponibile al piú presto.

Patanè allargò le braccia.

– Due ore m'allontanai, viri tu quante cose mi persi.

Il tracciamento del telefono di Salvatrice Patroclo si attivò a metà del pomeriggio. Nella stanza dei carusi si creò un assembramento. Vanina s'era appropriata della sedia che fino a quel momento aveva occupato Ristuccia accanto a Marta Bonazzoli. Sopra di loro, tutto il resto della squadra, compresi Fragapane e Lo Faro arrivati da poco, con l'aggiunta di Sanna, chiamato in causa come esperto in materia. Patanè era in piedi dietro Vanina.

Quando la procuratrice aggiunta Eliana Recupero comparve senza preavviso alla Mobile e si affacciò in quell'ufficio, accompagnata dall'agente Spada, faticò a individuare Vanina, nascosta com'era da quel capannello di gente.

– Dottoressa Guarrasi?

Il vicequestore alzò gli occhi al di sopra dei suoi collaboratori.

– Dottoressa Recupero, che ci fa qui? – Si mise in piedi e la raggiunse, senza nascondere un certo stupore.

– Mi trovavo in zona e ho pensato di fare un salto. Non aveva qualcosa da raccontarmi?

– Sarei venuta io da lei tra pochissimo.

– Ogni tanto muovermi fa bene pure a me –. Indicò con un cenno della testa la piccola folla ammassata intorno alla scrivania di Marta. – Ma che sta succedendo?

– Sono arrivati i tracciamenti di Salvatrice Patroclo.

– E che raccontano?

– Cose che in parte mi aspettavo. E cose che complicano la faccenda. Venga, – le fece strada verso il suo ufficio, vuoto.

La pm si accomodò sulla sedia davanti alla scrivania.

– Tutto aperto tiene? – si meravigliò, chiudendosi il trench corto con la solita stretta vigorosa del nodo della cintura.

La sera c'era ancora un po' di fresco. Vanina andò a chiudere il balcone.

– È per cambiare l'aria, – si giustificò. Certo non poteva dirle che fumava come una turca tutto il giorno.

– Allora? Dove si trovava la Patroclo all'ora dell'omicidio della Collesano? – chiese Eliana.

– Fino alle sette e mezzo nella zona di San Cristoforo, poi ha agganciato la cella di San Gregorio, in seguito quella di Giarre, Mascali, Sant'Alfio e, *zac*, a quel punto si perde ogni traccia. La recuperiamo due ore piú tardi, guarda caso a Linguaglossa.

– Quindi la Patroclo in quelle ore era insieme a Bordeghin.

– Posto che non mi pare credibile che il suo telefono si sia scaricato contemporaneamente e nello stesso luogo di quello di Bordeghin, la conclusione che se ne può trarre è una sola.

– Una relazione?

– Non è improbabile.

Le raccontò i suoi ragionamenti, anche quelli che al momento le parevano campati per aria.

– Perciò lei ipotizza che Bordeghin possa aver ucciso la Collesano perché minacciava di denunciarlo. Ciò però significherebbe pure che era lui il vero serial killer delle montagne, e che l'uomo incriminato era innocente. Cosa difficilmente dimostrabile, a meno di riaprire un caso chiuso diciott'anni fa con l'ergastolo per un'altra persona, all'apparenza colpevole. Non credo che qualcuno lo farebbe mai.

– Ci sarebbe un'altra ipotesi, ancora piú fantasiosa.

– Quale?

– Che Maugeri avesse sgamato la moglie con Bordeghin, e lei per giustificarsi avesse accampato la scusa che stava comprando dei funghi. La stessa che, a detta dell'impiegato curioso della Di Bartolo, Bordeghin aveva usato con la Collesano. I funghi risultarono velenosi per i picciriddi e Maugeri meditò vendetta contro chi li aveva raccolti e venduti a sua moglie –. Ci rifletté e scosse la testa. – Manco in un romanzo funzionerebbe.

– Sono d'accordo.

Vanina si sporse in avanti.

– Dottoressa, quelle che le ho riferito sono mie supposizioni scaturite dalle notizie che ho raccolto oggi. Se dovessi mettere la mano sul fuoco su una delle due ipotesi, non credo che m'arrischierei. Gli unici gravi indizi di colpevolezza a carico di Bordeghin sono quelli che avevamo già ieri.

– Che io riterrei tali da richiedere al gip la misura cautelare.

– Malgrado ci fosse del Dna femminile sotto le unghie della vittima?

– Quello è l'unico punto incerto, però consideriamo che potrebbe avere mille spiegazioni diverse.

Vanina guardò di sfuggita il suo schema, che nel corso del pomeriggio era diventato un groviglio incomprensibile. «Dna femminile» col punto interrogativo, in alto, erano le uniche parole intelligibili. Le venne in mente che a quell'ora Paola doveva aver acquisito informazioni sulle armi del delitto e magari stava aspettando che fossero complete per comunicargliele. Visto che la Recupero era lí, valeva la pena di fare un tentativo. Col permesso della magistrata compose il numero di Paola e si mise in attesa.

– Guarrasi, l'aria mi stai levando, – rispose la collega della Scientifica, senza preamboli.

– Lo so. Mi farò perdonare, lo giuro.

– Aspetta e spera! Amuní, che mi devi chiedere?

– Veramente speravo che avessi qualche cosa da dirmi.

– Dipende.

– Da cosa?

– Se vuoi la certezza assoluta o puoi accontentarti del novantanove per cento.

– Il novantanove per cento è un ottimo inizio.

– Va bene, – sospirò Paola. – Allora: quel poco di Dna estratto dal manico dell'ascia è femminile, cosí come quello dell'impronta lasciata sul manico del bisturi. Corrisponde a quello riscontrato sotto le unghie della vittima.

– Perché, il coltello era un bisturi?

– Di forma un poco antiquata, ma sembrerebbe di sí. Ah: l'impronta è messa in un posto incompatibile con l'utilizzo dell'arma, ma compatibile col gesto di afferrarla per gettarla via. Quindi, presumibilmente, nel momento in cui l'ha usata sulla vittima l'assassino portava i guanti.

– Dna maschile non ne trovasti da nessuna parte?

– Sí, ovviamente nelle tracce di liquido seminale che mi mandò il dottore Calí. Corrisponde a quello della camicia e a quello dei frammenti sotto le unghie.

– Altri posti?

– Sui vestiti della vittima, in grandi quantità. Ma immagino che valga lo stesso discorso, vero?

– Esatto.

– Di piú non ti so dire.

Vanina ringraziò Paola e la salutò.

Eliana Recupero aveva afferrato qualcosa del loro scambio, Vanina completò con i dettagli.

– Niente, – commentò la pm, – restiamo bloccate sulla stessa questione: il Dna di Bordeghin è in tutti i posti in cui è verosimile che si trovi quello di un amante. E questo Dna femminile è presente anche sulle armi usate per l'omicidio. Dobbiamo ipotizzare che sia quello della Patroclo? – Lo disse tanto per dirlo, ma era chiaro che non ci credeva nemmeno lei.

– E perché la Patroclo avrebbe dovuto ammazzare la Collesano? Soprattutto, perché avrebbe dovuto sfregiarla in quel modo?

– Ecco il punto, dottoressa, non dobbiamo dimenticarcelo. L'assassino, o l'assassina, non voleva solo uccidere la Collesano: voleva sfregiarla. Violarne il cadavere, – concluse Eliana.

Vanina l'accompagnò.

Passando davanti all'ufficio dei carusi, la pm volle entrare per un saluto generale. La sua attenzione si soffermò un attimo su Patanè, che occupava la sedia dove fino a poco prima era seduta Vanina. Il commissario si alzò.

Eliana strizzò gli occhi.

– Commissario Patanè? – disse, incredula.

Vanina lo guardò: stava visibilmente mettendo in moto le sue capacità mnemoniche per capire come facesse a conoscerlo quella magistrata, che i cinquanta doveva averli passati da poco. Fece buon viso e allungò la mano.

La Recupero si rese conto che non la stava riconoscendo.

– Non si ricorda? 1993, l'omicidio del portalettere.

Patanè ebbe un'illuminazione.

– La pm fresca di nomina?

Eliana annuí.

Il commissario allargò le braccia e batté una volta le mani, con un sorriso a denti spiegati.

– Ma vedi tu, – le andò incontro. – Cose da pazzi, non ricordavo che fosse lei. L'ho sentita nominare tante volte dalla dottoressa Guarrasi e non ho ricollegato!

– Era il mio primo incarico.

– E per me fu l'ultima indagine.

– Che ci fa qua? – chiese, incuriosita.

Patanè e Vanina si scambiarono un'occhiata, che la Recupero intercettò.

– Glielo racconta la dottoressa Guarrasi, – rispose il commissario.

Eliana capí. Si salutarono con calore.

Una volta nel corridoio, Vanina si sentí in dovere di spiegare alla pm la funzione di Patanè nelle sue indagini.

La pm la guardò storto.

– Non sarebbe esattamente regolamentare, questa collaborazione, dottoressa, – infilò le scale.

– Ne sono consapevole, – ammise Vanina.

Eliana proseguí per un paio di gradini, poi si fermò.

– Ma siccome nei confronti del commissario Patanè

ho un debito di riconoscenza, facciamo finta che io non abbia visto niente.

La salutò sul portone, lasciandola con la curiosità.

Vanina risalí e raggiunse l'ufficio dei carusi. Patanè era sulla soglia.

– Me ne debbo andare? – chiese.

– Perché?

– Come, perché? – ribatté lui, tra il confuso e il preoccupato. – Niente le disse la Recupero sul fatto ca mi visti ccà a travagghiare coi carusi?

– Ah, sí? L'ha vista? A me non è sembrato.

Patanè sorrise.

Vanina lo prese per un braccio.

– Ora però lei mi conta per quale motivo la Recupero sostiene di avere un debito di riconoscenza nei suoi riguardi.

Il commissario si schermí.

– Ma quale debito di riconoscenza. Idda era alla prima esperienza, io avevo quarant'anni di servizio alle spalle. E il caso era una rogna di chidde ca capitano di rado, soprattutto per il magistrato di turno –. Mosse le mani come a voler sminuire la cosa. – Le levai semplicemente le castagne dal fuoco.

17.

Vanina s'era allungata sulla sua poltrona, aveva rovesciato la testa indietro sulla spalliera e s'era accesa una sigaretta.

– Assai se ne fumò, – la riprese Patanè.

Gli rispose con un'alzata di spalle.

L'occhio andò sul display del telefono, pieno di tutte le notifiche possibili e immaginabili, compreso un messaggio di Bettina che a sorpresa era partita per una gita di due giorni a Messina con quello che Vanina aveva soprannominato «il gruppo delle vedove», cui si aggiungeva il «piú uno» rappresentato da Gregorio. Tutte le notifiche tranne una, l'unica che Vanina aspettava. La spunta era ancora grigia e Paolo non aveva richiamato.

In quell'istante esatto lo schermo s'illuminò e annunciò una telefonata di Angelo Manzo, il viceispettore della Mobile di Palermo che per anni era stato il braccio destro della Guarrasi e col quale lei s'era ritrovata a lavorare nella squadra speciale impegnata nella cattura di Salvatore Fratta, detto Bazzuca. Per una sorta di autodifesa, lí per lí ebbe l'impulso di rifiutare la chiamata. Poi si rese conto che non poteva chiudere il telefono in faccia ad Angelo. Cercò con gli occhi Patanè, che stava facendo uno sforzo enorme per mostrarsi tranquillo.

Deglutí e rispose.

– Angelo?

– Capo, che ha? È rauca? – chiese il viceispettore.

Vanina si schiarí la voce.

– No, no. Niente. Dimmi.

Manzo fece una piccola pausa, un segnale in codice per lasciarle intendere dove sarebbe andato a parare.

– Il dottore Ortès sta organizzando una festa, mi disse di chiamarla per invitarla. La festa è un poco a sorpresa, perciò non ci diede troppo preavviso. È stasera.

Vanina trattenne il respiro. Minchia, qua siamo. Avevano trovato il covo in cui si nascondeva Bazzuca e stavano andando a prenderlo.

– Di' a Ortès che lo ringrazio e che ci sarò.

– Ne ero sicuro. Non vedo l'ora di abbracciarla –. L'allegria di Manzo, da forzata che era, diventò spontanea come ogni volta che Vanina tornava a ricoprire, seppur momentaneamente, il ruolo di suo «capo».

Vanina non riuscí a trattenersi.

– Angelo.

– Sí, capo.

– Ortès ha invitato anche il dottore Malfitano?

Vanina avvertí la perplessità di Manzo attraverso il telefono e ne fu rinfrancata.

– Certo.

Le bastava. Riattaccò col fiato corto. Se la notizia

finale l'aveva risollevata, quella principale le aveva mozzato le gambe.

Guardò Patanè, che pur senza aver sentito niente aveva capito tutto.

– Commissario, domani c'è lei qui, vero?

– Ci può scommettere.

Il tempo di comunicare a Macchia che doveva tornare a Palermo, stavolta per ragioni di servizio, e Vanina convocò la squadra. Assegnò a Spanò e Bonazzoli il compito di eseguire il provvedimento di custodia cutelare che di lí a poco il gip avrebbe emesso nei confronti di Alvise Bordeghin. Dieci minuti piú tardi era pronta per andarsene. Non sarebbe riuscita a passare da casa, e del resto tutto quello che le serviva era lí con lei. Con un gesto automatico sistemò la fondina, controllò la pistola.

Patanè la accompagnò fino alla macchina, che aveva parcheggiato vicinissimo.

– Si compri qualche cosa da mangiare, – la esortò, premuroso.

– Mangerò in autostrada, – promise lei.

La fame, che per l'intera giornata aveva latitato, le era scoppiata lupigna tutta in una volta. Fame di pane, di pizza, di focacce, di dolci, come in ogni momento di stress che Vanina doveva affrontare. L'unico stress in grado di produrre l'effetto opposto, chiudendole lo stomaco, era il terrore che a Paolo fosse accaduto qualcosa. Ma per fortuna non era di quello che si trattava.

Patanè s'abbasso con la testa ad altezza finestrino.

– Vanina, mi raccomando. Viri cchi ppo' fari, – che in catanese significava *cerca di non combinare guai.*

– Tranquillo, c'è Manzo a proteggermi.

Il commissario le accarezzò la testa.

– Se non fossi preoccupato per Angilina, la accompagnerei io.

Una volta l'aveva fatto, l'aveva accompagnata a Palermo di notte, e Vanina gli era stata immensamente grata. Ma in questo caso era diverso. Non sarebbe stato possibile neanche volendolo.

Lo salutò con la mano mentre accelerava in via Ventimiglia verso l'incrocio con via Vittorio Emanuele. Superò gli Archi della Marina, il porto, la tangenziale, fino a raggiungere lo svincolo per Palermo. Era arrivato il momento di saldare i conti.

A Sacchitello si fermò il tempo minimo per fare tutti i rifornimenti necessari. Benzina, sigarette, cioccolata, biscotti. Si fece scaldare uno di quei panini storici che si mangiano in autostrada, il Camogli. Si calò quasi sana quella focaccia con dentro prosciutto e formaggio, aiutandosi con una bottiglietta di Coca-Cola, e notò che non aveva piú il sapore di una volta. Forse era colpa del formaggio, piú insipido, o dell'aggeggio con cui lo scaldavano, diverso dalle vecchie piastre; Vanina avrebbe scommesso che al suo interno doveva avere qualche tecnologia a microonde, perché faceva diventare il pane una gomma ustionante. Aggiunse un paio di bottiglie d'acqua e si rimise in moto.

Alle nove di sera era all'entrata di Palermo e Manzo l'aveva già chiamata due volte. Di Paolo nessuna notizia, ma data la situazione era anche comprensibile. Probabile che nelle ultime ventiquattr'ore fosse stato impegnato con Ortès e gli altri del gruppo blindato di gente fidata che lavorava alla cattura di Bazzuca in modo esclusivo.

L'appuntamento con Manzo per *andare alla festa* non era in piazza Vittoria, davanti alla Mobile, ma in via Cavour, all'angolo col Teatro Massimo. Vanina ci arrivò col cuore in gola. Angelo la aspettava sul ciglio della strada, fingendo di chiacchierare con una ragazza che altri non era che la collega con cui lavorava. E che prontamente si defilò quando lui entrò a velocità nella Mini di Vanina.

– Buonasera, capo.

– Ciao, Manzo.

– Andiamo, veloci.

– Verso dove?

– S'infili nel parcheggio del tribunale. Il dottore Ortès e gli altri sono in procura. Aspettiamo il momento giusto per intervenire.

Vanina fece quello che Manzo le aveva indicato.

Scesero dall'auto e uscirono dal parcheggio camminando tranquilli, come se non avessero fretta. Entrarono nel Palazzo di Giustizia e salirono in procura. La porta dell'ufficio di Paolo era chiusa. Manzo bussò. Un ispettore della squadra gli aprí.

Corrado Ortès, il vicequestore che aveva preso il posto di Vanina a capo della Catturandi, le andò incontro.

– Ciao, Guarrasi.

– Ciao, Ortès –. Vanina salutò anche gli altri. – Allora ci siamo, – disse, guardando in direzione di Paolo. Lui si limitò ad abbassare la testa, teso e cupo come non l'aveva visto mai.

– Speriamo di sí, – fece Ortès.

– Il covo era quello che avevamo ipotizzato?

– Sí. Un appartamento al centro del mandamento in cui comanda.

– In piena città, – fu il commento di Vanina, sarcastico.

– Un pezzo da novanta simile, non è che può lasciare il suo territorio, – ribatté Ortès.

– 'Nsamaddío.

Paolo non proferiva parola. Con i gomiti sui braccioli della poltrona e le dita unite davanti alla bocca, fissava Vanina senza cambiare espressione, nemmeno quando lei accennò un sorriso.

Il segnale era uno squillo. Uno solo, che sarebbe partito dal cellulare di uno dei due agenti piazzati nel serbatoio vuoto sul terrazzo di una casa di fronte al covo di Bazzuca. Significava che in casa c'era qualcuno.

Ortès ricapitolò.

– Ci muoveremo una macchina per volta, per non dare nell'occhio. Prima Verde, Liuzzo e Mancuso raggiungono i colleghi che controllano l'entrata posteriore del palazzo e la bloccano. Poi Guarrasi, Manzo e io ci piazziamo davanti all'ingresso principale. Infine le altre due macchine. Solo quando siamo sicuri che la casa è circondata chiamiamo i rinforzi. Ci siamo capiti?

Vanina notò che, rispetto all'ultima volta che era stata alla Mobile di Palermo, nella squadra c'era un elemento in piú. Un'agente giovanissima che aveva incontrato tempo prima di piantone all'ingresso. Gloria Mancuso si chiamava. La ragazza s'accorse che la guardava e le sorrise, abbassando la testa in segno di saluto. Vanina ricambiò.

Passarono venti minuti in cui non accadde nulla. Ortès guardava l'orologio piú o meno ogni trenta secondi, e ogni trenta secondi interrogava con lo sguardo Malfitano, fermo nella stessa posizione.

Mezz'ora. Quaranta minuti. Un'ora. Alla mezza successiva bussarono alla porta. Paolo fece sentire la sua voce per la prima volta.

– Chi è?

– Nello sono, dottore.

Manzo gli aprí subito.

Il caposcorta entrò, la faccia contrita.

– Mi ha chiamato Tindari –. Era uno dei due agenti di guardia davanti al covo.

Ortès cambiò espressione. Vanina si portò le mani alla fronte. Qualunque cosa avesse detto Nello, la conclusione sarebbe stata la stessa.

– La casa è buia e all'interno non si vede anima creata manco col teleobiettivo a infrarossi.

Paolo batté una mano sul tavolo. Livido.

– Vaffanculo, ci ha fottuto di nuovo, – sbottò Ortès.

Uomini e donne della squadra borbottarono il loro disappunto.

Vanina si dondolava avanti e indietro tenendosi la testa tra le mani, i gomiti sulle ginocchia.

– Bastardo pezzo di merda, bastardo pezzo di merda, bastardo pezzo di merda, – mormorò.

– Che facciamo, capo? – chiese Manzo.

Ortès e Vanina si voltarono contemporaneamente. Lui le lasciò la parola.

– E che vuoi fare, Angelo. Se proviamo a entrare lo stesso e lo troviamo vuoto, ci bruciamo mesi di indagini. Possiamo solo aspettare e capire se l'hanno abbandonato del tutto. Sei d'accordo, Ortès?

Il collega annuí, sconfortato.

Vanina continuò. – Ma se fosse davvero cosí significherebbe una cosa grave, molto grave –. Guardò Paolo, ma lui non spostava gli occhi dal quadro appeso alla parete di fronte.

– La talpa è qui in procura, – concluse Ortès.

Malfitano abbassò il capo lentamente, piú livido che mai.

Come aveva detto Vanina, Ortès e Malfitano decisero che per quella sera fosse meglio soprassedere. L'indomani avrebbero ricominciato: pedinamenti, intercettazioni, appostamenti. Una battaglia che pareva impossibile vincere.

Un po' alla volta, la squadra si congedò. Nella stanza di Paolo rimasero Ortès, Vanina e Manzo.

– Mi dispiace che si sia fatta la strada inutilmente,

per giunta di sera, dottoressa, – disse Angelo, avvilito.

– Pazienza. Passerò una notte a Palermo che non era messa nel mazzo.

Definirono ancora come procedere nei giorni successivi. Poi anche Ortès e Manzo levarono le tende.

Vanina si alzò per avvicinarsi a Paolo.

– Non lo fare mai piú, mi sono spaventata a morte, – attaccò, senza nemmeno specificare a cosa si riferisse. Fece per abbracciarlo, ma Paolo la schivò. Girò intorno alla scrivania e andò a prendere la borsa dal divano.

Vanina non si mosse. Confusa, cercò di capire cosa potesse essere successo.

– Paolo, – lo richiamò.

Lui non le rispose, si mise a cercare nella borsa finché non estrasse qualcosa. Una busta. La scaraventò sulla scrivania.

– Ora tu questa me la spieghi. E guai a te se mi conti minchiate.

Vanina fissava stupefatta le fotografie che Paolo le aveva sbattuto in faccia. Il soggetto era unico: lei insieme a Manfredi Monterreale. Nel vicolo dietro casa sua a Santo Stefano, in moto, sul molo di Levante nel porto di Catania. Una minuziosa documentazione di una sera che ricordava benissimo. La scorta, la clausura forzata. Il bisogno di evadere dalla gabbia in cui si sentiva rinchiusa durante quel periodo assurdo. Contrariato, ma come al solito comprensivo, Manfredi l'aveva aiutata.

La data, casomai si fosse confusa, era scritta dietro ogni immagine.

– E queste da dove saltano fuori? – Vanina le osservò, turbata. Erano state scattate con un teleobiettivo.

– Qualche anima buona ha pensato bene di spedirmele –. Il tono di Paolo era furioso.

In un attimo Vanina realizzò quanto fosse stata incosciente. Aveva corso un pericolo enorme e l'aveva fatto correre a Manfredi grazie all'alzata d'ingegno di coinvolgerlo. Se qualcuno era riuscito a realizzare quegli scatti, qualcun altro avrebbe potuto tranquillamente farla fuori.

S'era comportata nel modo contrario a quello che predicava a Paolo ogni giorno.

Si passò una mano sulla fronte.

– Che scimunita –. Alzò gli occhi. – Mi hanno seguita.

L'ira di Paolo esplose.

– Cazzo, Vanina. Ovvio che qualcuno ti ha seguita. Quello che voglio sapere io è che ci facevi abbracciata a Monterreale –. Puntò il dito sulla foto che la ritraeva in moto.

Vanina capí. Stavolta non sarebbe stato facile smontare quella botta di gelosia. Dalla sera di qualche mese prima in cui l'aveva trovato a casa sua, malgrado l'innocenza del contesto, Paolo considerava Manfredi l'avversario piú temibile che avesse incrociato sulla sua strada. Già allora c'erano state delle discussioni, poi le cose si erano aggiustate. Paolo aveva fatto pace con l'idea che Manfredi fosse un suo amico, almeno quanto Manfredi s'era rassegnato a esserlo. Un equilibrio fragile, che quelle immagini avevano mandato in pezzi in un attimo. Eppure, non poteva farci niente, la cosa non la terrorizzava. Il terrore vero l'aveva provato ore prima, quando aveva pensato che a Paolo fosse accaduto qualcosa di grave. Tutto il resto in confronto era una bazzecola.

– Non è un abbraccio, Paolo, – rispose, pacata. – Mi stavo reggendo per non cadere da una moto in corsa.

Ma lui in quel momento non sentiva. Era sopraffatto dalla rabbia che aveva covato in quel giorno e mezzo di silenzio assoluto. E che avrebbe continuato a covare se le indagini del gruppo di Ortès non avessero richiamato Vanina a Palermo.

Scombinando le foto tirò fuori quella di lei e Monterreale seduti sul molo di Levante, al buio della sera.

– E questo cos'è? Un rendez-vous amichevole in un posticino appartato?

– Stavamo solo mangiando dei panini. In un posto abbastanza isolato da non crearmi problemi. Erano giorni complicati, Paolo, non te lo ricordi? Avevo bisogno di prendere aria, di respirare.

Paolo perse per un attimo l'aria rabbiosa. S'appoggiò alla scrivania con entrambe le mani, a capo chino. Rimase in silenzio per un po' prima di riprendere a parlare, con un tono diverso. Amareggiato.

– La cosa peggiore lo sai qual è, Vani, a prescindere dalla confidenza che evidentemente hai con quell'uomo? Che mentre tenevi me nel limbo dell'incertezza, ancorata alle tue paure assurde che ci stanno rovinando la vita, non solo non hai rispettato le mie, che in quel periodo non dormivo immaginandoti in pericolo, ma hai pure pensato di dovermi nascondere quello che facevi –. Si voltò verso di lei, sempre chino sulla scrivania. – E quando hai deciso che volevi *prendere aria* la prima persona che hai chiamato chi è? Manfredi Monterreale. Un uomo innamorato di te al punto che pur di farti contenta si sarebbe accollato qualunque pericolo –. Scosse il capo lentamente, ritirandosi su. – Sono stanco, Vani. Stanco assai. Ora sono io che ho bisogno di respirare.

Quel discorso a Vanina fece l'effetto di un pugno nello stomaco. Era una sintesi dettagliata degli errori che la sua mente, dominata da fantasmi che sarebbe stato giusto seppellire laddove potessero riposare in pace, l'aveva indotta a commettere dal momento in cui il destino aveva rimesso Paolo sulla sua strada.

Patanè una volta l'aveva avvertita: attenzione a non tirare troppo la corda, che poi si spezza. Vanina ebbe la sensazione che, se non spezzata, si fosse quantomeno sfilacciata. L'unica speranza di riannodarla, ora, era nelle mani di Paolo.

Vanina tirò fuori la Mini dal parcheggio e si fermò. Sprofondata a peso morto nel sedile, con le mani sul volante, la testa indietro e la sigaretta accesa. Gli occhi sulla scalinata del tribunale che, chissà perché, le apparve per un attimo com'era prima che il piano stradale venisse rialzato per costruire il garage sotterraneo: la lunga scalinata onnipresente nei film ambientati a Palermo che Vanina possedeva nella sua collezione.

La macchina di Paolo si mosse dallo spiazzo, seguita da quella di scorta. Diretta dove, Vanina non lo sapeva. Palermo, Addaura... In ogni caso verso una nottata da cui lei sarebbe stata esclusa.

Era mezzanotte e non sapeva che fare. Tornare a Catania a quell'ora, col carico di stanchezza che si sentiva addosso, era fuori discussione. Cosí come era fuori discussione svegliare sua madre e Federico comunicando il suo arrivo. L'albergo, per quanto avvilente, le parve la piú sensata delle soluzioni. Stava facendo il giro dell'isolato per immettersi in via Cavour e raggiungere piazza Politeama quando, passando sotto casa Calderaro, all'improvviso le venne un'idea. Accostò e aprí la chat con Costanza su WhatsApp. Controllò l'ultimo accesso di sua sorella: cinque minuti prima.

«Cocò».

«Vani!»

«Mi chiami un attimo?»

Costanza non aspettò nemmeno due secondi.

– Vani, che è successo?

– Sto per arrivare a casa a Palermo. Mi apri tu la porta, cosí non faccio sgruscio con le chiavi?

La ragazza sospirò di gioia.

– Arrivo!

Vanina entrò a passo felpato, cercando di non svegliare nessuno.

Cocò l'abbracciò come se non si vedessero da mesi, e lei ricambiò l'abbraccio. Anzi, lo prolungò.

– Ma che ci fai qua? – bisbigliò la ragazza, accompagnandola verso la sua stanza.

– Questioni di lavoro. E ho fatto piú tardi del previsto.

– Come mai non te ne andasti da Paolo? – chiese Cocò, candida.

Vanina accampò una scusa che non aveva molto senso.

– Domani mattina devo ripartire prestissimo.

Cocò se la fece bastare.

Vanina aprí il cassettone e tirò fuori un pigiama che minimo minimo risaliva ai tempi del liceo. Lo buttò sul letto.

– Mangiasti? – le domandò Costanza.

– Poco, e parecchie ore fa.

– Ti preparo qualche cosa? Un panino?

Vanina ci rifletté un attimo. Di una cosa sola aveva voglia.

– Latte e biscotti.

Sedute in cucina, vicine come s'erano abituate a stare in quelle settimane di convivenza, in mezz'ora si fecero fuori un pacco di biscotti e mezza bottiglia di latte. Su Vanina funzionarono come un sonnifero dei piú potenti. Si trascinò fino alla sua stanza, s'infilò il vecchio pigiama e s'addormentò di colpo.

Quando riaprí gli occhi, l'indomani mattina, faticò a capire dove si trovava. Il telefono, che aveva mollato sulla poltrona rosa ai piedi del letto, suonava senza tregua. Lo raggiunse in ginocchio, calpestando lenzuola e copriletto in tinta con la poltrona, in pieno stile Marianna Calderaro. Sfocato, sul display, lesse il nome di Patanè.

– Commissario.

– Dottoressa, tutto bene?

Vanina si ributtò sul cuscino.

– Diciamo di sí. Che ore sono?

– Le sette e mezzo. Scusi, mi pareva il primo orario consono.

– Ma perché, che successe?

– Ammazzarono un'altra donna.

Vanina si ritrovò seduta a metà del letto senza sapere come c'era arrivata.

– Dove?

– Al casello, unni si pigghia la Catania-Messina. La donna travagghiava là.

– Dentro il casello? – chiese Vanina perplessa.

– Esattamente. Dentro il casello. Nun po' capiri il caos ca si cumminò sulla tangenziale in direzione Messina.

– Chi la trovò?

– Chiddi della Stradale. Li chiamarono gli automobilisti che videro vuota e con la tendina calata l'unica postazione ca risultava aperta con operatore. I colleghi arrivanu subbito a virriri che cos'era accaduto e scoprirono che c'era 'sta fimmina morta nel gabbiotto.

– E a noi chi ci avvertí?

– Uno dei colleghi, appena s'addunò com'era stata ammazzata, chiamò subito alla Mobile. Era di turno la Bonazzoli, assieme a Carmelo. Ci andarono di cursa. Carmelo mi chiamò ieri sira stissa. Mi permisi di sconsigliargli di telefonarle pirchí sapevo che era alla festa.

– Sí, proprio alla festa, – mormorò Vanina, strofinandosi un occhio. – E com'era stata ammazzata la donna?

– Preciso come la Collesano, dottoressa. Mani e piedi compresi.

Vanina fece il secondo salto della mattina, stavolta all'impiedi direttamente.

Cercò le sigarette sul comodino, poi sulla poltrona, passò ad arriminare nella giacca. Niente. Doveva averle lasciate in macchina. Si rassegnò.

– Avete chiamato la Recupero?

– Sí, ci pensò Carmelo ieri sera.

– L'autopsia chi la sta facendo?

– Calí.

– La Scientifica?

– Ci andò Pappalardo. Dottoressa, tranquilla, tutte cose stiamo facendo –. Usò la prima persona plurale, orgogliosamente. – Non è solo per comunicarle il delitto che la chiamai.

– Altro c'è?

– Sí, e macari cosa grossa.

Si risedette sul letto.

– Mi dica.

– Appena tornarono in ufficio, Carmelo e la Bonazzoli si misero a circari notizie sulla donna, che stavolta i documenti li aveva appresso. Valeria Caltavuturo si chiamava. Lo sa quale fu la prima cosa che scoprirono? Che la donna s'era cangiata il nome, e lo sa in che anno?

– Nel 1984, – indovinò Vanina, incredula.

– Esattamente. E nun finisci ccà. Prima la donna si chiamava Caterina Cusimano. Pure lei era nata a Castelbuono e lí era vissuta fino all'84, quando si trasferí a Mascalucia. Risulta sposata con Italo Giuseppe e ha una figlia.

– 'Sto cognome Cusimano a Castelbuono doveva portare scutra, – ironizzò Vanina. – Dica a qualcuno di andare da Bordeghin in carcere e chiedergli se per caso aveva conosciuto 'sta Valeria Caltavuturo. O se Anna gliel'aveva mai nominata –. Fece una pausa, sogghignò. – Viri tu che fantasia. Collesano, Caltavuturo, il circuito della Targa Florio pare. Chi c'è in ufficio?

– Bonazzoli sta finendo il turno, Spanò macari, ma tutti e due restano qua. Fragapane e Ristuccia già arrivarono e Lo Faro sta venendo.

– Mandi lei chi preferisce.

– Va bene, dottoressa, non si preoccupi. Piuttosto, mi venne in mente una cosa: dato che lei si trova a Palermo…

Vanina non lo lasciò finire.

– È arrivato il momento di fare un sopralluogo a Castelbuono. E temo, commissario mio, che abbiamo perso pure troppo tempo.

– Lo temo macari io, – concluse Patanè. Prima di riattaccare le chiese: – Ma comu finí la festa di Ortès?

La risposta di Vanina fu laconica.

– A schifio, commissario. Schifio totale.

Chiuse la telefonata santiando contro sé stessa.

Perché lei il dubbio che l'omicidio della Collesano fosse legato alla storia del nome cambiato l'aveva sempre avuto. Poi gli indizi, i tracciamenti dei telefoni, il Dna... insomma, s'era lasciata fuorviare da quelle che Patanè chiamava «mavaríe» tecnologiche.

Girò gli occhi verso la porta e si accorse che era aperta. Marianna e Federico, ciascuno con una tazzina in mano, la guardavano esterrefatti.

– Ma tu che ci fai qua?

Vanina non poté esimersi dal fare almeno colazione con loro. Felici di quella visita inaspettata, madre e patrigno le si sedettero ai due lati. Uno le versava il caffè nel latte, l'altra le tagliava un pezzo di ciambellone preparato fresco fresco per Cocò, che si doveva riprendere dalla mazzata ricevuta. Vanina preferí non deluderla dicendole che nel mese e mezzo trascorso da lei la picciridda s'era ampiamente «ripresa» a suon di granite, brioche, iris e tutto il repertorio di dolci del bar *Santo Stefano*.

Federico sorrideva, ma pareva abbacchiato assai.

– Come va? – gli chiese Vanina.

– E come va. Lo sfizio di costringere Tommaso a venire allo scoperto me lo tolsi. Ovviamente adesso è in malattia.

– Manco a dirlo.

– Una provvidenziale ernia del disco che lo tiene bloccato a letto.

– E Paneperso? – Non riusciva a dirlo senza ridere. – Ma che nome ha questo.

– La settimana scorsa si trasferí a Firenze –. Federico si interruppe. Sorrise a Cocò che stava entrando in cucina. – Gioia mia.

La ragazza ciabattò fino al tavolo, si sedette di fronte a loro e si distese sul braccio, continuando a dormire.

– Io me ne devo andare, – comunicò Vanina, alzandosi. Si era già rivestita, fondina e pistola comprese. – Devo passare da Castelbuono per un'indagine.

Marianna e Federico si scambiarono un'occhiata.

– A Castelbuono vai?

Vanina rispose distratta. – Sí –. Poi le venne in mente un'idea: – Senti, mamma, non è che per caso ti ricordi come si chiamava la vicina di casa della nonna? Quella che sapeva vita, morte e miracoli di chiunque in paese?

Marianna esitò un momento. Vanina, impegnata a raccogliere le sue cose, non ci fece troppo caso.

– Carmelina Basile, si chiama.

– E abita sempre lí, che tu sappia?

– Sí –. La madre la seguí verso la porta, con Federico appresso. – Ma stamattina la vai a cercare?

Vanina percepí qualcosa di strano.

– Sí, perché?

– A casa?

– E dove se no? Anzi, per caso abbiamo il numero di telefono di questa Basile?

Marianna annuí, ancora piú esitante.

– Me lo puoi mandare via WhatsApp?

Altra calata di testa, poco convinta.

– Ma stamattina proprio ci vai?

– Sí, mamma, stamattina. Perché? – sospirò Vanina.

– No, niente. Cosí...

Si vedeva però che era inquieta.

– Con la scusa, le chiedo anche notizie della casa dei nonni. L'ultima volta che sono passata dal paese, i proprietari che non ci abitarono mai l'avevano messa in vendita. Speriamo non l'abbia comprata qualcuno che vuole sventrarla e dividerla in mini-appartamenti da affittare –. Ogni volta che Vanina ci pensava le veniva la malinconia. Anni di muso aveva tenuto alla madre quando, per questioni di pura sopravvivenza, l'aveva dovuta vendere.

L'espressione che si dipinse sul viso della madre era difficile da interpretare.

Vanina rinunciò a capire. Aveva i minuti contati e voleva fermarsi lí un bel po' per indagare. Senza contare che ancora non era riuscita a fumarsi manco mezza sigaretta. Chiuse la borsa, s'aggiustò la giacca e si voltò per salutarli, ma erano spariti.

– Mamma, – chiamò.

Dieci secondi dopo li vide spuntare, emozionati come due ragazzini. Federico reggeva un mazzo di chiavi.

– Non la sventrerà nessuno, – annunciò Marianna.

Vanina faticò a starle dietro.

– Volevamo dirtelo con piú calma, in un altro momento, ma viste le circostanze... – Federico le consegnò le chiavi.

– La casa di Castelbuono è tornata nelle mani di una Guarrasi.

18.

Vanina percorse la strada tra Palermo e Castelbuono sospesa tra sogno e realtà. Ogni tanto allungava la mano dentro la borsa e tastava la tasca interna dove aveva messo le chiavi della casa che Federico e Marianna avevano comprato per lei. Si vergognava a dirlo e s'era guardata bene dal mostrarlo, ma ricevere quel regalo l'aveva riportata indietro di parecchi mesi. Di anni, per l'esattezza. Avvertiva il leggero senso di colpa che la coglieva ogni volta che Fedrico Calderaro la trattava al pari di Costanza. Una macchina comprava alla figlia minore, e una macchina comprava a lei: la maggiore. Una casa aveva regalato alla figlia minore, e una casa adesso regalava alla maggiore. A Vanina pareva sempre, ovviamente a torto pur non riuscendo ad accettarlo, di tradire suo padre. Questa volta però era diverso. La casa dei nonni Guarrasi era tutto ciò che rimaneva della sua famiglia paterna e, grazie all'uomo che provava a farle da padre, adesso era sua.

Arrivò nella piazza davanti al Castello dei Ventimiglia e posteggiò.

Attraversò il paese lungo la strada principale e arrivò dall'altra parte. La tentazione di aprire casa ed entrare era forte, ma il tempo non c'era. E non le andava di bruciare in due minuti un evento emozionante come quello. Resisté e passò oltre.

Recuperò da WhatsApp il numero di Carmelina Basile che le aveva inviato sua madre.

– Pronto, – rispose la donna.

– Signora Basile?

– Sí, chi parla?

– Sono Vanina Guarrasi, si ricorda di me?

Carmelina prese un gran respiro.

– Ca certo che mi ricordo. Si può scordare mai una com'a ttia?

Manco aveva finito di dirle che si trovava davanti alla sua porta, che la donna s'era già precipitata fuori. Assai piú giovane della nonna Giovanna, non poteva avere piú di settantacinque anni. Con i capelli corti tinti di castano e la parlantina veloce, pareva la versione minuta di Franca Valeri.

Superata indenne una raffica di effusioni con vent'anni e piú di arretrati, accettati nell'ordine un caffè, una fetta di crostata e un biscotto fatto con la manna dei frassini madoniti, Vanina riuscí finalmente a portare il discorso dove le premeva.

– Senta un poco, Carmelina, per caso si ricorda di una donna che si chiamava Palma Cusimano?

La Basile aggrottò la fronte.

– Viva è? – chiese.

Vanina rimase interdetta.

– In che senso, *viva è*?

– Per quello che ne so, di Palma Cusimano si persero le tracce piú di trent'anni fa. Nessuno sa dov'è, se è viva, se è morta. E sicunnu mia a nessuno interessa piú di tanto.

– Perché?

– Pirchí 'na cosa dritta nella vita sua non la fece mai.

– Cosa mi sa dire di lei?

Carmelina la scrutò.

– È dumanna pirchí sí curiusa oppure è domanda da poliziotta?

– Carmelina, io una poliziotta sono, mi occupo di omicidi. Le curiosità mie purtroppo coincidono con quelle della polizia, e riguardano sempre qualche morto ammazzato –. Sperò di essere stata chiara.

– Menza parola, – fece Carmelina. E attaccò a parlare che pareva dovesse ricostruire la storia del paese. Quello che raccontò di Palma Cusimano non sorprese Vanina piú di tanto.

– Il dottore Botta, pace all'anima sua, era un medico ca aveva 'na fama particolare: chidda di risolvere i problemi delle donne –. Esitò. – *Tutti* i problemi.

– Che vuol dire? Praticava anche aborti? – sparò Vanina, diretta.

– Principalmente.

Chissà perché, se l'aspettava.

– Vada avanti.

– A trent'anni passati si sposò a Palma Cusimano, che ne aveva diciotto, ed era la figghia della levatrice. Doppu qualche anno, idda addiventò ostetrica. Si mise a lavorare macari in ospedale. Quando non travagghiava 'o spitali, aiutava il marito.

– In tutte le sue attività? – chiese Vanina.

– Tutte –. Carmelina fece un gesto definitivo con la mano. – Verso il '72, forse il '73, non mi rricordo bene, Botta e so' mugghieri s'accattarono per due lire la villa del barone Lamía, ca stava cariennu pezzi pezzi. La rinnovarono e ci ficiru una specie di orfanotrofio, ca fungeva macari da accoglienza per ragazze madri e aveva persino 'u spitali interno per partorire.

– Ma gli orfanotrofi non erano gestiti da enti religiosi?

– Certo, infatti nell'istituto che aprirono i Botta, *La casa del castagno in fiore* si chiamava, c'erano macari le monache. Nella parte dello spitali, oltre a Botta e alla mugghieri, ci travagghiavano le monache, piú due infermiere. Una era imparentata con la Cusimano –. Si puntò un dito sulla fronte come per aiutarsi a ricordare. – Si chiamava…

– Caterina Cusimano? – azzardò Vanina.

Carmelina batté le mani.

– Ecco. Caterina!

– E in questo ospedale il dottore Botta continuava con la sua attività, diciamo cosí, collaterale?

– Ca certo. Era un posto dove le donne andavano ufficialmente a partorire, ufficiosamente… a liberarsi. E vinievanu dall'intera provincia, puru con macchine ranni e lussuose.

– Botta, se non ricordo male, morí alla fine degli anni Settanta.

– Ricordi bene. Morí e lassò tutto alla mugghieri, che continuò il suo lavoro.

– Perché mi ha detto che Palma Cusimano una cosa dritta nella vita non l'aveva fatta mai?

– Pirchí da quannu non ci fu piú il marito e pigliò lei le redini della *Casa*, le cose cangianu. A un certo punto nun sacciu cchi succiriu, da un momento a 'n autru la casa chiuse. E Palma e Caterina sparirono dalla circolazione. Non si videro piú. Si disse, ma cu 'u sapi se è veru, che avevano rovinato la mugghieri di una pirsuna importante, che era rimasta sterile, e che questo uomo importante gliel'aveva giurata. Qualcuno invece dice ca nella casa erano state scoperte cose ca manco si potevano raccontare, e che se fossero tornate avrebbero trovato troppa gente che gliela voleva fare pagare.

– Quindi sparirono e cambiarono nome, – rifletté Vanina, a voce alta. Si accorse troppo tardi che Carmelina l'aveva sentita. Fece finta di niente. – E la *Casa del castagno in fiore* si può vedere?

La donna la guardava a bocca aperta.

– Ddocu è. Mezza sgarrupata, – rispose, senza cambiare espressione. Poi: – Ma veramente si cangiarono il nome?

Davanti a un omicidio la gente onesta e collaborativa come Carmelina di solito collaborava ancora di piú. Lei non faceva eccezione. Vanina le raccontò l'indispensabile, le disse che le due donne avevano cambiato vita e che erano state uccise. Sorvolò sul come e sui dettagli. Il risultato fu quello sperato. Mezz'ora piú tardi Carmelina Basile aveva già mobilitato le sue conoscenze e aveva portato Vanina al vecchio istituto abbandonato.

Dietro il cancello divelto, oltre un centinaio di metri di un viale alberato che divideva il giardino, sorgeva la casa in questione. Che si trattasse di una villa nobiliare era evidente, cosí come era evidente lo stato di abbandono in cui versava. In mezzo al giardino c'era un castagno di dimensioni considerevoli.

Vanina ebbe la sensazione di averla già vista da qualche parte. Aprí il telefono e cercò tra le immagini relative all'indagine finché non la trovò: era la villa di campagna che si intravedeva nelle fotografie trovate nella stanza blindata.

L'uomo che Carmelina le presentò, Mario Mazzoni, era un giornalista locale che sulla *Casa del castagno in fiore* aveva condotto diverse inchieste, a titolo personale, scrivendoci anche un libro. La donna lasciò Vanina con lui e si ritirò in buon ordine.

– Vede, dottoressa, l'organizzazione della *Casa* conobbe due momenti. Quando era vivo Botta l'attività principale oltre all'orfanotrofio era quella ospedaliera; per la maggior parte si trattava di parti, ma anche di donne con problemi di salute. Il dottore le assisteva gratis. A latere c'era l'altra attività, che lui esercitava nel riserbo piú assoluto. Ecco perché la sua fama s'era diffusa in provincia e pure in ambienti, diciamo cosí, «bene». Quando Botta improvvisamente morí, le cose cambiarono. Ci sono varie testimonianze, che ho raccolto in forma anonima, di donne che dichiararono di non aver piú saputo cosa fosse accaduto ai propri figli, dati per morti alla nascita, ma di cui non era mai stato restituito loro il corpo. Altre invece confessarono di aver dovuto ricorrere alla Cusimano perché era l'unica a poterle aiutare quando ormai il tempo non permetteva piú di farlo secondo la legge, che nel frattempo era entrata in vigore. E per questo si faceva pagare profumatamente. Eppure nell'ospedale in cui lavorava era obiettrice.

– Quando si dice la coerenza, – commentò Vanina, con un filo di ironia. – E che fine potevano aver fatto i bambini dati per morti?

– L'ipotesi piú accreditata è che dietro la *Casa del castagno in fiore* ci fosse un traffico illecito di adozioni. Gente benestante che non poteva avere figli e pagava cifre esorbitanti per adottare i bambini delle madri che non li volevano. Questo almeno doveva essere negli intenti. Mi sono spiegato?

– Perfettamente.

– Quasi a metà degli anni Ottanta l'organizzazione dev'essere andata in tilt per qualche motivo. Forse tirarono troppo la corda e incapparono nelle persone sbagliate, o forse accadde qualcosa di grosso per cui la *Casa* fu precipitosamente chiusa. E le due cugine Cusimano sparirono dalla circolazione.

– Che poteva essere successo?

L'uomo allargò le braccia.

– Purtroppo non ne ho idea. Se ne dicono di ogni genere, anche che all'interno dell'istituto circolino ancora i fantasmi delle donne morte di parto. C'è chi sostiene che sotto il castagno siano occultati i cadaveri dei bambini nati morti. Di certo, se le Cusimano fossero rimaste qui, qualcuno gliel'avrebbe fatta pagare.

Si erano spostati in un bar, sulla strada principale. Mazzoni aveva chiamato una persona che avrebbe potuto raccontarle qualcosa in piú. Vanina si chiedeva come gli fosse venuto per testa di perdere tanto tempo appresso a una storia locale che, in tutta franchezza, non doveva interessare a molti.

Mentre aspettavano, provò a chiederglielo.

L'uomo rispose con un mezzo sorriso storto.

– Io sono nato nella *Casa*. Mia mamma partorí lí perché era sola, povera e non sapeva come arrivare in un ospedale. Botta mi salvò la vita perché avevo il cordone intorno al collo. Mia madre gli rimase grata a vita e si dispiacque molto quando lui morí. Una delle voci che sono sempre corse in paese diceva che quella di Botta non fu una morte naturale, ma lo uccisero perché aveva scoperto le attività illecite della moglie. La sparizione di Palma e della cugina potrebbe essere legata a questo. Purtroppo in merito non ci fu mai nessuna inchiesta. Io ho promesso a mia madre che avrei cercato la verità.

La donna che Mazzoni aspettava arrivò, scusandosi per il ritardo. Una cinquantina d'anni o poco piú, non magra, capelli ricci. Tailleur sportivo e foulard di seta al collo.

– Barbara Ferro, – si presentò. Allungò la mano sinistra perché la destra era fuori uso.

– Tunnel carpale, – spiegò.

– La dottoressa Ferro è una ginecologa, mi è stata di grande aiuto nel ricostruire i fatti, – disse il giornalista.

La donna minimizzò con un gesto della mano.

– Sciocchezze. Gli ho solo chiarito alcune questioni puramente tecniche.

Mazzoni la pregò di ripeterle al vicequestore Guarrasi.

La dottoressa tirò fuori dalla borsa un pacchetto di Merit e si tastò le tasche in cerca di un accendino che non trovò. Vanina le porse il suo.

Quel supplemento di dettagli tecnici rese meno fumoso il resoconto del giornalista, che restava comunque poco verificabile, quasi una sorta di romanzo.

Il racconto della dottoressa fu piú asettico, meno coinvolto ma piú concreto.

– Si cali un attimo nell'epoca di cui stiamo parlando, dottoressa Guarrasi. Anni Settanta. Non esiste la legge sull'aborto. Siamo in un paesino delle Madonie. Una donna sola con un figlio è considerata ancora rovinata a vita, spesso viene rinnegata dalla famiglia. Non sa a chi rivolgersi. Spesso abortire era l'unica opzione e gli aborti venivano praticati per lo piú da mammane e fattucchiere, con rischi enormi per la salute. Botta era visto come un medico spregiudicato, ma salvava delle vite. E la sua *Casa del castagno* permetteva alle donne di partorire gratis in un luogo sicuro. Quello che fece la Cusimano dopo la sua morte, in combutta con la cugina infermiera, rinnegava tutto ciò che aveva fatto lui. La loro era un'organizzazione a delinquere. Io ho visitato donne che sono state letteralmente rovinate. Donne che raccontano di aver partorito col taglio cesareo bambini nati morti, di essersi svegliate dall'anestesia e non aver mai saputo dove fosse finito il cadavere del proprio figlio.

– Da qui la leggenda dei corpi sepolti sotto il castagno, – s'inserí Mazzoni.

A Vanina parve di essere finita in un mondo parallelo. Cercò di ricondurre la cosa nei ranghi dell'indagine.

– Lei ha mai conosciuto le Cusimano? – chiese alla dottoressa.

– Non credo di averle mai incontrate. Del resto allora ero troppo giovane, una storia del genere probabilmente non l'avevo neanche sentita. Poi me ne andai all'estero a studiare.

Vanina fece una domanda diretta. – Pensate che qualcuna di quelle donne, una volta scoperto dov'erano le Cusimano, possa aver premeditato di ucciderle?

I due si guardarono perplessi.

– Come sarebbe, ucciderle? – chiese Mazzoni. – Non erano scomparse?

Vanina riprese la strada per Catania piuttosto confusa. Eppure qualche cosa le diceva che le risposte andavano cercate lí, nel passato delle due donne.

Per evitare il secondo panino in autostrada in ventiquattr'ore, prima di ripartire se n'era andata in un ristorante segnalato dalle guide dove si mangiava bene. Aveva annegato i suoi dispiaceri in un pranzo con tutti i crismi. Pasta con tenerumi e ricotta salata, filetto di maialino in crosta di manna e, per concludere, cassata con gelato di ricotta. Il caffè l'aveva preso tornando verso la macchina, prima di fermarsi a comprare il panettone speciale tipico di Castelbuono. Stavolta se n'era andata con la certezza che sarebbe tornata presto.

A metà strada chiamò Patanè, che aveva fatto un salto a casa per pranzo.

– Commissario, la disturbo?

– Quannu mai, dottoressa, aspettavo notizie sue. Che mi dice?

Vanina gli raccontò quello che aveva saputo.

– Perciò la Cusimano potrebbe essere l'assassina del marito. E nel momento in cui qualcuno stava per denunciarla potrebbe aver tagliato la corda cangiandosi macari di nome.

– Questo però non giustificherebbe il fatto che se la sia data a gambe anche la cugina. A meno che non avesse contribuito ad ammazzare Botta, non avrebbe avuto motivo di scappare. Se invece si tratta di una vendetta, allora ha senso che entrambe siano dovute sparire.

Il commissario ci pensò su. Vanina lo immaginò che si grattava il mento.

– Se fosse giusta la seconda ipotesi, semu rovinati. 'Sa quanta gente c'è ca poteva avergliela giurata, a una accussí –. Per un'associazione di idee continuò: – Ah, stamattina mi portai appresso alla Mobile l'agenda della Collesano... Cusimano. Mentre aspittava a Carmelo ca turnava ci desi un'occhiata. Sembrerebbe una specie di registro. Ci su' nomi, e ci su' macari numeri in cifre. Piú due lettere puntate ca nun si capisce che sono. Ora ca torno in ufficio me ne studio un altro poco. L'agenda si riferisce per forza a questioni relative a Castelbuono, perciò capace che leggendo leggendo qualche cosa magari possa venire fuori.

– Sono d'accordo –. Come sempre.

– Ah, a proposito: Carmelo andò a piazza Lanza a chiedere a Bordeghin se Anna canusceva una fimmina ca si chiamava Valeria Caltavuturo. Bordeghin confermò che non solo si canuscevano, si frequentavano macari. Spanò disse che gli era sembrato volesse dire di piú, ma si era fermato.

– Azzardiamo un'ipotesi, commissario? – fece Vanina, biascicando per via della sigaretta appena accesa. – Bordeghin sa tutto della Collesano e la Collesano sapeva tutto di lui. Prima o poi vedrà che canterà.

– Lo spero proprio.

Vanina arrivò alla Mobile e riuscí a parcheggiare nelle vicinanze. Davanti al portone si bloccò. Una inconfondibile moto Bmw 75/5 bianca, modello 1969, se ne stava parcheggiata poco lontano. Vanina ebbe l'istinto di entrare e sparire alla vista. Non ci arrivò. Manfredi Monterreale – lupus in fabula – la intercettò un attimo prima.

– Oh, Guarrasi, buonasera!

– Ciao, Manfredi –. Era assurdo, era sciocco, ma salutandolo si sentí sulle spine.

– Non ti vedo da un sacco di tempo.

– Non sei il solo –. Chissà come le era uscita una frase simile.

– Superlavoro?

– Come sempre quando ho un caso per le mani.

Stava friggendo e Manfredi se ne accorse.

– Forse ti ho disturbato –. Lo disse col tono di chi si è reso conto di non essere gradito.

Vanina fece uno sforzo.

– Ma che combinasti? – gli chiese, indicando con un cenno della testa lo zigomo sinistro del medico, che dava sul bluastro.

– Niente, ho subito una piccola aggressione. Il papà di un picciriddo non concordava con la terapia che avevo prescritto a suo figlio e mi sparò un pugno in piena faccia. Preferiva dargli la radice di non so quale pianta –. Sorrise.

Invece di manifestargli vicinanza, come avrebbe fatto di solito, senza volerlo Vanina prese a contemplare l'ingresso della Mobile. Poi si guardò attorno, di lato, in alto. Pareva stesse cercando qualcosa. Un teleobiettivo magari.

– Vabbe', Guarrasi. Non dovevo farti l'improvvisata. Hai da lavorare e non puoi perdere tempo con me.

– Scusami, sai, è che ho un caso rognoso per le mani, – si giustificò.

– Che novità! – Casi meno che rognosi Manfredi non gliene aveva sentiti nominare mai.

– Ho i minuti contati, – esagerò Vanina.

Monterreale capí. Forse anche troppo, forse male.

Ma lei in quel momento non riusciva a comportarsi diversamente.

– Buon lavoro, – le augurò, secco, e si diresse verso la moto senza voltarsi piú.

Vanina entrò sbattendo il portone.

19.

Spanò le venne incontro a metà del corridoio.

– Dottoressa, bentornata.

– Grazie, Spanò –. Rallentò e lo guardò meglio. – Dopo il turno di notte poteva andarsene a riposare.

– Preferii rimanere qua. Però le debbo confessare ca mi fici due orette di sonno sul divano suo. Mi scusi.

– Non è la prima volta, – gli ricordò, bonaria.

L'ispettore si tolse dall'imbarazzo attaccando con le novità.

– Quelli della Stradale mi chiamarono cinque minuti fa. Trovarono due fendenti compatibili con le armi del delitto, sdirrubbati in un canalone al lato dell'autostrada. Li consegnarono a Pappalardo che ci sta lavorando.

– Stavolta l'assassino fu piú sbrigativo, – commentò la Guarrasi, infilandosi nella sua stanza. Patanè ancora non s'era visto.

– A mmia mi pare chiaro che sia lo stesso della Boscaiola.

– È altamente probabile. Non abbiamo mai divulgato i particolari su come fosse combinato il cadavere della Collesano, perciò escluderei un emulatore. Per aver compiuto lo stesso scempio, la mano dev'essere la stessa –. Le venne in mente l'operazione Bazzuca andata a vuoto. – A meno che qualcuno non abbia parlato troppo.

– Qualcuno? E chi? No, secondo me è a stissa pirsuna –. L'ispettore ricevette un messaggio. Lo lesse all'istante, impassibile, ma Vanina rilevò una vibrazione sospetta del baffo. Gli occhi d'improvviso piú allegri suggerivano fosse di Rosi.

– In questo caso, però, possiamo escludere Bordeghin –. Vanina lo riportò alla realtà.

– Eh, sí, – rispose distratto.

La porta, sempre socchiusa, s'aprí ed entrò Bonazzoli.

– Ciao, capo. Bentornata.

– Ciao, Marta.

– Ho convocato il marito e la figlia della casellante. Dovrebbero essere qui a momenti.

Vanina raccontò quello che aveva scoperto sul conto delle due donne a Castelbuono. Spanò manifestò il suo disgusto con un paio di epiteti non propriamente gentili. Marta ammutolí, turbata dal dramma delle donne cui le cugine Cusimano avevano rubato i figli per venderli al miglior offerente.

– Mio Dio, che orrore... – disse, e dopo averci riflettuto ancora aggiunse: – Io credo che un atto simile possa scatenare l'istinto omicida in una donna.

Nel frattempo la porta si riaprí e il commissario Patanè fece il suo ingresso. Immancabile Panama, che d'estate sostituiva il Borsalino di panno, giacca di lino blu, pantaloni beige, camicia millerighe e cravatta blu a disegni bianchi e azzurri. Mocassino scamosciato marrone intonso che pareva appena uscito dalla scatola. In mano una borsa di stoffa con dentro qualcosa.

– Commissario, dove deve andare? – Vanina gli allungò la mano destra con il palmo rivolto verso il basso. Patanè la raccolse con la sinistra e si scambiarono una stretta calorosa.

– Da nessuna parte. Sono reduce da una breve visita all'amico mio Bellia, che nisciu do spitali e finalmente domani si ni po' partiri per Tenerife. Ci presentammo tutti assieme, io, il ragioniere Sferlazza e gli altri, e gli portammo lo spumante e i dolci, – rispose, malinconico.

La Guarrasi gli offrí da un lato la cioccolata, dall'altro le Gauloises. Patanè ponderò la scelta, alla fine si buttò sul fumo. Una volta ogni tanto, ci voleva.

Tirò fuori dalla borsa di stoffa la vecchia agenda che era nella stanza blindata della Cusimano. – Mi ci amminchiai tutto il dopopranzo. Manco a dirlo, non trovai nenti –. Ci ripensò. – O megghiu: nenti di riconoscibile allo stato attuale dei fatti –. La passò a Vanina, che la poggiò sulla scrivania.

Prima che arrivassero i parenti della vittima, Vanina chiamò la Recupero e riportò quanto aveva scoperto a Castelbuono.

– Certo che è una storia sconcertante, – commentò la magistrata.

– Sí, decisamente.

– E lei ritiene che i due delitti possano essere maturati in quel contesto? – Dal tono non sembrava molto convinta.

Vanina non volle sbilanciarsi troppo.

– Ogni ipotesi può essere valida, dottoressa. Ma le due vittime sono state uccise per lo stesso motivo, ci metterei la mano sul fuoco. E finora l'unico collegamento tra loro risale ai tempi di Castelbuono.

La magistrata non replicò.

– Bordeghin deve rimanere in carcere, – disse, – almeno finché non si accerterà la sua estraneità ai fatti riguardanti il primo omicidio. Anche se è piuttosto evidente che la mano sia la stessa.

Giuseppe e Clara Italo, rispettivamente marito e figlia della «casellante» – come la chiamava Spanò –, parevano due foglie al vento per quanto tremavano. La notte prima, su consiglio dell'ispettore capo, avevano rinunciato al proposito di accorrere sul posto. Erano rimasti in casa, in attesa che qualcuno dicesse loro cosa fare.

– La notte piú mostruosa della vita mia, – disse il marito, con un filo di voce.

La figlia singhiozzava in modo sommesso, ma senza fermarsi mai. Marta le venne in soccorso con i fazzolettini che teneva pronti per quelle occasioni. La donna kleenex, la sfotteva Vanina. Lei al contrario non calava quasi mai la maschera d'indifferenza che s'era costruita nel tempo per pura autodifesa.

– Signor Italo, conosceva la signora Anna Collesano? – sparò subito Vanina.

L'uomo annuí.

– È... era un'amica d'infanzia di Valeria.

– Si frequentavano spesso?

– No, non tanto spesso. Però si sentivano sempre. Quando uscí la notizia che l'avevano ammazzata, Valeria rimase sconvolta. Ma da quel giorno non fu piú la stessa.

– Come le sembrò?

– Mi sembrò... strana –. Si girò verso la figlia. La ragazza confermò con un cenno.

– Strana impaurita? Strana arrabbiata?

– Impaurita, – rispose Clara, sollevando gli occhi di colpo.

– Ma perché, secondo voi la morte di Valeria c'entra qualche cosa con quella di Anna? – chiese il marito, sempre piú tremante.

– Le modalità con cui è stato commesso l'omicidio sono identiche.

Vanina evitò di specificare. Era già abbastanza scosso.

– Conosce Alvise Bordeghin? – gli chiese

– Cu', il montanaro? Di sfuggita, – rispose l'uomo.

Vanina proseguí.

– Quando incontrò sua moglie per la prima volta, signor Italo?

– Fu nell'89, in una pizzeria di Mascalucia. Idda sula, io solo, ci facemmo compagnia. Come fu e come non fu, sei mesi dopo ci sposammo e nacque Clara, – gli uscí un sorriso triste.

– Cosa sapeva del passato di sua moglie?

Italo scrollò le spalle. – Mah, le cose che mi cuntò lei.

– Ovvero?

– Che nacque a Castelbuono e si trasferí qua perché le piaceva stare vicino al mare. E siccome lí non aveva piú nessuno, non ci tornava mai.

Vanina esitò un attimo prima di sparare la domanda che le premeva di piú.

– Lei sapeva che il vero nome di sua moglie non era Valeria Caltavuturo?

L'uomo rimase pietrificato. La ragazza alzò di nuovo gli occhi, stavolta con stupore.

– Che vuol dire?

– All'anagrafe, alla nascita, Valeria si chiamava Caterina Cusimano. Nel 1984 cambiò nome.

Italo non riusciva a chiudere la bocca per lo sconcerto.

– E... perché?

Vanina preferí non entrare nel dettaglio.

– Probabilmente per cancellare con piú facilità il suo passato.

– Ma uno che motivo ha di cancellare il suo passato? – Italo era sempre piú disorientato.

– Anche Anna Collesano aveva cambiato nome, – caricò Vanina.

L'uomo spalancò gli occhi, la ragazza lo imitò.

– Macari Anna? – Si passò una mano sulla guancia, incredulo. – E come si chiamava?

– Palma Cusimano.

– Perciò... erano parenti?

– Cugine.

Italo deglutí a fatica un paio di volte. Spanò andò a prendergli un bicchiere d'acqua e lui lo tracannò d'un fiato.

– Valeria mi disse sempre che parenti in vita non ne aveva, – asserí.

– A Castelbuono Valeria faceva l'infermiera, – disse Vanina.

Ormai l'espressione dei due era bloccata in modalità sbigottimento.

– L'infermiera? Ma veramente sta dicendo? – fece l'uomo.

Vanina continuò. – Negli ultimi giorni Valeria aveva avuto un comportamento anomalo o aveva ricevuto telefonate strane?

– Non mi pare… – rispose lui guardando la figlia, che invece ci stava riflettendo.

– Forse una telefonata strana l'ho sentita, – disse Clara. – Ma era prima che ammazzassero Anna.

– Con chi parlava?

– Non lo so. Bisbigliava, come se non volesse farsi sentire da me. «Che vuole da noi?» diceva. A chi si riferisse e a chi corrispondesse quel *noi* non glielo so dire. Però mi sembrò una conversazione strana. Segreta, appunto.

Altro non furono in grado di dirle. Se ne andarono piú bastonati di quand'erano arrivati, appresso a Ristuccia che doveva accompagnare Italo all'obitorio per il riconoscimento.

– Mischinazzu, – disse Patanè. – Scoprire che la

propria moglie, spatti morta ammazzata, ti ha cuntato sempre fissarie dev'essere brutto assai.

Vanina chiamò Adriano.

– Ehi, Vani, di corsa ti fecero tornare da Palermo.

– Lasciamo perdere. Piuttosto, che mi dici? – Lo mise in vivavoce a beneficio di Patanè. Spanò s'era allontanato furtivamente per rispondere a una telefonata e Marta, che non aveva recuperato neanche due ore di sonno sul divano, se n'era tornata a casa vinta dalla stanchezza.

– L'autopsia ancora non l'ho eseguita, ma a un primo esame l'omicidio mi pare la copia di quello della Collesano. Anche la Caltavuturo è stata strangolata, o meglio strozzata, e poi sono stati amputati i piedi e le mani. Manca solo il taglio sull'addome. In compenso però è stata incisa la vena cubitale mediana di entrambe le braccia.

Vanina fece rotolare la sigaretta tra le dita senza accenderla. Patanè attaccò a grattarsi il mento.

– Tra un'ora piú o meno inizio, appena finisco ti chiamo, – le assicurò Adriano.

Chiusero.

– Sicunnu mia, ogni taglio significa qualche cosa. Le mani, i peri. L'addome della Collesano, i vrazza della Caltavuturo, – congetturò Patanè.

– Già. E per capire il movente bisogna capire che cosa vogliono dirci.

– Complicato.

Vanina rifletté.

– Non tantissimo, – disse.

– Lei ha qualche idea?

La porta si aprí e l'ispettore capo rientrò. Passo leggiadro, vago sorriso stampato in faccia. Si andò a sedere di nuovo davanti alla Guarrasi, che finse di non notare il ringalluzzimento improvviso.

– Sono solo elucubrazioni mie, eh. Pigliatele col beneficio d'inventario, – premise Vanina. – Il taglio all'addome, cosí come fu praticato, potrebbe simulare un taglio cesareo. Questo spiegherebbe perché l'assassina lo riservò solo ad Anna. Le vene delle braccia...

– Sono competenza della 'nfirmera, – terminò Patanè.

– Esatto. Per le mani e i piedi... devo pensarci ancora.

– Perciò lei è cumminta che le ammazzarono per questioni relative alla storia della *Casa delle castagne*? – domandò Spanò. 'Sta fissazione della Guarrasi di amminchiarsi col passato delle vittime non riusciva a convincerlo. Vero era che tra lei e Patanè, cerca cerca, qualche cosa la tiravano sempre fuori – una volta persino il movente – ma qua si stava parlando di un omicidio, anzi due, che sarebbero stati premeditati per decenni.

– *Casa del castagno in fiore*, – lo corresse Vanina.

– Il «castagno in fiore» potrebbe spiegare la scena del primo delitto, – ipotizzò Patanè, ormai perso nella suggestione della storia.

Spanò li guardava dubbioso.

Lo Faro fece capolino da dietro la porta.

– Capo, posso?

– Dimmi.

– C'è al telefono il signor Maruzza che chiede di parlare con lei.

Il veterinario vicino di casa della Collesano.

– Passamelo.

Dopo un attimo il telefono squillò.

– Guarrasi, – rispose in vivavoce.

– Dottoressa, Nicola Maruzza sono.

– Dottore, buonasera.

– La disturbo perché debbo riferirle una cosa strana che capitò ieri pomeriggio.

– Mi dica.

– Verso le cinque e mezzo mi stavo ritirando con la bicicletta e dalla straduzza che porta a casa di Anna Collesano vidi uscire una macchina. Mi ricordai che non era la prima volta che la vedevo. Qualche giorno prima dell'omicidio, quella macchina era parcheggiata proprio vicino casa di Anna.

– Che macchina era?

– Mah, una comunissima automobile, di chiddi ca parunu tutte uguali. La casa produttrice non gliela so dire. Pensai che, a rigor di logica, a casa di Anna ieri non doveva andarci nessuno. Bordeghin, l'unico che veniva per dare da mangiare alle galline, è in galera. Forse si trattava di qualcheduno di voi?

Vanina interrogò Spanò con gli occhi. Non è che gli era venuto per testa di andare lui a dare da mangiare alle galline? L'ispettore scosse il capo.

– No, assolutamente.

– Me l'ero immaginato. Siccome la cosa mi insospettí, cercai di leggere il numero della targa. Purtroppo arrivai fino a tre quarti, perché la macchina sparí dietro la curva. Può servire lo stesso?

– Certo che può servire, me lo detti.

Maruzza obbedí.

Subito dopo aver riattaccato, Vanina chiamò Lo Faro.

– Eccomi, capo.

– Tieni, prendi 'sto numero di targa monco e tira fuori tutte le corrispondenze possibili.

Il ragazzo partí di corsa.

Vanina si alzò dalla sedia.

– Basta, mi stancai di stare qua.

Patanè e Spanò, come al solito, scattarono appresso a lei.

– Dove vuole andare, dottoressa? – chiese Patanè.

– A casa della Collesano.

Il commissario, che per due giorni aveva fatto gli straordinari e quella notte aveva dormito poco e niente, accusava una certa stanchezza. Vanina pretese che se ne tornasse a casa a riposarsi. Dopo qualche tentativo di resistenza, Patanè cedette e la accontentò. Per non distogliere troppo l'attenzione dall'indagine che, lui se lo sentiva e la Guarrasi macari, oramai stava pigliando la piega giusta, requisí un'altra delle agende trovate nel cassetto della Collesano. Casomai si fosse annoiato troppo, si portò appresso pure il libro che Mazzoni, il giornalista di Castelbuono, aveva regalato a Vanina. Il titolo era di una banalità disarmante: *I segreti della Casa del castagno in fiore*.

Vanina e Spanò recuperarono dal parcheggio un'auto di servizio e presero la strada per Piedimonte Etneo.

Al casello di Catania, in direzione Messina, c'era ancora un po' di coda residua, dovuta alla chiusura di una delle casse. Il gabbiotto dov'era stata uccisa la Caltavuturo era sbarrato dai nastri della Scientifica e alla porta erano stati apposti i sigilli.

– Abbiamo acquisito i video delle telecamere? – chiese Vanina. Nessuno gliene aveva parlato.

– Certo, subito. Io e Bonazzoli ce li taliammo per bene, ma non concludemmo niente. Le telecamere sono orientate in modo da pigliare solo le targhe delle macchine.

Arrivarono a casa della Collesano alle sette passate. Parcheggiarono al solito posto, davanti allo steccato, e scesero.

– Ccà ci su' tracce di pneumatici, – disse subito l'ispettore, guardando a terra.

Vanina entrò nel giardino.

– Mischine, sintisse come starnazzano, – fece Spanò.

– Ispettore, si fissò, co 'sto pollaio.

– Mi fanno pena, dottoressa.

– Vabbe', a indagine finita cerchiamo di trovare loro una collocazione.

Attraversarono il giardino.

– A 'sto punto Bordeghin potrebbero pure rilasciarlo, – osservò l'ispettore.

– Prima dev'essere accertata la sua completa estraneità all'omicidio della Collesano.

Nessuno dei due ormai aveva piú il minimo dubbio sulla sua innocenza. Almeno riguardo a quell'omicidio. Quanto ai precedenti nel bellunese, difficilmente sarebbe stato riaperto il caso.

Salirono i gradini davanti all'ingresso e si bloccarono.

– Madunnuzza santa, – mormorò Spanò.

Una tutina da neonato azzurra, sporca di sangue, era inchiodata alla porta.

Aspettarono l'arrivo di Pappalardo prima di tornarsene alla Mobile.

– Ispettore, ma lei è sicuro che non vuole andare a riposarsi?

– Oramai che ci sono, tiro fino a stasera.

Vanina entrò nella stanza dei carusi, dov'erano rimasti solo Lo Faro e Fragapane. Il vicesovrintendente, con santa pazienza, riportava su un foglio le targhe che l'agente andava trovando. Accanto indicava il relativo proprietario dell'auto.

– Picciotti, come siamo messi qua?

Al punto in cui erano, quella mezza targa intercettata dal dottore Maruzza poteva diventare cruciale.

– Dottoressa, il lavoro non è facile. Bastava una cifra in piú della targa per restringere assai il campo.

– Grazie per il suggerimento, Lo Faro. Ora chiediamo al guidatore della macchina di tornare indietro per farci acquisire una cifra in piú.

L'agente rimase spiazzato.

– Veramente?

Vanina si trattenne a stento dall'insultarlo.

Fragapane sistemò il foglio che aveva in mano e lo porse alla Guarrasi. Rivolse un'occhiataccia a Lo Faro. Ma com'è che 'sto benedetto caruso era tornato indietro? I progressi fatti quando correva appresso alla Ristuccia erano svaniti nel nulla ora che la collega s'era messa con un altro. E la vecchia cialtronaggine stava ripigliando il sopravvento. Doveva aiutarlo lui.

– Tinissi, dottoressa, chisti su' i primi numeri che estrapolammo. Non si preoccupi ca ora piano piano Lo Faro li trova tutti.

Vanina li lesse seduta alla sua scrivania. Non le dissero niente. In attesa degli altri attaccò a leggere l'agenda che Patanè s'era già spulciato. Nomi, numeri, quelle due lettere al lato di ognuno che non si capiva cosa fossero.

Spanò, che nel frattempo era uscito, tornò con quattro pizze e quattro birre.

Mentre mangiava la pizza dal cartone Vanina ricevette la telefonata di Paola.

– Una cosa posso dirti finora, – attaccò la collega della Scientifica, – il Dna recuperato dalle armi del secondo delitto, nonché quello relativo al sangue che Pappalardo trovò sulla porta del gabbiotto, corrisponde perfettamente a quello femminile che abbiamo trovato sotto le unghie della prima vittima.

– Quindi l'assassina dev'essersi tagliata, – dedusse Vanina.

– E probabilmente è successo con la lama piú sottile.

– Sempre un bisturi?

– Sí. Anche questo piuttosto antico.

Vanina aveva la sensazione che quella serata non sarebbe finita troppo presto. E di questo ringraziava il cielo. L'ultima cosa che avrebbe voluto era tornare a casa e ritrovarsi i mali pensieri pronti ad attenderla al varco di una notte insonne. Non dormire per non dormire, tanto valeva starsene lí. Mentre fumava una sigaretta in solitaria, affacciata al balcone della sua stanza, la testa le andò di nuovo a Castelbuono. Cercò nel telefono la fotografia trovata in casa della Collesano, che ritraeva lei e altre persone sotto il castagno da cui prendeva il nome l'istituto. Quello di cui non riusciva a capacitarsi era come fosse possibile che tante ragazze fossero cascate nel tranello della Cusimano. Alcune, probabilmente, erano state consapevoli. Magari ci avevano guadagnato qualcosa pure loro. Ma le altre? Per una strana associazione di idee, le venne in mente il film che aveva visto con Adriano: *Sedotta e abbandonata*. La pratica disumana cui veniva sottoposta Agnese Ascalone per accertare la violazione della sua integrità, a opera di una levatrice al soldo di un padre come dovevano essercene molti a quei tempi, descriveva perfettamente la condizione in cui vivevano le donne. Bastava un errore per ritrovarsi schiave a vita di un uomo che non avrebbero mai voluto. L'epoca ritratta nel film non era poi tanto lontana dagli anni Settanta, per lo meno non lo era in un paese come Castelbuono.

Riprese in mano l'agenda della Cusimano. Lesse e rilesse nomi che, manco a dirlo, non le provocarono la minima reazione. Con uno sforzo di fantasia, riuscí a ipotizzare che P.N. indicasse un parto naturale, P.C. un cesareo.

Sul suo tavolo, tra le varie carte, c'era anche il rapporto redatto da Pappalardo sul secondo omicidio. Si ritrovò a fissare la parte in cui si indicava la macchia di sangue sulla porta del gabbiotto. Ripensò a quello che le aveva detto Paola. L'assassina si è ferita.

Un po' per volta davanti agli occhi le comparve un'immagine, da cui venne fuori un'idea. Malgrado l'assurdità della cosa, d'un tratto le sembrò l'unica possibile.

Uscí di corsa dalla sua stanza, raggiunse quella dei carusi.

Fragapane aveva sistemato altre targhe, altri nomi.

– Lasciate stare tutto un attimo e cercate un'auto intestata a questo nome.

Lo Faro eseguí.

– La targa trovammo, capo! – gridò, saltando come un canguro impazzito.

Spanò, che era appena entrato, capí che qualcosa doveva essersi mosso. Vanina fece appena in tempo a riferirglielo quando il telefono le squillò.

– Commissario.

– Dottoressa, ho bisogno di sapere una cosa, perché se no non mi può pace: per caso me la nominò lei una donna che si chiama Barbara Ferro?

Era inutile: per un verso o per un altro, lei e Patanè arrivavano sempre alle stesse conclusioni.

20.

Riallacciare i fili aveva richiesto tempo e pazienza, ma alla fine c'erano riusciti. Alle prime luci dell'alba, Vanina aveva sul suo tavolo tutto quello che le serviva per chiudere quell'indagine assurda.

Le celle che il telefono di Barbara Ferro aveva agganciato corrispondevano perfettamente a quelle dei luoghi in cui erano avvenuti i due delitti. Dalla piazza di Sant'Alfio al Castagno dei cento cavalli, si poteva tracciare la strada che Anna Collesano, con ogni probabilità già cadavere, aveva percorso insieme a lei. La targa dell'auto della Ferro era passata dal casello della Catania-Messina poco prima che Valeria Caltavuturo fosse ritrovata morta ammazzata all'interno del gabbiotto dove aveva vissuto la sua vita di fuggitiva. E sempre della Ferro risultarono le impronte ritrovate sul bisturi con cui aveva praticato l'incisione sul cadavere della Collesano e su quello usato per incidere le vene della Caltavuturo. Impronte che per il confronto erano state ricavate dall'accendino che Vanina le aveva prestato. Entrambi i bisturi, al novantanove per cento, provenivano dalla *Casa del castagno in fiore*, che in quegli anni di abbandono era stata saccheggiata di tutto. Comprese le cassette dei vecchi ferri chirurgici, marchiate con le iniziali di Angelo Botta.

La Recupero aveva richiesto al gip la custodia cautelare di Barbara Ferro intorno alle sei e mezzo di mattina. Alle sette e un quarto il provvedimento era sul tavolo di Vanina. Spanò s'era fatto due caffè ed era pronto a partire appresso alla Guarrasi e a Bonazzoli, che era in ufficio dalle sette.

E ora erano lí, a centottanta all'ora sulla Catania-Palermo già piena di camion, con Marta alla guida. Patanè, dopo aver aiutato concretamente a mettere insieme i pezzi, aveva preferito restare a Catania.

Lungo la strada, Vanina chiamò il dirigente del commissariato di zona, per comunicargli che lei e la sua squadra stavano per eseguire un provvedimento di custodia cautelare nei confronti di una persona residente nel suo territorio.

L'unico modo per capire dove si trovava Barbara Ferro era continuare a tracciare le celle agganciate dal suo telefono. Alle otto e mezzo la donna non s'era ancora mossa da casa sua. Una villetta moderna, un po' fuori Castelbuono, dove risultava residente da quando era tornata in Sicilia.

Lí la trovarono Vanina e Spanò, quando fecero irruzione per catturarla.

La donna non oppose resistenza. La tradussero a Palermo, al carcere dell'Ucciardone, dove la pm Eliana Recupero li stava aspettando assieme al giudice.

Le uniche parole che Barbara Ferro pronunciò furono rivolte a Vanina.

– Non avevo dubbi che ce l'avrebbe fatta.

E sempre con Vanina parlò quando dovette rendere conto dei crimini commessi.

– Come ha fatto a ritrovarle? – chiese la Guarrasi.

– Per caso, durante una gita sull'Etna con degli amici. Avevano scelto una guida particolare, con raccolta di funghi inclusa. La riconobbi subito. Si può forse non riconoscere la propria aguzzina, dottoressa?

– Non lo so.

– Glielo dico io: no. Se a quella persona associ il momento piú orrendo della tua vita, non ne puoi tollerare nemmeno la vista. Se poi scopri che quella persona l'ha fatta franca per cosí tanti anni, l'unica esigenza che senti è quella di fargliela pagare. Tutto, con gli arretrati.

Nessuna storia da romanzo può mai essere piú assurda della realtà stessa. Quella in cui Barbara Ferro, appena diciassettenne, rifiutata dalla famiglia, bussa alla porta dell'unico luogo in cui avrebbe potuto partorire il figlio che coraggiosamente aveva deciso di tenere. Un figlio che qualcuno le aveva strappato nel sonno, lasciandole addosso un taglio che l'aveva sfregiata in modo irreversibile. E un lutto che non avrebbe mai superato, e che nel tempo s'era trasformato in odio, in desiderio di vendetta.

Tutto, con gli arretrati.

Come aveva detto Patanè, ogni taglio aveva un significato. Palma Cusimano era morta sotto un castagno, come quello sotto il quale aveva detto di aver seppellito il cadavere del bambino che Barbara non aveva mai visto morto. Il grembo sfregiato come quello delle donne che aveva rovinato, con gli stessi ferri che lei aveva usato. Mozzate le mani con cui aveva perpetrato crimini indicibili, i piedi con cui se l'era data a gambe per non rendere conto di ciò che aveva fatto. E allo stesso modo Caterina Cusimano, che di quel sonno fatale era stata l'artefice.

Vanina non ebbe bisogno nemmeno di usare gli argomenti che aveva preparato per indurla a confessare. Dna, impronte, mozziconi di sigaretta ritrovati nell'incendio, targhe di auto. Non servirono. Barbara Ferro accettò il suo arresto come se avesse già pianificato anche quello. Confessò ogni cosa come se fosse stato necessario farlo.

21.

Vanina, Marta e Spanò uscirono dall'Ucciardone frastornati.

– Minchia che storia, picciotti miei, – fece l'ispettore.

– Da pelle d'oca, – commentò Bonazzoli andando verso l'auto di servizio, una Giulietta rossa che aveva lasciato sotto gli alberi davanti all'ingresso del carcere.

Vanina s'appoggiò al cofano e s'accese una sigaretta, guardandosi intorno. Senza rendersene conto, quella mattina aveva guidato Marta esattamente fino al parcheggio in cui otto mesi prima lei e Paolo si erano rincontrati.

Spanò le si mise accanto e si accese una sigaretta anche lui. Di sfuggita, controllò il telefono.

Marta agitò una mano in aria, cacciando via la nuvola di fumo che s'era creata. Li guardò con la faccia di chi ha rinunciato a capire.

– Che ne dite, torniamo a Catania? – propose, con un filo d'ironia.

Spanò esitò un attimo, poi: – Io veramente... penso di fermarmi qua, – esitò di nuovo. – È assai che non mi piglio qualche giorno di vacanza, e ho bisogno di riposarmi un poco –. Pareva quasi imbarazzato. Controllò di nuovo il telefono.

Vanina gli batté una mano sulla spalla.

– E che si deve giustificare? Si faccia una sacrosanta vacanza, che se la merita tutta.

Spanò sorrise. Vanina s'accorse che i baffi erano piú corti. Anche l'abbigliamento era piú curato. Proprio allora il telefono gli squillò, una sola volta. L'ispettore non controllò nemmeno chi fosse. Si voltò verso la fine della strada, nervoso. – Va bene. Ora vi debbo salutare, – si congedò in fretta e furia.

Vanina mangiò la foglia. Guardò nella stessa direzione verso cui Spanò continuava a saettare occhiate sempre piú ansiose, visibilmente sui carboni ardenti. All'angolo tra via Enrico Albanese e via Piano dell'Ucciardone s'era fermata una macchina. Una Mercedes classe A grigia, dalla quale scese una donna. Vanina strizzò gli occhi, poi li spalancò.

– Spanò, ma niente mi dice? Altro che Rosi!

Piú rosso della carrozzeria dell'auto di servizio, Spanò s'impappinò. Balbettò qualche parola mentre Valentina Di Bartolo avanzava a passo sicuro.

– No, è che doveva accattare cose per il locale, e siccome io ho un amico che vende oggetti... – Non arrivò a finire la frase che già la ragazza aveva salutato Vanina e s'era presentata a Marta. Allegra, radiosa, bella come il sole, si lanciò verso di lui e gli stampò un bacio sulle labbra che non avrebbe consentito dubbi manco al piú ingenuo dei picciriddi.

Anche Vanina rimase a Palermo. In quel momento, come non succedeva ormai da anni, era lí che aveva bisogno di stare.

Bonazzoli la accompagnò in via Cavour.

– Ma come torni a Catania, senza l'auto? – Che i mezzi pubblici in Sicilia non fossero quasi mai una buona opzione, ormai Marta l'aveva ben chiaro in mente.

Vanina replicò con un'alzata di spalle. La stessa con cui rispose alla meraviglia di sua madre, che tutto avrebbe immaginato tranne che di vedersela spuntare di nuovo a casa.

Con le ultime forze rimaste, distrutta, si trascinò fino alla sua stanza. Sprangò finestre e persiane, cosí com'era, in jeans e camicia, si buttò bocconi sul letto e perse conoscenza. Sei ore dopo si ritrovò sotto le coperte, con indosso il pigiama improbabile della sera precedente. La sua camicia lavata e stirata sulla poltrona rosa, i jeans appesi a una gruccia. La testa di Cocò che faceva capolino dalla porta.

– Amuní, entra, – le disse.

Se la ritrovò sul letto.

Rimasero ferme, ognuna persa nei pensieri suoi. Finché Vanina non ruppe il silenzio.

– Cocò.

– Dimmi.

– Mi presti la macchina?

Arrivò all'Addaura che era buio. L'auto di Paolo era lí. Lampeggiò a Nello, per fargli capire che era lei. Parcheggiò fuori dal cancello e s'avvicinò.

– Buonasera, dottoressa.

– Buonasera, Nello.

– Le apro.

Non disse che avrebbe avvertito Paolo del suo arrivo, né di aspettare lí fuori. La fece entrare direttamente.

– Ero sicuro di rivederla presto, – le disse, quasi all'orecchio, mentre l'accompagnava. La porta nel frattempo si aprí.

Paolo la fissò senza dire niente.

– Posso?

Lui si fece da parte e le cedette il passo.

Vanina entrò, respirando a pieni polmoni. Aveva sognato il profumo di quella casa fin dalla mattina.

Paolo la guardava storto, ma aveva perso l'aria rabbiosa. Camuffato dalla barba, piú incolta del solito, s'intravedeva un vago sorriso.

Vanina gli si avvicinò. Stava per dirgli qualcosa quando il suo telefono prese a squillare. Santiò mentre lo tirava fuori dalla tasca. Controllò il display. Era Patanè.

– Commissario.

– Dottoressa, – fece Patanè con un filo di voce. Il respiro affannoso.

Vanina si spaventò.

– Commissario, che succede?

Capí che stava piangendo.

– Angelina.

Ringraziamenti.

In questo libro, come e piú che nei precedenti, la mia fantasia ha galoppato a briglia sciolta. A parte quelli di Nino e di Alfio, consci di essere citati, tutti i nomi, i luoghi, le circostanze sono di pura invenzione. Come sempre, le indagini che accollo a Vanina mi costringono a disturbare tutti gli esperti della materia che – alcuni ormai da anni, altri solo per un singolo libro – generosamente condividono con me le proprie competenze. Rosalba Recupido, insostituibile consigliera nell'ambito della magistratura. Nello Cassisi, il grande poliziotto. Cristoforo Pomara, dotta guida di Adriano Calí in ogni autopsia. Filippo Buscemi, caro amico, che mi ha aiutato a conoscere il Corpo forestale della Regione Sicilia e a scoprire il Castagno dei cento cavalli.

Grazie di cuore alla grande squadra Einaudi, con menzione speciale a Francesco Colombo e Roberta Pellegrini. Alla mia unica e meravigliosa agente Maria Paola Romeo e a tutto il team dell'agenzia Grandi e Associati.

Grazie alla mia famiglia, che partecipa sempre con trasporto.

Grazie, sempre grazie e ancora grazie a Maurizio, che sopporta amorevolmente nottate insonni e infiniti giorni di scrittura, credendo sempre in me piú di quanto io stessa sia capace di fare.

Questo libro è stampato su carta contenente fibre certificate FSC®
e con fibre provenienti da altre fonti controllate.

FSC www.fsc.org MISTO Carta da fonti gestite in maniera responsabile FSC® C115118

Stampato su carta HOLMEN con fibra vergine
proveniente da foreste sostenibili
www.holmen.com/paper

Stampato per conto della Casa editrice Einaudi
presso ELCOGRAF S.p.A. - Stabilimento di Cles (Tn)
nel mese di giugno 2024

C.L. 26029

Edizione						Anno			
1	2	3	4	5	6	2024	2025	2026	2027